无缝交接

邢根民 著

SH 中国言实出版社

图书在版编目（CIP）数据

无缝交接 / 邢根民著 .-- 北京：中国言实出版社，2017. 4

ISBN 978-7-5171-2282-1

Ⅰ. ①无… Ⅱ. ①邢… Ⅲ. ①短篇小说—小说集—中国—当代②中篇小说—小说集—中国—当代③小小说—小说集—中国—当代 Ⅳ. ① I247

中国版本图书馆 CIP 数据核字（2017）第 060649 号

出 版 人：王昕朋
总 监 制：朱艳华
责任编辑：宫媛媛
文字编辑：张凯琳
装帧设计：水岸风创意文化

出版发行 中国言实出版社
地址：北京市朝阳区北苑路 180 号加利大厦 5 号楼 105 室
邮编：100101
编辑部：北京市海淀区北太平庄路甲 1 号
邮编：100088
电话：64924853（总编室）64924716（发行部）
网址：www.zgyscbs.cn
E-mail：zgyscbs@263.net

经　　销 新华书店
印　　刷 廊坊市海涛印刷有限公司
版　　次 2017 年 4 月第 1 版　2017 年 4 月第 1 次印刷
规　　格 710 毫米 ×1000 毫米　1/16　16 印张
字　　数 250 千字
定　　价 42.00 元　ISBN 978-7-5171-2282-1

目录

无缝交接

一

上路执勤回来的钟良从巡逻警车上下来后，一眼就看到了站在中队门口的罗燕。说实在的，他第一眼看到罗燕时还真有点不敢认。出现在他眼前的，哪是去年秋季和他谈情说爱时的罗燕？那时的罗燕上身穿着一件鹅黄色的长衣外套，下身是黑色的紧身健美裤，勾勒出一个时髦女孩的轮廓。那一头乌发瀑布般泻下，鹅蛋形的脸白皙而水灵，一副楚楚动人的模样，看了真让人心疼。现在，罗燕的脸色虽然还是那么的白皙，却写满了忧愁与困倦，一双布满了困倦与忧愁的眼睛好像还没有睡醒的样子。

钟良走了过去，从罗燕肩膀上卸下乳白色小挎包，说："这么冷的天，你咋来的？"语气中充满怜惜和责怪。罗燕垂下双眼，双手在胸前互相摩擦着，小声说："坐班车。"

两人边说边朝中队院内走去。虽说已经过了立春时节，可天气还赖在冬天里不走。黄土高原上的野风从早到晚吹个不停，吹得弱不禁风的罗燕几乎要站立不稳了。罗燕跟在钟良的身后，晃动在眼前的不是去年那青春洋溢、英俊潇洒的身影，而是落满了黄土灰尘的白色警帽、白色腰带和散发着阵阵汗腥味的蓝色执勤服。才三个多月不见，眼前的钟良也变得让罗燕几乎不敢认了，她怎么也难以把眼前这个一身土气、满脸灰尘的执勤交警与那个文绉绉、一脸书生气的钟良联系起来，好像是两个完全不同世界里的人。

罗燕跟着钟良来到一排老旧的瓦房前。老旧的木质门窗，老旧的灰色砖墙，每个房间的门口都挂着一张长方形门牌，上面写着"民警宿舍"。她随钟良进了一间宿舍，里面光线很暗，钟良拉开窗帘，房间里透出了光亮。宿舍里挨着三面墙角放着三张单人床，床上凌乱地堆放着衣物、被褥。每张床的床头都放着一张三抽斗的桌子，桌子上放着烟盒、水杯、笔记本和袋装方便面。

"来，先喝点热水，暖暖身子。"钟良一进屋就从热水器里给罗燕盛了一纸杯热水，递到她手心里。“你来之前也不打个电话，或者发个信息，好让我提前下班接你。刚才看你一个人愣是站在大门口让野风吹，让我心疼。”钟良只顾自己说着，也不管罗燕回不回声。看到罗燕垂着双眼不吱声，他知道自己该闭嘴了，就停了下来，直直地盯着罗燕，等待她金口开言。

“在大队办公室待得好好的，咋又来到这里了？要不是我去大队问人家，还不知你调到这里了。”罗燕没有喝水，只是用纸杯子暖着双手。纤细的十个手指紧贴着纸杯子，握成了筒状。罗燕的语气里也带着埋怨和娇嗔，她话里的意思明摆着，你钟良从办公室调到这荒山野地的中队，咋也不告诉她一声，心里还有没有她这个恋人？

钟良知道她会问这话的。他之所以没有挑起这个话头，还是想听罗燕亲自问起这事。他想知道罗燕知道自己从机关下到这偏远中队后的第一反应是什么样子，想知道她对于自己这样无奈的选择有什么怨言。自己毕竟是被大队领导贬到这荒山野岭的黄土高原上来了，肯定不是多么光彩的事情，也不好意思开口给罗燕说。可是，刚才罗燕的问话显得很平淡，听不出有怨言，但也听不出很支持的意思，唯一能咀嚼出的味道就是嗔怪。钟良没有马上回答她，而是岔开话题，问道：“你饿了吧？咱俩去街上吃手擀面吧，正好我也饿了，早上睡了一会儿懒觉，早饭也没顾得上吃。”

“我不饿，你自己吃去吧。”罗燕轻轻摇头，脸上的倦意还没消失，显得无精打采。钟良说：“坐了大半天的公交车，咋能不饿？还是吃点东西吧。这里不比县城里，风大，天又冷，吃点东西暖暖身子。”钟良说着，伸手揽起罗燕的腰肢，半拥着欲出门，被罗燕挣脱开了。见罗燕心情不好在闹情绪，钟良只好自己出去上街买些饭。

外面的风“呜呜”地吼叫着，把干枯的树枝吹得响起哨声。中队院子里空荡荡的，仅有的几个民警都躲在了房子里，不是围着火炉烤火，就是拉开被子睡觉。现在离中队灶上开午饭还有半个多小时，几个年轻人都成了夜猫子，看那样子晚上都没有老老实实睡觉，不是上网打游戏，就是用手机聊天，再不就是两个人天方夜谭般东拉西扯，不聊到张嘴打哈欠都不睡，这一会儿吃饭前补上一个囫囵觉也能解点困。

钟良到街上打了两盒盖浇饭拿回来，一盒递给罗燕，自己打开一盒吃了起来。罗燕却将饭盒放在桌子上，没有打开。

钟良心里清楚罗燕为啥在生气，他心里也是有苦难言，几次都想把憋在心里的委屈倒出来，可是最后还是抑制住了。他觉得给罗燕说这些都没啥意思，对她说了也无济于事。罗燕又不是大队长，能解决他的问题？可钟良也不能眼看着罗燕生气而不顾，人家一个姑娘家好不容易顶着寒风来到这偏远荒凉的黄土高原上，不是来跟他生气的。钟良想来想去还是从侧面慢慢开导她。

钟良说："罗燕，我还年轻，是需要到基层锻炼锻炼一下，那机关待久了会养成懒身子的。我想，领导让我到这里来也是出于好意。我觉得越是艰苦的地方，越能锻炼人。你看这荒山野岭的，虽说只有一条省道，可每天过往的车辆排着队，加上这里又是弯弯曲曲的山路，司机稍不注意车子就会出事故，所以离不开我们交警在路上保护他们的安全。在这里待久了，再大的苦、再多的寂寞，对我来说都不是问题。所以呀，坏事中有好事，好事中也有坏事。"

罗燕耐心地听着他的话，没有点头，也没有立即反驳。待他喝水停顿之际，罗燕才抬起头，盯着他晒黑了的脸庞，说："钟良，这道理我都懂，你的想法我也赞同，可是……"罗燕说到这里低下头，好像喉咙里卡着鱼刺，打住不说了。钟良急了，问："可是啥呀？是不是觉得我变得土气了？没以前风光了？"罗燕摇了摇头，说："不是、不是、不是，是，是我妈觉得这样咱俩离得太远了，希望你能调回县城。这一回我妈可是下了死命令，说你不调回城里，就别提结婚的事情。"

钟良去过罗燕的家里，见过罗燕的母亲。她第一次见到他，对他就有成见，看他的眼光都是一副居高临下的样子。还没等他开口自我介绍，罗燕的母亲就先给他来了个下马威："我女儿可不是好追到手的，你那两下子行吗？"罗燕看不下去了，在一旁替他说话："妈，你咋就知道人家配不上你女儿？他可是交警大队小有名气的笔杆子，文化人！"罗燕的母亲不屑地问："小警察有啥了不起的？一个月能挣多少钱？"钟良这下不敢再辩驳了，就自己那不到两千块钱的可怜工资，能说得出口吗？如果他能绕过这些话题，或者编一套富丽堂皇的谎话，也能暂时瞒过她的。可是，钟良偏偏生下来就是一个老实疙瘩，让他变着花样哄人，那比登天都难。结果，钟良就顶着这门婚事要泡汤的样子，如实说了自己的工资。他说工资时没有采取人们习惯的四舍五入法，他说工资的数目竟然具体到了个位数。一千八百九十六块，这个工资要让一般人来说，肯定会说差不多两千吧，或者两千多一点。这样才能博得未来的丈母娘的好感啊！钟良就是这样的不开窍，他竟然不顾在场的罗燕的反应，只顾自己说得顺口。结果，那天钟良在罗燕家再没有抬起过头，连一顿午饭也没混上，就被罗燕的母亲婉言送出了家门。

走出罗燕家门口的那一刹那，钟良就已经百分之百地判断，自己和罗燕的事情已经画上了句号。要不是后来罗燕寻死闹活地跟她妈干了一仗，又死心塌地地追上他，又是道歉，又是表白自己的决心，他和罗燕早就拜拜了。面对如此痴情的姑娘，钟良再硬的心也软了。他不能再伤了罗燕的心，不能对她的一片痴情再无动于衷。他心里很清楚，罗燕是罗燕，她母亲是她母亲，她母亲代表不了她。就这样，他和罗燕又旧情重续，而且爱情的火焰越烧越旺。眼看就要向罗燕的母亲摊牌，谈到他俩的婚事时，春节前一次意外事件让大队领导一气之下，把他从办公室发落到了这离城七十多里路的北原中队。

“罗燕，我想知道你的想法是啥？是不是和你妈的意思一样？”钟良忍不住问道。

“其实，我觉得我妈说的也不是没道理。你看你这荒山野岭的地方，来一次多不容易，你平时工作又那么忙，有时连正常的礼拜天都不能休息，以后这织女牛郎的日子可咋过？”

钟良明白罗燕话里的意思，说来道去，还不是想让我返回城里？可他刚刚被贬到了这里，要想返回大队机关，那可不是一件容易的事。何况为了那件事，大队长都指着他的鼻子骂了起来，可想大队长现在对他的印象是何等差？想回去，除非大队改朝换代。

看到钟良半天没有表态，罗燕知道钟良有他的难处。她也不想逼他了，把挎包里给他编织的羊毛围巾和从超市里买的一只三面刀网的剃须刀掏出来，放在桌子上转身就要走。钟良看出罗燕要离开，他一把从身后抱住她，眼泪不争气地涌出眼眶，滚落在罗燕乌黑而柔软的头发上。

“罗燕，我争取表现吧，尽快离开这里。”钟良嘴唇凑近罗燕的耳边，低声说。

二

三年前，交警大队办公室副主任葛云飞从六个招录的新警中相中了钟良，安排他在办公室协助葛云飞搞文秘政工工作。葛云飞是逐一查看了六个新警的个人简历和特长后，就一眼相中了大学本科毕业的文科生钟良，而且得知钟良在学校还当过校报的编辑。葛云飞和办公室主任商量后决定把钟良留在办公室，作为写作苗子加以培养，将来接替自己搞大队的文字材料，以便把自己从材料堆里解救出来。大队队委会采纳了办公室两位主任的建议。队委会研究通过后，主任就安排钟良在葛云飞的单人办公桌对面加了一张办公桌，说：“你就坐这里办公，跟着葛主任好好学习写作。”

葛云飞是作为特殊人才，十年前被交警大队从县委宣传部挖过来的。所谓的特殊人才就是写作人才，这种人才在县委机关那可是遍地都是，平凡得就像山里的石头，可是到了整天跟马路、车辆、驾驶员打交道的交警队可就成了稀缺的珍品。传媒大学毕业的葛云飞当时在县委宣传部通讯组是宣传骨干，从省市的各大新闻报刊经常可以看到他写的新闻和通讯稿。他时不时还会在市级党报上发表一两篇评论文章。那文章文笔流畅，语言犀利，观点明确，反响强烈，就连报社的一些编辑看了都赞叹不已。当然了，这种评论文章经常是隐姓埋名的，不是用笔名，就是挂着县委哪个领导的大名，除了内部人，外界很少有人知道那一篇篇激情慷慨的文章是出于葛云飞的笔下。听说，那时是交警大队大队长和县公安局政委亲自到县委宣传部找部长要人的，当时给葛云飞的口头承诺是保证尽快给他解决副科问题。谁知，葛云飞铆足了劲对交警大队做了铺天盖地的宣传后，换来的结果却是三年后大队长远走高飞到市交警支队当了副支队长，而当时给他承诺的副科却因种种原因被搁浅了。为了弥补这一缺陷，大队长临走时还是先把他提升为办公室副主任，好赖离副科级更近了一步。新任大队长是从原来的副大队长上来的，是个实干派，为人低调，对葛云飞那一套浮夸的作风不感冒。这样葛云飞就像被刺了一刀的皮球一样蔫了，一开始还对大队的重要工作写上一两篇新闻报道，后来干脆一篇都不想写，再后来就连本分之内的材料也懒得用心写，随便套一下老文章就交差。他这种消极应付的态度很快就被大队长指出来，委婉地给予了批评，让葛云飞觉得不好好写材料也不行。他想到了一个出路：找个接班人，把自己从苦海中解救出来。可是，他在全大队挑了个遍，也没有挑出一个合适的人选。

钟良被破例安排在了大队机关办公室，坐在了葛云飞的对面，成为葛云飞手下的关门弟子。两人慢慢熟了之后，钟良管葛云飞也不叫主任了，直接喊师傅。葛云飞被戴了高帽子，心里也高兴。两人在大队就成了师徒关系。钟良后来也清楚了一点，按照多年的惯例，新进队的民警一般都会分到基层中队去锻炼，即使有背景和关系的民警也得在基层先锻炼一两年后才能被调到机关科室。像钟良这样一进队就被分到机关坐办公室的还从没有过。那次，跟钟良一起分来的其他五个新警都被分到了远离县城的农村交警中队，成为乡村道路上执勤巡逻的新兵。从这一点上来说，钟良从内心感激葛云飞，感激他这个伯乐相中了他这个良马，让自己留在了办公室。

在钟良眼里，葛云飞就是自己心目中的崇拜者。他曾偷偷看过葛云飞的报纸剪贴本，那上面全是他以前在各大报刊上发表过的文章，上有《人民日报》《人民公安报》，下到省市党报和法制报，还有省委组织部、宣传部的刊物；不仅有公安交警题材的新闻和通讯报道，还有县上旧城改造、农业设施、教育卫生等方面的长篇报道，让他这个新闻爱好者看得津津有味，爱不释手。透过这些长篇大作，钟良看到了自己的前途和希望，也看到了葛云飞在写作道路上洒下的滴滴汗水。从那时起，他就立下了大志，自己一定要成为像葛云飞这样的大手笔，用笔尖描绘出自己的似锦前程。带着一股兴奋劲和期盼，他开始整天趴在桌子上，一头扑进了写作的世界里。钟良从最起码的信息简报写起，每一篇写完后都会交给葛云飞看。葛云飞总是耐心细致地修改，一点不保留地传授写作经验，从文章的标题拟定到词语运用，从段落的分划到语句之间逻辑关系都讲得清清楚楚，修改得一丝不苟。在葛云飞的指点下，半年之后他的文章开始在省市报刊上崭露头角，钟良逐渐成为全市乃至全省交警系统新闻写作上的一颗新星。

可是，两年后发生的一件事情一下子击碎了他的写作梦想，也让他不得不离开辛勤奋战了三年的写作岗位。

那是春运开始前的一天早上，钟良发现葛云飞耷拉着脑袋，赤红着脸庞，从大队长办公室出来，悄无声息地走进办公室，一屁股坐在自己的座位上，双手十指在桌子上交叉，显得心事重重。钟良瞥了葛云飞一眼，他一时不知道该怎样安慰师傅，只好等着师傅自己开口。

沉默了半晌，师傅终于说话了："钟良，有件事想问问你。国庆节前有没有人拿一份证明来办公室要盖公章？"

钟良想了半天也没有印象，问："什么证明？时间长了，我没印象了。"

葛云飞说："是咱们以前的老教导员，他来给他儿子的出租车开证明。"

钟良想了想，又问："是不是这份证明有问题了？"

葛云飞说："是的。秋季交通整顿中，有不少出租车司机反映，咱们以前的老教导员的儿子开一辆黑出租在街上拉人，严重影响了出租车市场。这些司机联合起来到县政府告状。大队长也被主管县长叫了过去，挨了一顿批评。大队长为这事很来气，命令城区中队民警严查那辆黑出租，查处结果证明出租车司机反映问题属实，是老教导员的儿子拿着大队开具的牌照丢失证明满街上转悠。现在那份证明就在大队长手里，大队长刚才把我叫过去不问青红皂白就狠狠收拾了一顿，开始我还觉得有点冤枉，后来大队长把那份证明摆在我面前，我一看就没话可说了，那上面确实盖了大队的公章。"

"有这回事！"钟良仔细回忆起来。平时在办公室的工作很繁杂，也很忙碌，办公室文秘和政工上的事情很多，两个主任都给他吩咐任务，经常是忙得晕头转向，不要说三个月之前的事，就是一周前的事情他都会模糊不清。可是钟良还是回想起来一件事。

国庆节前三天确实有一位头发花白的老者来到办公室找葛云飞，当时钟良一个人趴在办公桌上写东西。老者先是问葛云飞去哪里了，然后又问办公室主任在不在，钟良回答说两人都出去了。老者就拿出一份证明找葛云飞盖公章。钟良接过那份证明也没细看内容就取出公章给盖了。刚才葛云飞一说这事，他才想起那位老者就是已经退休的大队前教导员。这么说，就是自己盖的那个章子惹了大祸，害得葛云飞白白挨了大队长一顿批评。

事情既然到了如此严重的地步，他要是承认了自己盖章这件事，大队长能轻饶过他？想到刚才葛云飞从大队长办公室出来那副灰溜溜的样子，钟良心里打战了。自己承认还是不承认？承认了，就得接受大队长一顿狠批，彻底改变自己以前在大队领导眼中的良好印象，影响自己以后的政治前途，闹不好还会当着全体民警的面作公开检查。这对于年轻有为、积极上进的钟良来说不亚于一场毁灭性打击！要是不承认呢？反正大队公章归葛云飞保管，葛云飞和办公室主任也没有当面见到自己盖章，老教导员更不会出面说明，按规定公章也是葛云飞一个人保管。不过为了工作方便，也出于对他的信任，葛云飞其实已经给他放了管理公章的权限，只要方便，两个人谁都可以给文件和公文材料盖公章。从这一点上来说，钟良也能蒙混得过去。

面对葛云飞茫然失助的眼神，想起葛云飞对自己的恩情，钟良内心实在回避不过自己的谎言。他就鼓足了勇气，说："师傅，那证明上的公章是我盖的。我这就去给大队长说明情况。"

葛云飞摆了摆手，垂着头说："算了，我已经给大队长承认了错误，你就不用再去挨训了。"

"不，一人做事一人当，我不能让你替我背黑锅。"钟良依然走出了办公室。

钟良忐忑不安地走进了大队长办公室，看到大队长站在办公桌前，乌青着脸，手里拿着葛云飞写的那份盖着大队公章的证明，双眉紧凑，顿时让钟良感到室内的气氛凝重起来。他没有预料到大队长会是这副怒气冲冲的模样。钟良开始意识到这件事的严重性，他怯怯地站在大队长面前，大气都不敢喘一下。他低下头，小声说："队长，这份证明是我盖的章，你要批就批评我吧！"

"什么，是你盖的章子？"大队长头都没抬一下，眼珠子翻起来，瞪了他一眼，大声问。

"是，是我盖的。当时，那人拿着证明来找葛主任盖章，我以为葛主任知道这事，就自己替他盖了。”钟良努力在回忆，同时努力在编谎话。

“是谁拿着证明让你盖章的？”大队长紧接着问。

“是，是老教导员。他说，给葛云飞打过招呼了，就拿来让我盖章子。”钟良在努力把事情还原。

“他说找过葛云飞主任，你就相信？你咋就不问一声葛云飞？”大队长还在逼问。

“我以为他说的是真的，就没顾得上问。”钟良低着头，声音很小，做好了挨训的心理准备。大队长怒气冲冲地走到钟良面前，右手食指指着钟良的脸面，突然大声吼起来：“好啊，钟良，你小子胆子咋就那么大？你知道不知道，你这一个章子盖下去，闯了多大的祸？你看看，那些出租车司机都要把交警队骂死了，恨不得生吃了我这个大队长！就说他一个退休的教导员有多大能耐，给儿子的黑出租开证明，光明正大拉人营运，你知道这让那些正统的出租车该咋样生存？你再看看，他这样一弄，有多少黑出租猖狂营运，全县的出租车市场都被这些王八蛋搞乱了！你小子胆子真大啊，问也不问一声就盖了章子，你以为那章子是你家的，想给谁盖就给谁盖？你领了人情，让我给你擦屁股呀？你好好想想，要是那些出租车司机再到交警队闹事来，我就叫他们找你！”大队长气得脑袋上的青筋冒得老高，背着双手，在钟良眼前晃来晃去，胸脯像青蛙的肚子一鼓一鼓的。他发了一通火后，看都不看钟良一眼，指着门口说：“你走吧！明天就给我卷铺盖到北原去！”

钟良的眼泪瞬间涌了出来，像断线的珠子一滴一滴掉在了胸前。

看着钟良这副委屈可怜相，大队长不耐烦了。他狠狠拍了一下桌子，吼道：“哭有屁用，你赶紧走吧！”

钟良走出大队长办公室，悄悄擦干眼泪，红着眼睛朝自己办公室走去。有生以来他还从没有受到过这样的屈辱，今天大队长的话就像尖刀一样一刀刀刺在他的心窝上，让他的心在滴血、哭泣。

室外的天气阴沉沉的，凛冽的西北风迎面吹过来，让他感到了阵阵寒意。

就这样，钟良在春运即将开始的时候，被大队长一句话发落到了黄土高原上的北原中队，和其他五名新警一样站上了马路。

三

因第二天早上要给学生上两节课，罗燕那天在北原中队没有多停留，就到街上坐上了北原到县城的班车，赶在天黑之前回到了家。

罗燕是在本市党报上看到钟良的一篇文章后才认识钟良的。罗燕是师范大学中文系毕业的，通过考试被县城一所重点高中录用，今年九月随学生开学一起上了班。她从小就喜欢看《美人鱼》和《白雪公主》童话，上中学后又慢慢喜欢上了文学，高中毕业后以全校文科第三名的成绩考上了省城里一所一本师范大学，按着自己的兴趣选择了中文系，在校期间也是学生文学社的发起人和活跃分子。她喜欢写散文和诗歌，她的作品就像她本人一样小巧玲珑、精美别致。上班后，学校给她补订了《市委党报》和《教师报》。她不太喜欢看报纸上的新闻，最喜欢看的是周末副刊上的散文、诗歌、小说和随笔之类的文章。国庆节前夕，刚刚上班不久的她被副刊上的一篇散文随笔深深吸引住了，那篇文章的题目也很特别，叫《表露真实的自我和敢于担当的警察》，以自述的形式描写了一位新进队的警察忠诚于人民、紧要时刻敢于担当的生活与工作中的平凡小事。文章叙事如流水般娓娓道来，字里行间流露出作者的真情实感和生活启迪，直到文章结尾才点明了作者要表达的哲理思想。看完这篇散文随笔，她不由得被作者优美的文笔和精巧的构思折服，为这位新警的内心世界的真诚表露和自我灵魂的大胆剖析而拍手叫绝。她特别留意了一下作者的姓名——钟良，不知是笔名还是真名，但她还是牢牢记在了心里。再后来，她在党报上又陆续看到了几篇署名钟良的新闻报道，才知道这个作者就是本县交警大队的一位新警。就这样，通过一位同学牵线，她开始与心中敬慕的警营文人钟良接触，随着接触和交流深入，两人很快就发展到了恋人关系。

罗燕心里很清楚，她真正喜欢钟良的不是他那身威武潇洒的警服，也不是他那张青春朝气的脸庞，而是他那真诚憨厚的人品。她没有想到，看起来很机灵精干的钟良第一次到她家竟然会在母亲面前如实说出自己那少得可怜的工资，而且说得那么有零有整，也不怕未来的丈母娘给他翻白眼。后来，更多的事实证明，钟良最大的缺点是不会撒谎，更不会把自己应担负的责任往别人身上推。记得有一次他请她到街上一家饭馆吃饭，点了饭菜、要了饮料，两人吃饱喝足要离开时，他一摸口袋才慌了，想起自己下班后换下警服，忘了带钱包。他当时就直言不讳地对她说："罗燕，我该死，忘带钱了，你先借我一百元吧，明天还你。"她看到他像孩子一样脸色通红，就扑哧一笑，从身上掏出两百元递过去，说："你还真不怕我笑话你啊，就这么坦白了？"

钟良对罗燕的好感不仅仅是因为她那白皙清瘦的脸庞和婀娜多姿的身材，更主要的是一种感觉，准确地说是一种觅到知音的感觉。一次，罗燕拿着她写的一份中学语文教学工作经验介绍稿让钟良修改，当时钟良正处于对罗燕的初恋阶段，接过那份稿子就满口答应了，并保证一定让罗燕满意。回到办公室后，他大体上看了一遍那个经验介绍的发言稿子，觉得罗燕写得还不错，条理很清晰，只是重点部分还写得不够细致。但是自己对教学方面又不太了解，写这类材料还不太拿手。为了让罗燕满意，钟良想到了葛云飞以前在县委宣传部写过教学方面的新闻报道，一定能修改好这篇稿子，就把罗燕的稿子拿给葛云飞看，让他给润色润色。几天之后，葛云飞就把修改好的稿子交给了钟良，说："师傅可是费了很大的力气把稿子润色好了，保证你女朋友满意。"钟良接过稿子粗略地看了看用红笔密密麻麻增加的一些内容，伸出大拇指说："师傅出手，真是高明！"他兴冲冲把重新打印好的修改稿交给罗燕，心想她一定会满意。没想到罗燕只看了一两页就看不下去了，摇了摇头说："肯定不是你改的，改得这么高大上，我可不好意思给人念这稿子。"钟良有点犯傻了，噘着嘴说："你咋知道不是我改的？我可是费了九牛二虎之力才弄好的，你还不满意？真是出力不讨好。"罗燕抿嘴一笑，说道："别哄我了，你的文风就不是这样子的，我一眼就能看出来。"钟良纳闷了，说："你咋能看出？凭什么？"罗燕没有说话，从身上的挎包里掏出一个硬皮笔记本递给钟良，钟良打开一看傻眼了，里面全是从报刊上剪贴的自己的文章，有消息，有通讯，有散文，还有评论，有的文章连自己都没有注意到在哪个报刊上发表的，每篇文章都有红笔加的评语和心得。钟良这才不得不心服口服，说："算你厉害。这样吧，把稿子给我，我自己好好改一遍。"钟良从网上了解了一些当前中学语文教学的现状，仔细询问了罗燕一些教学改革中的初衷和细节，用了一个晚上把罗燕那篇稿子再修改了一遍，删掉了葛云飞那些故意拔高、夸张和合理想象的文字，尽量恢复作者的工作原貌和实际想法，使文章核心部分更细、更深、更实。第二天也就是全县中学教改工作会议前一天，他把稿子交给罗燕。罗燕这次看了连连点头，说："这才是你的高明之处，我要的就是这些东西。"通过这次改稿，钟良感觉罗燕和自己在许多地方的想法竟然不约而同，仿佛两人都像透视机一样，能互相看清对方心底。

面对罗燕炽热的爱情，钟良既高兴又担心。他清楚，自己是一个普普通通工人家庭出身的孩子，父亲早年因病去世，丢下他和母亲相依为命。就自己这样的家庭状况，在家享受着父母宠爱的罗燕能看上自己，愿意将来嫁给他，让他有点受宠若惊。

自从春节前自己被大队发落到黄土高原上站马路，不得不面对冬天里高原上刺骨的西北风和漫天飞扬的灰尘，钟良心里一直很失落，生怕罗燕知道自己离开了县城里装有空调暖气的办公室，改变了心意，离开自己。自从来到北原中队，他没敢再主动跟罗燕联系，甚至没有勇气告诉她，他被大队长发落到这里的原因。

其实钟良何尝不想回到县城那装着空调和暖气的办公室，坐在办公桌前写他的新闻稿和公文材料。他在大学学的是中文，写作是他心中的最爱。能跟着葛云飞学习写作公文和新闻稿，能隔几天在报纸上看到署有他名字的稿件，那种成就感真是美滋滋的。当然，回到县城不仅仅是可以在办公室写东西，免受这高原野风的侵袭和夏天灼热阳光的曝晒，更重要的是可以在下班时间陪伴着心爱的罗燕逛街，到沙河公园玩水赏景，这可是他曾经多少次期盼的梦想！可是，自从那次大队长对自己发怒之后，自己的这一愿望就彻底破灭了。

就在这节骨眼上，钟良遇到了一个返城的绝好机会。

六月下旬的一天，葛云飞开着警车突然来到了北原中队。他是拿着一大堆材料来北原中队找钟良的。他让中队长沈大鹏派人把钟良从路上叫了回来，一见面就说："怎么样，在这里还习惯吧？大队长也是，一句话就把一个好苗子给糟蹋了，真可惜啊！”葛云飞的话其实也是说给沈大鹏听的，意思是你沈大鹏咋就让一个笔杆子上路执勤？咋就不知道珍惜人才，把他安排在内勤岗位上，给中队写写材料、搞搞宣传啥的？

沈大鹏也听出了葛云飞的意思，他“哈哈”笑了一下，递给葛云飞一支香烟，给他点着，然后又给他眼前的茶杯里添满茶，说：“葛主任，钟良是你的弟兄，也是我的兵，就你知道心疼？不是我不重用他，其实我一开始就打算让他接替内勤的事干干，可是他说啥也要上路去。不信你问问钟良，是不是这回事？”

钟良这才开口道：“师傅，沈队长说的没错，是我主动要求上路执勤的，我觉得我还年轻，还是到一线锻炼锻炼好，这样也能体验一线民警的生活，培养自己能够吃苦耐劳。再说了，中队干内勤的是一个女民警，咋能让一个女民警上路，却把我一个小伙子留在家里呀？”

和中队长闲聊一番之后，葛云飞才提出自己来中队的正事。他对沈大鹏说：“沈队长，我最近工作头绪很多，忙不过来，眼下手头上有一个大材料，县公安局催得很紧。我想让钟良帮我搞一下，他知道怎样写，你看咋样？”

“葛主任的意思是要把我的兵抽上去，还是就在这里加班写？”沈大鹏问。

“我倒想把他抽上去，可这事我做不了主，还是要大队长点头啊。不过，咱慢慢来，只要钟良在写作上表现好，我会尽力向领导推荐的。再说了，像钟良这种笔杆子可是稀缺人才啊！”

葛云飞随后把钟良叫到中队会议室，摊开手头的一个文件夹，从文件夹里抽出几份手写的材料，然后给钟良交代，上周周五晚上他带着办公室小马和小宋值班，县公安局110发布警情命令，有一伙青年驾驶被盗车辆沿着108国道从外地窜入我县准备偷盗机动车，要求大队上路设卡拦截。当时，他向大队带班领导汇报后，按领导指令通知城区中队夜查民警上路拦截。城区中队夜查民警五分钟后回过来电话，嫌疑车辆闯过他们的执勤点朝县城西门口逃过来，请求大队派人拦截。大队地处县城西门口要道，葛云飞接完电话带着两名值班民警开着警车出了大队，在大队门口设卡拦截，终于把这辆被盗车辆成功拦截。拦截中还险些发生车祸，好在有惊无险。就这件事，大队给县公安局上报了之后，县公安局准备给葛云飞申报个人三等功，要求本周五也就是明天完成申报材料。他这几天事情很多，静不下心写，再说自己给自己脸上贴金的事也不好弄，就想到了钟良，带来几份材料让钟良晚上加个班，照着他说的事情经过写一份报功材料。

钟良看了一下材料，心里就有底了，说："师傅，你的事就是我的事，这事没问题，今晚我就加个班，尽最大的努力把报功材料写好，明天一大早我就去大队送给你。"

葛云飞站起身来，拍了拍钟良的肩膀，说："小弟，师傅知道那件事大队对你处理太重了。你放心，等师傅这件事到头了，一定想办法让大队长把你调回去，你来了，我的事就轻松多了。"

钟良赶紧端起茶壶给葛云飞的杯子里续上热茶，说："师傅，那件事我是有责任的，大队这样处理也是应该的。其实在基层中队这半年我收获也不少。你放心，你的报功材料我一定会写好的。现在我有了这方面的生活体验，你的英雄事迹我保证能写得真实感人。"

"你这小子，真行！"葛云飞伸出右手食指在钟良面前上下点了几下，就匆匆告辞了。

四

其实，钟良心里感兴趣的不是葛云飞的报功材料，而是另一件事。

像这种报功的事迹材料他写得太多太多了，无非就是在原有的事迹上加盐调醋，夸张拔高，关键时候再合理想象几个动人情节，一个英雄形象就树立起来了，这类报功材料都是出于政治工作需要才写的。不像他平时写新闻通讯稿那样，是本着实事求是的态度，深入基层或者事件现场采访，多方考证属实之后才动笔写的，那样的通讯稿是以事实为基础，写起来有物可言，来不得半点虚假。按说，葛云飞写报功材料比他好多了，何况是他自己的报功材料，作为搞了十几年政工和宣传工作的他，能对自己的报功材料不上心？还用得着找他这个徒弟写？这一点让钟良有点疑惑。至于葛云飞说的那个理由实在有点勉强，还有什么事比给自己写报功材料重要？再说了，自己写自已，再熟悉不过，按照往常的惯例，这样的材料在葛云飞笔下根本不费吹灰之力，几支烟的工夫就可以搞定，而且还是高质量的报功材料。很明显，报功材料在他钟良这里只是过过手而已，充其量只能算个初稿，到了葛云飞手里肯定会认真修改和尽力润色，将来给上级汇报时就把功劳归到钟良头上，到时候葛云飞再给大队长美言几句，钟良不就顺理成章地重返机关，回归到葛云飞手下，协助他在政工宣传工作上出力流汗？

这么说，钟良回县城的机会就摆在眼前了。

晚上，钟良把自己关在中队会议室里，打开笔记本电脑，按照葛云飞说的思路写了起来，写到夜里十二点，一份两千字左右的报功材料就成型了。看着初稿，钟良还觉得比较满意，这可是他费了百分之百的心血熬夜写出来的。钟良也明白这份报功材料对于葛云飞仕途升迁的重要性，为此葛云飞也给他放了话，只要这份材料写好了，三等功的事情到头了，就会考虑给大队领导建议把他调回大队，所以不拿出全部精力和心血来写，是达不到他的要求标准的。这样想着，钟良又在遣词造句上精心修饰了一番，把葛云飞截获嫌疑车辆时与犯罪嫌疑人展开搏斗英勇负伤的情节细致描写了一番，尽量使葛云飞的先进性更加凸显，使他的事迹更加感人，这样显得材料有血有肉，丰富饱满，直到他觉得百分之百满意后，才点击了保存键。

第二天早上，钟良坐上班车，怀揣着打印好的报功材料去了大队。来到葛云飞办公室门口，他敲门半天没人开，就来到隔壁的后勤办公室，看到那晚参与拦截嫌疑车辆的两个协警小马和小宋。他忽然想起葛云飞以前给他说过，写材料和新闻稿最好要采访当事人，采访才是写作的真功夫。他昨晚写这份报功材料用的都是第二手材料，关键情节也是模模糊糊的，按正常程序他应该好好采访采访这两个协警，他们说不定会告诉他更详细、更动人的细节，有些情节说不定还会有意想不到的效果。

小马是办公室保管员，小宋是司机，两人以前和钟良经常在一起，混得已经很熟了。钟良进去的时候，小马趴在桌子上盯着液晶显示屏在上传物资登记表，小宋在笔记本上抄写交通安全法规。看到钟良进来了，两人都停下了手中的活，又是沏茶又是递烟的，热情招呼他。

“两个兄弟都很忙啊！”钟良接过小马递上的热茶，又摆了摆手，挡过小宋敬上的一支香烟，问道：“葛主任去哪里了？”

“刚才被大队长叫去了。你找他有事？”小马说。

钟良给自己搬了一把椅子坐在两人办公桌跟前，把报功材料递给小马，说：“这是给葛主任写的报功材料。正好那天晚上你俩参与了拦截嫌疑车辆，你看看我写的具体细节对不对？还有没有要补充的？一会儿你俩再给我说说当时的情况，越细越好。”钟良掏出个笔记本，做好了采访记录的准备。

小马看完报功材料直摇头，说：“你这是写的啥呀？牛头不对马嘴的。哪是葛主任截获的车辆？也不是他受伤，这些事都是我和小宋干的。当时葛主任在警车上就没下来。”

“临时工下苦受累，立下的功劳都是领导的。如今这很正常嘛！你们这些文人也真行，就这么移花接木，张冠李戴，葛主任就成了英雄，嘿嘿嘿……”小宋顺手接过报功材料看了一遍，调侃着说。

钟良一听觉得不对劲了，就让两人把那天晚上的事情经过详细陈述了一遍，果然和葛云飞给他的材料有出入。原来，那晚整个设卡拦截过程中，葛云飞都没有下警车，根本谈不上他冒着生命危险与犯罪嫌疑人搏斗受伤了。事情的真相恰恰是小马被车撞倒了，肩膀被擦剐后蹭破了皮。小宋当场擒获了两名盗车犯罪嫌疑人。

钟良把写得密密麻麻的两张稿纸揣进内衣口袋里，神情凝重地走出了后勤办公室。是重新写那份报功材料，还是就这样送给葛云飞？钟良犹豫了。现在，材料还没经过葛云飞的手，即使不重写也可以把关键情节修改一下，问题是那样修改了还是葛云飞的先进事迹吗？何况葛云飞已经说了，县公安局和市公安局催得很急，上午十二点前就必须报过去。钟良知道，如今的报功程序很复杂，仅仅有一份报功材料还远远不够，还必须填写《个人奖励登记表》，写事迹简介、报功请示等材料，这些零七零八的东西让葛云飞一个人完成，也够他一个上午忙活的，自己再重写显然来不及了。这样想着，他只好打消了重新写报功材料的打算，但心里压着的那块石头还是没有着地。

等葛云飞回到办公室，钟良把报功材料给了他，葛云飞仔细看了一遍，自己又在几个关键处加了些话，更改了几个关键情节的措辞用语，就送到打字室，让打字员按规定格式重新打印，剩下的时间就只等着市公安局公示和领导审批了。

五

钟良从大队出来后，直接回到了家里。

钟良的家在一个很窄的老巷子里，这里以前是纺织厂附近的老居民区。如今，大部分人都搬离了，他们有的买了新房子住到了新小区；有的挣了钱在省城买了房子，一家人远走高飞了；剩下的就是那些家庭经济状况不好，或者靠吃政府低保过日子的人。钟良的母亲这些年心脏病经常复发，还伴有其他几样老年病，那一点可怜的退休金差不多都买了药。钟良的姐姐有时候过来看母亲时，会给上母亲几百元零花钱。钟良的母亲虽然手头紧，但很少要女儿的钱，除非药快吃完了，非买不可时，才会收下女儿给的钱。钟良眼看着就过二十八岁了，还没有成家，这让当妈的心里很着急。以前只要钟良一回家，母亲就要问钟良有对象了没有，或者有没有人给他介绍对象，问得钟良有时候也不耐烦了，会回敬一句："还早着呢，你急啥呀？"自从钟良和罗燕谈起恋爱之后，母亲脸上才露出了一丝笑容。

这次钟良回家，母亲没有问他找对象的事，而问："你在下面中队吃得好？睡得好？上路执勤要小心，别让车撞了。"钟良还是觉得母亲唠唠叨叨个没够，心里有点烦。

可是，没过几分钟，母亲又话归原辙，说："良子啊，你有没有和燕子谈结婚的事？你俩都不小了，要是合适就跟人家说说结婚的事吧。这夜长梦多，你可别闹得空欢喜一场。"

钟良坐在一旁想着两个协警给他说的那晚的事情，没有回答母亲的话。

母亲又开始唠叨起来："良子，你听没听我说话啊？你不要担心钱的事情，你爸走后留下的抚恤金，妈一分钱都没动，虽说买房子不够，可办婚事还是有余啊！只要你们定了日子，买房子的首付钱咱再想想办法就是了。"

"妈，看您着急的，人家还没给话呢！"钟良回了一句。

“良子啊，你回来一趟不容易，明天你就去找燕子，再问问她家的意见。要是她妈不答应，妈就豁出去这张老脸了，专门去她家要日子。哎，谁叫咱家穷啊！也难怪人家燕子妈迟迟不点头，看样子还是担心你没有新房。妈都想过了，再不行就问你姐夫借点钱，咱先租个新房子，等办完婚事在慢慢攒钱，交个首付买套像样的房子。”母亲只顾自己说着，也不管钟良听没听。等她转过头看儿子时，发现儿子趴在桌子上已经睡着了。母亲从床上下来，拿起一条毛毯走过去，轻轻盖在钟良的身上，然后一声不吭地走进厨房，给儿子擀起面条来。她知道，儿子最爱吃她做的葱花面。儿子在中队灶上一定吃不上像她做的这样香喷喷的葱花面了。

就在母亲在厨房做葱花面这点工夫里，钟良竟然很快进入梦乡。他做了一个让他很纠结的梦。梦里一边是母亲用严厉的目光注视着他，指着他的脸面说：“儿子，妈是咋样教育你的？做人要有良心啊，咱可不能为了一点个人小利益说违心话，办违心事。要是连这点都做不到，你还有啥脸面对你死去的爸爸？”一边是罗燕用可怜兮兮的目光在祈求自己，说：“钟良，你咋就那么不开窍啊，眼睁睁放着进城的机会不要，却偏要跟自己的恩人过意不去？你连这点辨别力都没有？我不反对你说真话，也理解你内心的愧疚和纠结。可是现在除了葛云飞，还有谁会帮助你调回城里啊？眼看着你就要进城了，进了城我们就能团聚，就能说服我妈让咱们尽快办喜事。可是你硬要跟葛云飞过意不去，让我说你啥好呀？”

就在钟良左右为难时，他被母亲推醒了，睁开眼就看到桌子上放着一碗热气腾腾的葱花面，闻到了那种熟悉的葱花飘香的味道。

“良子，妈给你做了你最爱吃的葱花面，快趁热吃吧，吃完了再躺在床上睡一觉。看你这么困，是不是昨夜里加班了？”母亲眯着双眼，柔柔地看着他。

钟良接过母亲递来的筷子，抄起一筷子面条就往嘴里送，也不怕烫着。他一边嚼着面条，一边说：“我昨晚熬夜写材料了，今天一大早就赶到大队来送。妈，你最近还好吧？夜里再发过心脏病没？以前我在大队上班，晚上还能回家照顾你，现在离家远了，也不能经常回来照顾你，心里老是放心不下你。”

“妈这是老毛病了，不会有啥问题的，就是夜里感觉心慌了，吃一粒药片就好了。再说了，你姐也隔三岔五来陪妈，你就放心干你的工作吧，别老是操心妈。要操心就操心你自个儿的婚事吧。只要你的婚事到头了，妈这心里也就歇下了。”

“妈，婚事我会考虑的，你放心吧！前一段时间我和罗燕说了，等我转回到城里上班了，她妈就答应我们结婚。这不，这些天我正跑着自己进城的事。”

“有没有眉目啊？要不要花钱？需要花钱，你就吭声，妈给你准备着钱。只要能进城，能尽快跟燕子结婚，花多少钱妈都答应。”

“妈，这事不是钱能解决的。你不用管，我知道该咋办。”

当天，钟良还是告别了母亲，搭上班车，赶在天黑之前回到北原中队。

夏季的傍晚依然热浪滚滚，高原上蚊子也多，在草丛和水渠间叫个不停，到处寻找吸血的对象。钟良回到自己的宿舍，宿舍里另外两名民警上晚班去了。他躺在床上，盖上毛巾被，闭上双眼，在漆黑的房间里胡思乱想起来。

怎么办？是听从罗燕的规劝，放任自己张冠李戴胡编乱造写的那份报功材料逐级上报？还是还原事实真相，也还两名协警一个公道？很显然，后一种选择是要冒很大的风险的。你怎么样还原事实真相？是直接向县公安局报告说，这份材料是你写的，材料里面写的与事实真相不符？谁会在乎这一点呢？再说了，材料是人家葛云飞最后修改定稿的，是经过大队领导审核后上报的，你一个基层民警说材料事实有假，人家就相信？如果是两个协警向上级报告这事还有情可原，你一个远在高原中队的民警凭什么就随便乱说一通？葛云飞也不是傻子，他在这方面过的桥可比你钟良走的路还多，你一反映，人家能不会怀疑到你身上？葛云飞再怎么也是你的师傅，他可是手把手教你怎么写公文，怎么写新闻稿，他是对你有恩的人啊！就算上次那件事你给人家灭了火，人家也不是铁疙瘩一块冰冷无情，这不就是借这次写材料的机会想把你调回大队机关，圆了你回城的梦吗？人家本是好心好意想把你从中队调回来，你咋能忍心在这节骨眼上背后捅人家一刀？

钟良忽然觉得自己的内心很猥琐，在人情面前自己成了一个卑鄙小人。可是，二十多年来父母播撒在自己心灵深处的那颗种子，却一直显示着强大的力量。这颗种子已经在他内心深处扎根、发芽、结果，繁茂的枝叶已经缠绕着他的手脚，让他无法挣脱开来。他回想起上午小马和小宋说的那些难听的话，眼前显现出了两位年轻协警失望、无奈、叹息、愤懑的表情。这时，他的脑子里出现了一个奇怪的念头，树立一个虚假的先进典型就是对另一个无名英雄灵魂的践踏；违心地夸奖一个虚伪的英雄，就是对自己内心的那份坚守的欺骗和违背。

几天之后，钟良在内勤郭娜娜办公室的电脑上浏览了一下市公安局内网，看到了市公安局政治处下发的一份奖励公示，其中就有葛云飞的个人三等功公示。他趁郭娜娜出去的时候，把自己随身带的U盘里事先写好的一份材料发到了公示里的一个内网文件夹。

六

这天一大早，钟良起床后端起刷牙缸子在中队院子的一排自来水池前刷牙。一位五十多岁的中年妇女走进了中队，径直走到他身边问："同志，你们的高教导员在吗？"

钟良一边刷着牙，一边指了指教导员高俊文办公室，意思是你自己去敲门问吧。那中年妇女明白了他的意思，过去敲了几下教导员办公室门，没有人开门。又敲，还是没应声。中年妇女回身又走到钟良身边。钟良这时刚好刷完了牙，他问中年妇女："找我们高教导有啥事？"

中年妇女说："问问我娃的事。"

"你娃咋了？"

"让你们交警打伤了，住院花了'一河滩'，谁管呀？"

"啥时候的事？我咋没听说过。"

"去年秋季，眼看快一年了，你们谁也不管。我找了几回，你们队长说叫我找姓高的教导员。姓高的总是说给我问一问，我腿都快跑断了，可事情还没到头。"

钟良一听是他来中队以前的事情，只好让她再找高教导。他回了自己宿舍，那中年妇女不死心，跟着也进到宿舍。宿舍里另两名民警还在蒙着头睡觉，钟良见中年妇女跟着自己进来，就让她坐在桌子前的椅子上，给她倒了一杯开水，问："你儿子到底是怎么回事？"

中年妇女看一边还有人睡觉，只好压低声音给钟良说："说来话长。去年秋季，我娃买了辆三轮车贩运苹果，在路上叫你们队上人扣了，说是我娃没有驾驶证开车是违法。我娃刚花了七百多块钱装了一车苹果准备往市场上去卖，现在哪里有钱办什么驾驶证，再说庄稼人也不懂这个，我娃就说让他把苹果卖了再去车管所办证。你们的人说啥都不行，硬要扣车。我娃就挡着不让扣，就这样和你们的人扭在一起，最后你们三四个人把我娃围住，打断了肋骨，还给带了铐子，说是要拘留。还好因为我娃身上有伤，拘留所没有接收，后来到医院检查还有脑震荡，如今干活不敢出力不说，整天喊头疼。你说，一个好端端的小伙子，才二十多岁就成了这个样子，让他以后咋说媳妇，让我们一家人以后咋过日子？"中年妇女说着，竟悄悄抹起眼泪。

钟良心软，最见不得看到别人抹眼泪，小时候村里死了人下葬的时候，看到那些死者儿女们哭得像泪人的样子，他就禁不住在一旁掉眼泪。中年妇女说起她儿子被打和娘儿俩生活困难的情景，也引起了钟良的同情。虽然这事是他来以前发生的，按说与他无关，可毕竟人家真的有问题要向队领导反映，他也不能就这样瞪着眼睛不管。于是，他就对中年妇女说："等高教导回来了，我把这事再给他说说，好吧？"

"谢谢，那就拜托你了，小兄弟。你和他们不一样，一看就是好人。"中年妇女脸上泛起笑容，连声说着感激的话，退着身子走出了宿舍。

中年妇女走后，同宿舍的民警马强醒来了。马强他揉着惺忪的双眼问："那婆娘走了？"

钟良反问他："你早就醒来了？这不是明知故问吗？"

马强说："这婆娘可难缠哩，你最好不要理她。她到中队来过不下十回了，成了老上访户，队上没人愿意搭理她。"

钟良想起刚才那中年妇女叫了半天门教导员都没开门，莫非教导员在办公室故意想躲避她？他还是不解其缘，问："你知道这件事，到底是不是她说的那回事？"

马强说："怎么说呢？咱们的人是打了她儿子，可是那时正赶上大队搞秋季交通秩序整顿，她儿子无证驾驶还不服从咱们执法，不但不给三轮车钥匙，还拿着摇把准备打交警，扬言谁敢扣他的车，他就要打断谁的腿，气焰十分嚣张，周围围了一圈群众在看热闹，看咱们交警能不能把他的车扣走。结果高教导一声令下，连同增援过来的五六个人一齐下手，才把那小子制服了。在给那小子上铐子时他还不老实，不知谁在忙乱中狠狠踹了他一脚。那小子就捂着肚子喊叫一声，头也磕在了三轮车车厢上，脑袋上挂了彩。"

"哦，是这么回事。对了，那小子叫什么名字？"

"李要强。"马强说。

钟良想起来了，去年国庆节前夕大队开展秋季交通秩序整顿中，北原中队内勤的确上报过一条反映辖区内一无证驾驶青年被民警刑事拘留的信息。后来他还以此条信息改写了一篇新闻报道，题目是《青年无证驾车还抗法 交警依法拘留没商量》，先后刊登在省市晚报上，起到了不小的震慑作用。

"后来呢？"钟良想继续了解此事。

"本来要依法拘留李要强，法律手续都办好了。就在进看守所时，李要强突然喊肚子疼头疼，看守所为了保险起见，要咱们民警带着李要强到县医院作伤情检查，检查结果和他妈说的一样。这下那婆娘搁不下了，跑到中队找高教导，和高教导员说不出个结果，又去找中队长，中队长始终不承认是咱的人打了她儿子，后来她又去大队找过大队长，听说一直没有结果。本想这事就这样不了了之了，没想到她今天一大早又来了，可能是听到了点啥风声。"

"啥风声？"

"你还不知道？高教导员马上就要退居二线了，中队长也有可能被调走。她再不来，以后新领导来了更不会管了。"

"不会吧，只要事实清楚，是不会搁烂的，就是换了领导也应该给人家解决到头的。"

晚上，钟良从路上执勤回来后来到教导员高俊文办公室，向高教导员提起早上那个中年妇女来找他的事情。钟良心里清楚，高教导早上肯定是故意回避那中年妇女，但他还是装着不知道这回事。高俊文露出无可奈何的表情，说："这事嘛，还真不好说。说实话，是咱们的民警把人家打伤了，也应该给人家赔偿，可是牵扯到一万多块钱的医疗费，不是我能做得了主的。中队长不认账，不给话，我也没办法。再说了，我还能再干几天啊，只好这样推推磨磨，拉锯吧。再过几个月我就内退了，这事我也就脱身了。"

"既然我们错了，给人家赔礼道歉不就完了？这样让人家天天来找，啥时候是个头啊？"钟良不解地问。

"你呀，真是皇上不急太监急。你管这么多干啥？那婆娘爱来就让她来，反正没有人会搭理她的。碰上几次钉子就不再来。基层的事情不是你想象的那样简单，这些人心里毒着呢，只要你服了软，低了头，他们会狮子张大口给你漫天要价，咱下面的中队又没有独立财权，你让我们这些当领导的咋下场？"教导员显然心里有气，但也没法子，只能发一些牢骚而已。

高教导说的也是实际情况，不无道理。可是，即使中队没有财权，中队领导有难处，只要是自己人把人家村民打伤了就应该赔偿医疗费，这是天经地义的事啊。中队长解决不了可以向大队领导汇报，那一点医疗费难道大队解决不了？难道让群众为了这点钱天天跑到中队闹事，弄得两个中队领导像龟孙子一样躲着不敢见人家，真不知道中队领导为啥到了关键时候腰板就不硬了。这些话钟良只能在脑子里来回想想，自己毕竟只是个无名小卒，哪能管得了领导们的事情？

七

钟良返城的事终于还是泡汤了。

虽然靠葛云飞自己是返回不了机关了，也给罗燕兑现不了那句诺言，甚至他和罗燕结婚的事也可能会因此被搁置，但是钟良一点也不后悔自己当时的决定，现在他反而觉得心里是一种解脱。他知道，自己的路还是要靠自己走，一切还是顺其自然为好，在基层中队照样能干出一番成绩。

下到北原中队的第二个春节过后的一天早上，钟良穿好执勤服，带好执法记录仪和法律文书，正准备带着巡查一班民警上路执勤，被中队教导员高俊文叫住了。钟良跟随着教导员进了办公室，高俊文对钟良说："过几天大队要开展春训了，今年的春训不集中搞，要求各单位自行组织，但培训任务必须完成，效果也必须保证。你看看，这是大队的文件。”

钟良接过教导员递来的红头文件一看，不清楚教导员给自己说这些是什么意思。自从去年教导员告诉自己不要管那位中年妇女儿子的事后，中队的一些大事小事他都不想操心，只要求自己老老实实上好路，不让自己的辖区道路发生有死亡的交通事故就行了，其他的都是中队领导的事情了。今天教导员突然给他说这事，让他有点捉摸不透。他忍不住问：“高教导，你有啥吩咐尽管说。”

高俊文说：“再不到一个月我就要退居二线了，我看你是个好苗子，就想把春训的事交给你，你就给咱拟个春训方案，替我给民警上好政治和法律课，把咱们中队今年的春训搞好，争取在全大队考核中冲到前列。怎么样？”

“行是行，可我没这方面经验。”钟良感到事情突然，对自己有点不自信。

“经验可以慢慢积累。放手干吧，我看你一定行！”高俊文鼓励说。

“好吧，高教导这么信任我，我就试试，争取不给领导丢脸。”钟良信心倍增。自从到了北原中队一年来，教导员高俊文对自己一直不错，多次在全中队民警会议上表扬过自己学习抓得紧，工作也踏实，也没少在中队长面前给自己美言几句。只可惜高俊文过了春节就要从副科级岗位上退居二线当督导员了，听说已经有好几个股级干部盯上了这个副科级位置。

对于教导员交给自己的这份任务钟良心里是有底的。政治理论和法律文书是他的强项，毕竟在大队办公室待了三年，写了三年的材料，这点事就是小菜一碟，就凭他这三年写了十几篇政工和业务调研论文的功底，讲起理论课来一点不会比教导员差。他用了一个晚上的时间，很快就把中队的春训实施方案写好了。高俊文一看，就点头夸赞道：“真不愧是办公室待过的才子，方案写得不错嘛，既规范又详细，可操作性强，很好，我给中队长说一下，就按你这个方案办，具体的教育训练你就一个人抓起来。”

北原中队一周时间的春训就是按照钟良拟写的实施方案进行的。中队十五名民警在钟良的指挥下，利用每天早上一个小时进行队列与交通指挥手势训练，晚上又是由钟良担任教员，集中对民警进行一个小时的政治理论与法律法规培训。经过六天的连续训练和培训，大队安排的所有训练任务全部完成。周日，大队对各单位民警的春训情况进行了统一考试和验收，北原中队在队列与交通指挥手势考核中名列第二，在封闭式政治理论和法律业务考试中平均成绩名列第一名，总体考核第一，这在北原中队还是第一次，就连以往考核总是排在第一的城区中队这次也不得不心服口服。

春训过后不久，大队经报请县公安局党委同意，对个别民警的工作进行了临时调整。让钟良感到意外的是，这次调整的三名中层干部里面竟然有他，他被提名代理北原中队教导员。因为是临时性调整，大队只是让几个人提前进入岗位角色，具体的提拔任职还有待组织部门年底考核后以正式文件的形式任命，那时才能享受所在职位的职级待遇。这次一共有两个副科级领导内退，除了高俊文，另一个是事故科的教导员。让人感到意外的是，葛云飞却没有临时占上一个副科级位子。就在葛云飞报请三等功之后，大队里面就传出一阵风，说葛云飞早已经盯上了事故科教导员的位置。政界的事情往往出乎意料，想提升的没有提升，没想到提升的却意外提升了。钟良可是做梦都没有想到自己会从一个普通民警越过股级直接上了副科级位子，很显然是中队长和教导员高俊文起了很大的作用。他也知道，虽然组织部门还没有正式任命，但只要不出意外，这个副科级教导员的位子对他来说也是板上钉钉的事情了。

然而，面对这突然降临的官职钟良并没有欣喜得昏过头，他的心一点也不踏实。他很清楚葛云飞这次为什么没有动，更清楚葛云飞的三等功为何最终没有批下来。就在县公安局政委宣布完职务调整的通知之后，钟良无意间瞥了坐在他右后边的葛云飞一眼，葛云飞的眼神那一瞬间也正好向他扫射过来，他能感觉到两人的目光碰撞出的火花。

钟良是一个人坐着班车返回中队的。在车上，那份从内网发给市公安局领导的举报信在他的头脑里模模糊糊显现出来，他仿佛看到了葛云飞那冷酷的目光像一柄利剑刺向他，刺得他心在滴血。他开始为自己背地里给葛云飞捅的那一刀子感到愧疚。他清楚，那份举报信毁掉的不仅仅是葛云飞的三等功，更重要的是他的副科级领导职务。从葛云飞那怀疑和仇视的目光中，他已经断定葛云飞知道是他背后举报的，这让他以后更无颜面对葛云飞了。可是，如果不写那份反映信，不把那晚上拦截嫌疑车辆的事实真相说清楚，他又觉得会愧对两位协警兄弟，会欺骗自己做人的良知。他这样做是在坚守自己的道德底线，虽然他很清楚市公安局网上的立功受奖公示只是个程序，没有人会把这真的当回事，但他还是毅然决定写了那封反映信，毫不犹豫寄给了市公安局领导。反映信投出去的那一刻，他的第一反应不是愧疚和恐惧，而是一种卸掉沉重负担后的解脱。

回到中队，钟良迎面碰到一个人，她一直坐在教导员高俊文的办公室门口。李要强的母亲像预先得知什么消息一样准时来到队上。看到钟良掏出钥匙在开高俊文的办公室门，李母就问："小兄弟，咱们又碰面了。上次那件事你给高教导说了没？"钟良知道她要问啥，就说："说了。可是高教导内退了，不再来上班了。"

李母脸上露出了失望的表情，犹豫了半天才问："那他没给你说我娃的事情咋办？"

外面天气很冷，李母浑身开始发抖。钟良把她招呼进来，从热水瓶里给她倒了杯热水，让她坐在沙发上，说："你有啥想法就先给我说，我看看能不能帮帮你。"

李母不自然地笑了一下，说："看样子，你接替了他的官位？小兄弟一看就是好人，看来我娃的事有盼头了。"李母喝了口水，将去年的那件事情经过详细说了一遍，说到她多次找中队领导都没人管时就有点激动了，眼角闪动着泪花。说完，她从内衣口袋掏出一沓票据复印件，递给钟良："这些都是我娃住院的票据和药费单子，一共是一万五千六百块。"

接过票据，钟良犯难了。说到钱，没有谁愿意沾手的，就连中队长和教导员都退缩了，他这个代理二把手能解决？要是接手了这事，给人家解决吧，那就要承认民警打人的事情，就要赔偿人家的医疗费，这不等于跟两个领导唱对台戏吗？解决不了吧，李要强的医疗费到不了位，李母还会天天跑来找他，会把他粘住不放的。钟良有点后悔刚才自己答应人家有点仓促了，可是这会儿他已是骑虎难下了，自己把自己逼到墙角了，不接受都不行。他用一枚回形针把这些票据和医药单夹好，放在里面的抽屉里，说："这些东西先放在我这里，一星期后你再来。"

李母说声"谢谢"，就起身离开了。

八

第二天早上，钟良怀揣着李要强母亲给他的一沓医疗费票据来到中队长沈大鹏办公室，他想这件事还是要和中队长商量一下，看怎么解决好。当然了，中队没有经费开支的权利，要赔偿这笔医疗费最终还得找大队长。问题是沈大鹏愿意不愿意找大队长说这事，因为高俊文已经说了，沈大鹏对民警打人这事始终没有认可。

"沈队长，有件事向你汇报一下。"钟良先礼后兵。

"什么汇报呀，你直接说商量商量不就得了。钟良，现在你已经接替高俊文了，咱俩是工作上的搭档了，身份不一样了，以后说话不要那么客气。"沈大鹏给他倒了一杯浓茶，神情很放松。

"再怎么着你也是中队长啊，我还只是代理教导员，工作上还是多请示的好。再说了，你也是大哥，中队的事比我熟悉得多，看问题也站得高，想得远。"

"哈哈，别给我戴高帽子了，有啥事就直说，别拐弯抹角的。"

看到火候差不多了，钟良才从口袋里掏出那一沓票据，放在沈大鹏眼前，说起了昨天李要强母亲来中队的事情，然后问了一句："沈队长，这事已经拖了一年多了，是不是该给人家解决了？"

沈大鹏用眼睛的余光扫了一眼票据，站起身来点燃一支香烟，在钟良眼前走了几个来回，然后说："钟良啊，你刚刚上任，我本来不该说你啥，可你今天把这东西拿到我这里，知道我会怎么想吗？说轻点，你是先斩后奏，说重点，你这是在逼我！"

"沈队长，你误会了，我可没有这意思。昨天那妇女来我办公室找高教导说事，我想总不能不接待啊！即使他把这些票据给了我，我也没有答应说一定给她儿子赔钱，只是说让她过几天再来。昨天本来想和你商量的，你不是一直没回队上嘛，所以今天一大早就向你汇报来了。”

“你这是汇报？你要是真的来汇报，就不要拿着人家的票据啊！你知道那婆娘找过我和高教导多少回了，我们谁敢收那票据了？我们哪次承认民警打人了？你这样收了票据就等于承认给人家赔钱，也就等于承认咱们的人打她儿子了，你这不是给我下巴底下支砖吗？”沈大鹏越说越来气，越说声音越来越高，几乎全院子人都能听见。他瞥了钟良一眼，看到钟良一言不发了，才觉得自己有点情绪失控，压低了声音说道：“那东西你先拿走，那婆娘再来你就退给她，就说中队不承认这回事，她爱咋咋去！”

从沈大鹏办公室出来，钟良脸色阴沉了下来，心里也闷着气。沈大鹏这么坚决，一点商量的余地都没有，让他感受到了上下夹击的压力。回到办公室，他把票据重新放到抽屉了，锁好，想着解决此事的办法。看来，想通过沈大鹏解决这事是行不通了，要使问题得到解决，有两个办法：一是绕过沈大鹏直接找大队领导，承认民警打人的错误，请求大队长解决这一万多块钱的医疗费；二是想办法给沈大鹏施加压力，清除掉沈大鹏这一障碍，逼迫他承认错误，赔偿医疗费。如果用第一种方法，只有他钟良出面找大队长了。可一想起去年春节前那起盖章子的事情，他就没有丝毫的勇气了，大队长都对自己那样了，自己还能说这事？人家中队长都不来，你一个代理二把手来说事，大队长能听你的？这种花钱买骂名的事领导能爽快答应？不管怎么讲，这一步都是行不通的，即使有希望，那也是百分之零点几的可能性。那么，第二方法呢？谁能给沈大鹏施加压力呢？除非大队长了。可大队长又怎会轻而易举把矛头指向自己的手下呢？这时，钟良突然想到了办法，一种既可以把自己解脱出来、又能逼迫大队长就范的一箭双雕的好办法。但是，这种办法也是有风险的，风险就是有人会一眼识破其中的奥秘。即使有风险，被逼到墙角的钟良还是想尝试冒险一下。

钟良心里清楚，这次行动要稳妥推进，不可掉以轻心，否则就会引火烧身。

这个礼拜天轮到中队长值班了，钟良本可以利用两天的双休日回去看看母亲，见见罗燕，以了却他这段时间对母亲病情的牵挂和对罗燕的思念。然而，李母的医药费票据在他手里，让钟良如同背上了一个沉重的包袱，不解决掉这个问题他身上是不会轻松的。所以，他打消了回家的念头，周六吃过早饭，就骑着自己的摩托车带上马强来到了李要强的村子里。他先找到村主任家里，以前进村搞交通安全宣传时他经常和村主任有来往，两人已经混熟了。

提起李要强的事，村主任是这样说的：去年秋季那件事发生后，李要强的母亲先是找过村主任，希望村上跟交警中队协商处理医药费的赔偿问题。问题是对这件事定性比较难，交警中队领导一口咬定他们的民警没有打人，是李要强自己暴力抗法，在民警上铐子时自己挣扎中碰到了车厢上受的伤，民警是正常执法；而李要强的母亲一口咬定是交警打了他儿子，还有当时在一旁围观的两名群众作证。有目击证人作证说他亲眼看到一名民警踹了李要强一脚，才导致李要强撞在车厢上受伤，腰部的伤就是被人踹的。由于各说各有理，就谈不上交警中队赔偿医药费的问题。所以，村上也是没法子，只能从困难救济款中拿出一点钱给李要强暂时给予救济。

为了弄清事情真相，钟良要村主任把李要强和那两个目击证人叫到村部，他要再亲自询问一下。李要强和两个目击证人到了之后，他简单地说明了找他们来的缘由，然后与马强一起分别对三人进行了询问，他询问马强作笔录，不到一个时辰就完成了一套询问笔录材料。之后，钟良又回到队上，把那天参与此事的几个民警逐个叫到他办公室进行了询问，并让马强在一边作了笔录。

经过对几份笔录进行综合梳理，钟良很快写出了一份《关于北原交警中队执勤民警与村民李要强纠纷事件的调查报告》，并把几份询问笔录的复印件附后，署了自己的笔名后，分别寄给了省市几家新闻媒体。很快，省市党报和几家晚报分别派记者直接来到中队和村里进行实地采访。起初沈大鹏对媒体记者还是一味地隐瞒真相，等人家把稿子写出来后他才着急哩，连夜跑到大队汇报情况。

第二天，本市党报和本省一家很有影响力的晚报上同时刊登出一则新闻，刊发在市委党报头版上的新闻标题是《谁该为这万元医疗费买单》，省里那家晚报头版头条的新闻标题则尖锐得多：《执法交警打人致伤　农家孩子变为残疾——一起拖了一年多的伤害赔偿纠纷何时到头》。两条新闻均把矛头指向北原交警中队，两篇新闻的舆论导向都同情弱者，谴责打人交警。晚报新闻还配有李要强和母亲艰难生活的照片，使新闻的真实性更强一点。

两篇新闻如同两颗原子弹在全市和全省公安系统引爆，从省公安厅到县公安局、从省交警总队到市交警支队，各级督察纪检部门接踵而至，纷纷来到大队和北原中队调查这一事件，又是找当事民警调查，又是和沈大鹏、高俊文个别谈话，弄得大队长和北原中队中队长坐卧不安，到最后大队不但全额赔偿了李要强的医疗费，大队长和中队长还亲自登门给人家母子赔礼道歉，打人的协警也被当即辞退。

足足半个月后，这两颗原子弹的余波才慢慢平息下来。

九

盛夏。一个闷热难耐的晚上，钟良带着三名民警值班，到了晚上七点多时，天空突然电闪雷鸣，狂风大作，透过玻璃窗户往外看，中队院子里的灯光下，尘土飞扬，风声呼啸，紧接着倾盆大雨就噼里啪啦砸了下来，院子里不一会儿就成了一片汪洋。

北原中队地处全县东北部的黄土高原上，不仅离县城远，地理位置偏僻，而且上原下原的路崎岖不平，坡陡、弯急，特别是108国道的一段下坡路，一边是二十三米高的黄土崖壁，一边是几十米深的深沟，整个下坡路段陡峭弯曲。以前这里经常发生翻车、死人事故，一些外地货车司机一到这一段路上就浑身发抖，后来这里被过往司机称作“死亡坡”。此时，钟良第一个想到的是“死亡坡”，他告诫三名值班民警要高度集中精力，随时处置警情，决不能在自己值班的时间内发生责任交通安全事故。

就在钟良刚刚安排好三名值班民警的工作后，就接到了一起报警电话。电话是大队值班室打过来的，时间显示是晚上七点三十分。电话命令：108国道“死亡坡”半坡发生一起单方交通事故，因事故值班民警有其他事故现场要处理，要求北原中队值班民警马上到事故现场抢救伤员。接完电话，钟良一边往外走，一边安排，说：“小王，你留在值班室，马强、李伟林跟我上坡头。”三人穿上执勤雨衣，拿上铁锨、钢丝绳、反光指挥棒和撬杠，开着面包警车，冲出中队大门，消失在雨水如注的雨幕中。

漆黑的夜幕下，乌云像恶魔一样伸出魔爪，吐着雪亮的信子，张开血盆大口向高原上倾注着滔滔雨水。几乎在一瞬间，蜿蜒的108国道就变成了一条流动的河流，雨水沿着坡度向低处奔涌而下，道路一边的土崖上雨水混着黄土像瀑布一样从天而降。面包警车像黑夜里的一叶扁舟漂移在S形的国道上。钟良紧握方向盘，睁大双眼，借着微弱的车灯在洪水中探寻着路面。就在一个下坡的拐弯处，面包车突然随着奔涌的洪水朝一旁偏移而去，钟良赶紧死死踩着刹车，紧紧抓着方向盘。可是面包车一侧还是随着洪水滑落到路边的庄稼地里，好在路旁一棵白杨树架住了车身，不然车子早就被洪水冲到庄稼地头的深沟里了。

“赶快下车！”钟良命令。要是他们不下车，车子在洪水的冲击下会倾翻在一米深的田地里。这时，田地里的雨水也是白茫茫一片。两名民警轻轻打开一侧的车门，跳进路面的水里，钟良在车内指挥他俩取出车内的钢绳，把车子与杨树牢牢固定起来。然后，他跳下车子，踏进一米深的田地的水坑里，抓紧钢绳爬上路面。不一会儿工夫，车子还是被洪水冲了下去，车身被淹没了一多半。钟良心里一沉，自言自语说了一句：“糟了，发动机进水了。”

雨，越下越大。风，越刮越紧。夜，越来越深。

钟良命令两名民警从车上取下手电筒、大绳和撬杠，三人迎着风雨，踩在齐膝深的雨水里，步行朝“死亡坡”走去。他们知道，那里的险情比这里更严重。

这时，钟良的手机铃声响起来。电话是中队值班室小王打来的，说大队值班室催问你们怎么还没到现场。钟良回复道：“知道了，你就给大队值班室说我们正往那里赶！”说完，带着两名民警加快步伐，继续朝“死亡坡”赶去。

半个小时之后，钟良和两名民警终于赶到了“死亡坡”。钟良站在坡顶，打着手电筒，在大雨中寻找着出事车辆和受伤人员。这时，坡顶的雨水汹涌波涛般急流而下，耳旁只听见雨水冲向坡下的哗哗流水声。钟良和两名民警踩着湍急的流水，冒着被洪水冲下深沟的危险，抓着一旁的土崖和安全桩，一步一步朝坡下走去。

事故车辆是一辆农用三轮车，装着一车西瓜。开车的是一位五十岁左右的农民，由于雨水冲刷，路面湿滑，三轮车被冲到悬崖边的安全保护桩上。借着手电光，钟良看到驾驶员双腿被死死卡在变形的驾驶室里，鲜血直流。一位中年妇女半躺在倾斜的三轮车旁边，头部磕在路旁的水泥保护桩上，已经昏迷不醒，身下是一摊红色的雨水。钟良先掏出手机拨通了120急救电话，呼救急救车赶快来“死亡坡”抢救伤者。然后他仔细观察了一下事故现场，命令一名民警用绳子把三轮车固定在土崖边一棵柳树上，自己和另一个民警用撬杠一点点撬开被卡住的驾驶室。十多分钟后他们终于把痛苦呻吟的驾驶员从驾驶室里救了出来。

半个小时之后，120急救车终于来了，雨也逐渐小了。当急救人员把中年妇女抬上车时，发现她已经没有了呼吸。民警和急救人员赶紧将双腿受伤的驾驶员扶上急救车，迅速朝县医院送去。

120急救车刚刚开走，在大队值班的葛云飞开着警车和另一名民警才赶到了事故现场。葛云飞一下车就问：“你们咋这么慢，现在才赶到现场？”钟良正想解释，被他制止了。葛云飞看了看被钟良他们用绳子拉正的农用三轮车，坐在警车里翻开出警记录本，询问了一下事故情况，记录完毕后就匆匆走了。

第二天早上，事故死者儿子和女儿来到大队，气势汹汹质问昨晚值班的葛云飞，说群众都给110报警一个小时了，交警也没有赶到现场救人，他们母亲的死亡完全是由于交警出警太慢耽误了，要是交警早一点到现场救人，人还会有救。大队长把葛云飞叫到办公室，背着双手走来走去，敲打着桌面，气呼呼地说：“你说说，昨晚到底是咋回事？你是值班领导，负责把昨晚出警情况给我弄清楚，写个书面材料给我，大队一定要严肃追究责任！”事情闹到这一地步，葛云飞只好硬着头皮来到北原中队，他要搞清楚钟良昨晚值班是怎样出警的？

葛云飞这是第二次来到北原中队的。他这次是随同大队督察科长一块来的。他们赶在中午十二点之前到达北原中队。中队长沈大鹏把两位迎接到自己办公室，寒暄一番后督察科长直奔主题，说：“沈队长，我们是奉大队长的命令来的，主要是想问清昨晚中队值班民警出警的情况。不瞒你说，死者家属今天一大早就到大队闹事了，就民警出警慢，延误了死者抢救时机的事，扬言要告到法庭。”

“呵呵，是这事啊，不急不急，你俩先坐下喝茶，我给你们把钟教导和三位值班民警叫来。”中队长一边沏茶一边说，然后走到院子里喊叫了一声。院子里有人立即回应道：“沈队长，钟教导和马强、李伟林去路上开警车去了，听说昨晚警车被陷进路边庄稼地里。”

沈大鹏拨通了钟良的电话，说：“钟良，你在哪里？”电话里传来钟良急促的呼吸声和断断续续的回音：“警车拖上来了，要送修理厂。”沈大鹏说：“那就让李伟林把警车拖到县城修理吧，你和小马骑摩托车赶回来，越快越好！”

钟良进门时脸上的泥点子还没擦干净，身上的警服到处都溅有泥水。他看到葛云飞和督察科长后先是一怔，然后给两位续上热茶，坐在他俩对面的椅子上，等候他俩问话。

“钟教导，昨晚值班辛苦了！”督察科长先是赞扬了一番，然后话锋一转，“昨晚你们接到报警电话是不是未动身？是不是想等雨小一点了再出警？”

“哪能呢，科长。我们接到大队报警电话就上路了，我就怕坡上会出事，就走得急了一点，没想到半路上警车让雨水冲到路边的水坑里，发动机进了水，我们只好步行朝坡上走去。我可是和小马、小赵俩蹚着半米来深的水急着往出事地点赶的。”

“就那牙长一点路，你们就走半个多小时。你那样磨磨蹭蹭的，再命大的人都会被耽搁死了。”葛云飞表情很严肃，语气里显然带着情绪。

“咋敢磨磨蹭蹭啊？那么大的雨，那么急的水流，半个小时能赶到坡顶，我们已经尽力了。”钟良辩解了一句。他知道今天葛云飞和督察科长来是找事的，就不想再多说什么了。他想，既然他们不相信自己的话，那就等事情真相弄明白了再说吧！

沈大鹏发话了：“在人命关天的时刻，我们不能讲困难，讲理由，即使你有千万条理由也是白搭，毕竟现在的结果是人死了，不是因为车祸本身死亡的，是因为抢救不及时流血过多死亡的，所以，作为值班领导不能说没有责任。钟良，你要注意一下态度。”

“沈队长说得对。在群众生命危急时刻，是应该不讲困难和条件的。你想想，我这个四十岁的老民警都能冒雨从县城赶到现场，你们就不能及时到现场，你叫人咋说你？”葛云飞说话声音不高，但却句句千钧。在他和中队长的轮番攻击下，钟良没话可说了。葛云飞都把话说到这个地步，他还能说什么？他不能再为自己强辩，越是强辩，对方的火力会越猛烈的。葛云飞毕竟是他的师傅，那晚也是他在大队带班的，按照大队不成文的规定，带班领导有权指挥中队值班领导，有权命令和调遣中队的值班警力。“死亡坡”上出了这起责任死亡事故，作为带班科长的葛云飞是要负主要领导责任，难怪他会把心中的火气发泄到钟良身上。

看到钟良垂下头一言不发的样子，督察科长觉得有点过火了，毕竟钟良是中队的二把手，不看僧面还要看佛面，中队长沈大鹏刚才批评钟良那是给他俩一个高姿态的样子看，葛云飞毕竟不是大队领导，说话不能不给人面子，钟良还年轻，要是弄得钟良下不来台，中队民警听见了以后还会咋样信服他？督察科长只好打圆场，说道：“我觉得钟良说的也不全是找借口、找理由，我知道昨晚北原这里的雨比县城大得多，中队到坡顶的那段路也是上坡盘山路，那么大的暴雨都把车子冲到路边了，可想而知他们三个走过去多难？天又那么黑，雨又那么大，能在半个小时内赶到坡顶已经费了很大的劲。这样吧，事情既然发生了，我们也不要怨天尤人，把事情实际情况向老百姓说清楚就行了，死者家属有意见有怨言也很正常，毕竟他们的亲人是被耽搁抢救死的，无论怎么说，我们还是有责任的。所以，我觉得我们既要实事求是把事情说清楚，还要眼睛向内，多从自己身上找问题，找差距，为的是以后不再犯这样的错误。这样吧，钟教导，你就把昨晚的事情经过写个材料，再从自身找找问题，这样我们就好给死者家属一个交代。你看怎么样？”

督察科长的话让钟良听了还好受一点。中队长沈大鹏的话也不无道理，不管自己怎么辩解和解释，都挽救不回死者的生命损失，不管从主观和客观原因上讲，死者的死亡都与延误了抢救时间脱不了关系。在人命关天的大事上，一切的理由和辩解都是软弱无力的。作为一个有良知的人，都应该敬畏生命，尊重生命。若在死者面前还用狡辩的理由逃避责任、推脱责任，连一点担当和责任意识都没有，那算什么警察？钟良想通了，也认识到了自身的问题，就干脆说："没问题，李科长放心，我会认真写好这份检查的。你们放心，该我钟良担当的责任，决不会推脱给别人的。"

葛云飞脸色微微泛红了一下，还想说什么，督察科长挡住了他，说："就这么办吧，咱就不影响中队的正常工作了。"说着，就告辞走出办公室。葛云飞摇摇头，叹了口气，便跟着督察科长上了桑塔纳警车。

让钟良没有想到的是，"死亡坡"的那一起事故并没有像督察科长说的那样简单写个材料就过去了。一开始死者儿女到交警大队闹腾了几回后，看到没有达到他们目的，就准备在礼拜一早晨上班时，摆上花圈，打着横幅，跑到县政府门口大闹。这下，大队长吓坏了，有了上次新闻媒体炒作北原中队民警打人事件的教训，为了不让事情闹大，他只好安排事故科长给闹事家属赔礼道歉，同时以资助的形式给死者家属赔偿了三万元丧葬费。之后，大队领导还提着礼品到县医院看望了正在救治的伤者——三轮车驾驶员，这样才算是平息了闹事者的激动情绪。

事后，大队作出了一份内部处理决定：鉴于北原中队教导员钟良在值班期间接到警情后出警迟缓，未能及时赶到事故现场，导致事故伤者耽误了抢救时机，造成伤者因失血过多不幸死亡。大队决定，钟良同志在周一全体民警例会上作公开检查，北原中队开展为期一个月的纪律作风教育整顿。但是，县监察局和纪检委对这样的处理并不满意，责令县公安局纪检委和督察大队对事情再作深入调查后，向县纪检委和监察局提出对当事人的处理意见。

十

连续一个多月在中队闷头苦干的钟良几乎忘记了身边的一切，仿佛自己是独自在一个封闭的空间里生活，尘世上的一切几乎与自己没有任何联系。这次内部处分虽然很严厉，但是好在没有免他的职，还让他继续代理着中队教导员的职务。

又一个周五下午，钟良接到姐姐打来的电话。好久没有家里的消息，听到姐姐的声音他感到很亲切。姐姐在电话里告诉他，母亲最近心脏病又复发，母亲也想他了，让他这个双休日回来一趟。

钟良答应了。他放下电话，准备收拾东西。银行卡上有昨天刚刚打上的一千九百多块钱工资，他到街上的银行自动取款机上取了三百元，到一家小超市里买了些香蕉、鸡蛋、纯奶和无糖饼干，又转到蔬菜市场买了些西红柿、黄瓜、芹菜，然后在肉市上割了三斤瘦肉，大包小包地拎回到中队，给中队长请了假，骑上自己的摩托车匆匆朝家里赶。

天黑之前，钟良回到家。家里却冷冷清清，没有了母亲的身影。他从摩托车上卸下买的东西放到灶房，立即给姐姐打电话。姐姐在电话里告诉他，母亲前两天就心脏病突发，已经住院了。钟良预感到一种不祥的征兆。在他的眼里，母亲虽然体弱多病，却很要强，也很节俭。她每次心脏病发作后都会心率缓慢，脸色苍白，呼吸气短，任他和姐姐多次劝说，可就是不进医院，硬是凭着一瓶救心丸在苦苦支撑着。看来，这一次母亲一定病得不轻，不然她是不会轻易住院的。

来到县医院住院部，钟良找到母亲的病床。此时，病房里很安静，只有墙壁上的空调呼呼地吹着阵阵凉风。另外一个病床上的病人出去了，只剩下母亲一个病人。姐姐趴在母亲病床前在补觉。听到钟良进来的脚步声后，她缓缓抬起头，红着双眼偷偷抹泪。母亲已经进入梦乡，发出轻轻的喘气声。床头的铁架子上挂着两个空药瓶和一个冒着气泡的大药瓶，输液用的小液管在慢慢滴着药水。母亲脸色蜡黄，几乎看不到一点血色，苍白的发丝有点蓬乱。钟良觉得仿佛有一年多没有看到母亲了，看到母亲这副苍老虚弱的样子，他眼前雾蒙蒙一片。姐姐给他作了个手势，叫他不要哭出声来，不要惊醒母亲。姐姐轻轻告诉他，母亲听说他要回来，一天一夜几乎都没合眼，一直在等着他回来，实在支撑不住了，才刚刚睡着。钟良走近母亲身边，很想握一下母亲的手，感受一下母亲手心里的温暖。这一个多月来，他几乎是在黑暗与冰冷中度过来的。他曾担心过母亲和姐姐会知道自己被处分的事情，他尽量不与家人联系，怕自己说话的表情引起母亲的怀疑。母亲是个很细心的老人，儿子一丝的异常都逃不过母亲的眼睛和耳朵，即使不在她眼前，仅凭他说话的语气，母亲就能判断出儿子心里是高兴还是忧愁。

“妈是为你的事，病情才加重的。”姐姐把钟良拉到另一边的病床前轻轻给他说。

“我的事，我的啥事？”钟良最怕自己担心的事情发生。

姐姐盯着他的脸部看了片刻，说：“就你这脸色，妈醒来一眼就能看出你心事重重。别以为你不回家，不给家里打电话，妈就不知道你近来出了啥事？死者子女都把事情闹到交警队了，快轰动全县城了，你以为能瞒得过妈吗？”姐姐的语气里显然有点怨气，但也有点心疼弟弟的样子。

“良子，快，快过来——”就在钟良和姐姐悄悄说着话的时候，母亲已经睁开了双眼，她伸出一只手，轻轻呼喊着钟良，上半身还挣扎着想靠起来。

钟良赶紧走过去，几乎是扑在母亲的病床前，他握住母亲那只挥动的手，轻轻摩挲着，看着母亲消瘦苍白的脸庞，说：“妈，我回来看你来了。你感觉好些了吗？”

母亲的眼角溢出两行老泪，她用扎着针头的手摸着儿子的脸，说：“良子，心里有啥委屈就给妈说，可别憋在心里把身体弄坏了，看你都愁成啥样子了？”

钟良的泪水再也控制不住，像泛滥的河水奔涌而下。他尽力控制住自己的情绪，说：“妈，是儿子不好，儿子让你担心了，让你又犯病了。”

姐姐突然看到母亲扎针的手背上流出一股殷红的鲜血，她赶紧把母亲的那只手拿开轻轻放到病床上，说了声：“妈，别乱动了，回血了。”

母亲听话地把手老老实实放在床上，让女儿把她扶起来半坐起来。钟良赶紧拿起床上的一个枕头垫在母亲背后。母亲一直望着钟良，深深出了一口气，说：“良子，你的事妈都听说了。妈相信你不会做下啥坏事的。记住，不管自个儿受到多大的委屈都要挺直腰板。领导批评归批评，处分归处分，那不代表你真的错了，事情总有一天会弄清楚的。你只管本本分分做你的人，老老实实做你的事，不要在乎别人说啥。”母亲说了这一大段话，身体有点虚弱了。

钟良扶着母亲又让她躺下，对着母亲频频点头，一句话也说不出来，眼泪像泉水一样往外涌。看着母亲慈爱又严肃的表情，钟良的脑海里像放电影一样回想着母亲和家里的往事。

父亲是在他十多岁的时候离开他的，父亲当时患的是肺结核病，他只记得父亲病重期间老是一个劲咯血，医生说这种病有传染性，家属尽量不要和病人接触太近，最好分开碗筷。母亲却不怕这个，她给父亲准备了一个吐痰用的塑料瓶子，里面倒了一些清水，一下班回家就给父亲倒掉瓶子里的血痰，再细细清洗一遍，然后放在父亲身边。夏天天热，母亲把家里唯一的台式电扇放在父亲身边，让父亲吹凉。父亲生病前在县城园林站工作，是个花草园艺师。父亲有一手修剪花草树木的手艺，当年，县城街道上的大部分绿化带和树木都是父亲带着徒弟修剪的。由于在马路上长期吸进灰尘和汽车尾气，加上老是吸烟，父亲不到五十岁就开始患上了哮喘和咳嗽，后来一咳嗽起来就喘不过气来，震得肚子都疼。几年后，就在父亲临退休前，姐姐和母亲带着父亲去省城大医院作检查，发现父亲得的是肺癌，已经到晚期了。在钟良小学还没毕业时，父亲就永远地闭上了双眼。父亲去世后第二年，姐姐嫁到了乡下，家里只剩下钟良和母亲一起生活。母亲这时候已经从棉纺厂下岗了，后来为了供儿子上中学和大学，她在街上摆了一个面皮摊子，冬天天冷面皮卖不动，就卖鸡蛋醪糟。母亲的厨房手艺都是从外婆手里学来的，她就是靠着自己这点手艺硬是把钟良从初中一年级一直供到大学毕业。如今，母亲年纪渐渐大了，身子骨也垮了，做不动那摆摊的买卖了，只好靠一点退休金和国家发的一点低保补助生活。钟良至今还和母亲住在父亲在世时留下的公房里。那公房是二十世纪六七十年代建的老房子，一米来宽的窄院子里南北并排盖了七八间木料房。这个院子里就住着三家人，平时到了做饭时间院子里就弥漫着呛人的烟熏味、各种炒菜的飘香味和噼里啪啦的锅碗瓢盆的响声，那场景给人感觉好像是回到了新中国成立前的上海滩里的贫民窟。这几年，母亲身体也一直不好，她患的是慢性冠心病，心率一直不稳，晚上睡觉前枕头边始终不离药片。

在父亲去世后的十几年里，母亲和钟良相依为命，生活过得相当清贫。

但是，无论日子有多难，母亲都没有唉声叹气过。记得自己上小学三年级参加一次班里的文艺演唱节目，老师要求上台表演的学生必须穿学校统一购置的服装，这套服装就要二百多块钱。当时因为家里穷，父亲又病重，母亲一时半会儿拿不出这二百块钱，她实在没办法就去找邻居钱阿姨借钱。母亲回来的时候却是两手空空，眼里还流淌着没有擦干的泪水。小小的钟良不知道母亲为啥哭了，用小手给母亲擦着眼泪说："妈，咱没钱买衣服，我就不上台表演了，到时候就在家装病。"母亲听了很不高兴，脸色马上严肃起来，说道："胡说，好不容易有一回上台表演的机会，咋能说不去就不去了？饭不吃都行，不上台演出不行！"母亲的泪水越擦越多，后来母亲撇下钟良一个人出去了。母亲很晚才回家。母亲回家时走路的样子很慢很轻，就像饿昏了一样。母亲的脸色也像纸一样苍白，两边的腮部明显塌陷下去了。到了第二天早上上学时，母亲拿出厚厚一沓二百元零钱，塞到他手心里，说："拿去给老师交了，千万别弄丢了。"钟良当时虽然不知道母亲从哪里弄来的这二百块钱，但看到母亲疲倦而清瘦的面容，就知道这钱来得很不容易。他把这一沓零钱用塑料纸包好装进书包里，拉紧书包的拉链，去学校的路上一边走一边还摸一摸身后的书包，总怕它从书包里飞了出去。后来，还是姐姐给他说，为了给他弄到这二百块钱，母亲偷偷去县医院卖血了。

钟良还想起了自己小时候的一件事。记得自己小学毕业的那年六月，学校教室外面的梨树结满了已经成熟的酥梨，果实繁多，有的枝条被成熟的梨子压得垂了下来，一个个泛着黄绿色的香甜的酥梨就在学生们眼前，他们伸手就可以够得到。这些低垂的果实对于嘴馋的小学生来说可是致命的诱惑，虽然学校要求学生不得随意偷摘梨子，校长和班主任老师也时不时转悠着监督，可是一些胆大的学生还是趁没人时赶紧摘一两个梨子装进口袋，躲在一旁的角落里赶紧吃掉。钟良当时算是班里品学兼优的优等生，经常受到班主任老师表扬，可他也没有抵制住头顶那压弯了枝条的酥梨的诱惑，放学后趁着没有人注意时赶紧摘了一个装进口袋，他胆小没敢立即吃，把那颗酥梨装进自己的书包里带回了家，结果被母亲发现了。母亲问他从哪里摘的酥梨，是不是偷了生产队的梨子，钟良开始不敢说真情，只是一个劲摇头不承认。

母亲从他的表情中看出了他在撒谎，就把他叫到屋子里让他站在父亲的遗像面前。母亲对着父亲的遗像说："老钟，还记得你临走之前叮咛过的话吗？你说过一定要把咱们的子女教育成诚实本分的人。今天，你的儿子竟然当着我的面在撒谎，对不起你啊，我没有把咱们的儿子教育好，我没有忘记你是怎么走的……"然后母亲转向钟良，表情严肃起来，说："良子，站在爸爸妈妈面前，老老实实说那个梨子是从哪里来的？如果是偷吃人家的，就老老实实给人家还回去，承认了错误不丢人，不敢承认错误那才是你变坏的开始，爸爸妈妈可不愿意看到你将来变成贼！"钟良的心理防线一下子崩溃了，看着母亲严厉的表情和噙满泪水的眼睛，他"扑通"一声跪在了父亲的遗像面前，眼泪汪汪地承认了自己偷摘学校梨子的事情。然后，钟良没顾得上吃午饭就返回学校，一个人呆呆地站在班主任办公室门口，等到班主任老师来了后，才从自己的书包里掏出那个香甜的酥梨放在班主任的办公桌上，随手放下学校规定的五角钱的罚款……

十一

钟良从母亲的病房出来后，忽然想起这次母亲竟忘了问他和罗燕的事。看到母亲虚弱的身子，生怕有一天母亲离他而去，万一那样了，倒是自己的婚事还没有办，岂不会给母亲留下终生遗憾？钟良觉得应该找罗燕商量一下婚事，尽快了却母亲那份心愿。

今天是周末，罗燕晚上没有课，应该有时间过来陪他。自从上次罗燕来到中队后，他一直觉得有愧于罗燕。他知道罗燕那样想也是为了他们将来生活幸福，毕竟新婚燕尔的小夫妻如果长期两地分居，那对谁都是一种精神上和生理上的折磨。他并没有怪罪罗燕，其实他也想重新返回县城，坐在大队机关的办公室里，过着每天八小时有规律的生活，闲暇时间可以像城里那些青年人一样，与罗燕到县城公园、电影院、广场去约会、散步、游玩，享受那种年轻人应有的浪漫爱情。为此他也努力过，那次给葛云飞写报功材料，他之所以那么熬夜用功，还不是为了葛云飞把他调回大队？

出了医院大门，钟良想给罗燕打电话，在摁拨通键时却犹豫了。这次因值班出警问题受处分。想必罗燕也知道了，就连母亲那样不太关心身边事的老人待在家里都知道了，身为中学老师的罗燕能不知道？罗燕是肯定知道这件事了。这样，他就不好意思再见罗燕了，觉得没面子给罗燕说起这事，更不愿看到罗燕为了他精神上受到打击。他久久盯着手机里罗燕的电话号码，大拇指在拨通键上徘徊了足足十多分钟，最后还是不情愿地移开了。

就在他把手机刚收起放到胸前的衣兜里时，手机铃声突然响了起来。原来是罗燕打来的，钟良犹豫着该不该接电话，清脆的铃声在耳边不间断响着。他越是不想接，电话铃声越是任性地叫着，最终他还是没有抵挡住电话铃声的催促，摁下了接听键。

“钟良，你忙啥呢？怎么才接我的电话呀？”电话那边传来罗燕娇气的声音。

“我，我刚才在妈妈的病房里，不方便接电话。我这会儿在外边接你的电话。罗燕，你怎么知道我进城了？我刚才正想给你打电话呢，你的电话就过来了，你还好吗？”

“阿姨怎么了？要紧吗？在哪个病房？我过来看看。”罗燕没有回答钟良的问题，而是紧张地问钟良母亲的病情。

“我妈已经没事了，你不用过来了。你晚上没课吧？咱们上街一起吃顿晚饭好吗？”

“你进城前也不给我打电话，还要等我来电话？”电话那边的罗燕显然有点生气了，“你是不是有心事？我就知道，你心里没事是不会不接我电话的。好吧，你先找个地方，我就过来。”

“那就老地方。”钟良挂了电话，就急匆匆朝梦想饭馆走去。

罗燕进来时，钟良已经在梦想饭馆的小包间里要了一荤一素两个拼盘和一瓶啤酒、一听杏仁露。罗燕今天穿了一身粉红色连衣裙，乌黑的长发从头顶温柔地垂到肩膀上。她把右肩挎的乳白色小包卸下放在饭桌一旁，在钟良的对面轻轻坐下。钟良被眼前罗燕的美丽惊呆了，目光好像钉在罗燕身上。

“燕，你真美！”钟良动情地说着，双手一把握住罗燕的一只纤手，像抚摸玉石一样轻轻摩挲着。罗燕抿嘴微笑了一下，有点害羞地垂下头。钟良眼里透着柔情，说："这么巧，我今天刚回来就接到你的电话，难道你有预感？"

罗燕抬起头，含情脉脉地说："是我昨晚梦到的。今天也是随便拨了你的电话，没想到你还真的回来了。你饿了吧，赶紧吃菜吧！"

"看来你都会算卦了，都知道我饿了。"钟良动起筷子，先夹了一块牛肉，"你还别说，我真饿了。"

罗燕也动起筷子，不过她并没有吃菜，而是给钟良眼前的小碟子里夹了一块鸡腿和几块酱香牛肉，然后问道："最近心情不好吧？是不是受领导批评了？"

钟良怔住了，看了罗燕一眼，装着若无其事的样子说："你乱说啥啊？我好着呢，就是队里的事情太多了，忙得人整天晕头转向。看来这个二把手确实不好干，纯是出力不讨好的苦差事。"

"你就别哄我了，你以为我不知道你的事？我也纳闷了，就你这样老实本分的人，咋能做下那失职的事？要说是你出警耽误了死者的抢救机会，打死我都不相信。"罗燕轻轻抿了一口露露，继续说，"你给我说说，那晚的事情到底是怎能回事？"

钟良本不想给罗燕说起这事，现在罗燕自己倒先提了起来。他一边喝着啤酒，一边把冒雨出警、半途车子陷进路边水里、他们弃车步行赶赴现场的经过说了一遍，最后说了一句："人毕竟死了，我肯定推脱不掉责任。"

"那么大的雨，警车又陷进水坑里，你们步行能在半小时内赶到现场，已经尽到责任了，难道还要你们飞到现场不成？"罗燕不以为然，替钟良辩解着，"再说了，这事也不能把责任都搁在你一个人身上呀？他们机关值班的就没责任？事故处理的民警就没责任？我看还是老实人好欺负！"

"燕，咱不说这事了，好吗？我可不想看到你为了我生闲气。咱好不容易见一次，应该高兴一点才是。"

"想起这事我就高兴不起来。不瞒你说，我们学校一个同事的老公在公安局督察大队，她给我说起了你的事。听她老公说，他们调查的结果是当事人报警时间比你们出警时间晚了半个小时，这就是说贻误伤者抢救时间的应该是大队值班室，而不是你们出警的民警。所以，应该受处分的是大队值班领导，而不是你。”罗燕的话明显是为钟良打抱不平。

钟良心里一震。回想起那天在中队葛云飞和督察科长找他谈话时说的话，才明白他为什么要先入为主，把责任往他身上推。但是事情已经过去，公开检查已经做了，再说什么都没意思了。这时候，他最关心的还是他和罗燕的婚事。“罗燕，咱先不说那事了。我就想问问，咱们什么时候能办喜事？我妈她……她老是催我。”

“结婚事情我妈还是不吐话，看得出我妈还是觉得你能进城工作更好，或者能当个中队教导员也行，那样进城也是迟早的事了。你不要见怪，我妈就是这么个人，不过，我相信她会慢慢改变对你的看法的。”

“燕，你妈改变不改变对我的看法不要紧，只要你相信我就行。你妈那样想也是为你好，天底下哪个母亲不是为了儿女幸福着想啊？我何尝不想回到大队上班，恨不得天天下班后都能看到你。这一个月来，我不是不想你，是想你想得睡不着觉。说心里话，我可不想让你替我担心，我只希望你每天都心情愉快。燕，你放心，不管发生了什么事，我心里都会想着你爱着你。知道吗，你就是我心中的希望，是我最大的精神支柱。”钟良站起身来，走过去一把抱住罗燕，一口气把憋在心里的话都说出来了，顿时感到心里轻松了许多。

罗燕站起身来把脸依偎在钟良的胸前，两腮泛起了淡淡的红晕，说道：“钟良，你放心，我的心也会在你身上，不管你发生什么，不管你进不进城，我都会和你结婚的。今后你再遇到啥不顺心的事要给我说，再大的烦恼两个人分担，你的烦恼就会减轻一半。”

钟良把罗燕紧紧抱在怀里，抑制不住俯下头，亲吻了一下她的嘴唇。罗燕娇嗔地推开他，说了句：“吃饭吧！”

钟良把罗燕送到家门口后，走在县城的大街上，看着街道两旁闪烁的五彩缤纷的霓虹灯，心情格外舒畅。母亲的关爱，罗燕的信任和理解，让他忘却了一切的烦恼。他留恋这五光十色的城市，留恋这轻松愉悦的生活节奏，更留恋罗燕对自己的那份恋情。但是，他又清楚自己的岗位不在这里，他明天还必须返回黄土飞扬的高原上，回到北原中队继续带着民警上路执勤，守护着“死亡坡”上的过往车辆的安全。

十二

时光如梭，转眼间就到了年底考核时候。

按照惯例，县委对交警大队领导班子年度工作考核时，都要推荐一批副科级和正科级干部人选。元旦刚过，由县委组织部副部长带队的考核组在县公安局政委的陪同下，进驻交警大队进行考核领导班子全年工作目标完成情况。那天一大早，大队组织全体民警召开会议，按照以往的会议议程，先是考核组组长介绍这次考核的目的、内容及方法，然后就是听取大队长全年工作汇报，接下来就是对班子成员的工作情况进行民主测评，最后一项就是按要求推荐两名副科级干部人选。

钟良清楚，葛云飞过了这个年头就上四十了，过了四十岁再不弄个副科级的话就跟不上趟了，就要被仕途的这趟列车甩下，成为永久的遗留者。按照葛云飞的性格，他肯定不愿意被这趟仕途的列车甩在身后，无论如何也要登上最后一班车，跻身到副科级干部的行列。这一年来，自己在副科级岗位上可以说是一路跌跌撞撞，让他这个副科级教导员职位变得摇摇欲坠。如果继续干下去，来年还说不定会再发生什么轰动全县的新闻，给北原中队和全交警大队背上什么样的恶名。所以，自己这个看得着够不到的副科级教导员也该到头了，这场本来就没有思想准备的梦也该醒了。

随着副科级和科级干部推荐表格填写完毕，考核会议按照程序也全部结束了，剩下的就是组织对个别民警的个人谈话了。

钟良是最后一名被考核组叫到小会议室进行个人谈话的。他听到办公室主任的点名后，轻轻推开小会议室的门，里面坐着两名考察组成员，这两名成员刚才在会上都被介绍过，一名是组织部干部组的组长，一名是县委纪检委的干部。两人并排坐在小会议室一侧的会议桌前，纪检委干部在用笔记录，干部组组长在一旁问话。钟良按照两人的示意坐在对面，听着考察组的问话。

“请作一下自我介绍。”组织部干部组组长说。

钟良简单作了自我介绍，特别强调自己现在代理中队教导员工作快满一年。

“谈谈你的意见，你推荐的副科级干部是谁？”干部组组长很平静地问。

“我只推荐了葛云飞。他在政治宣传方面经验丰富，工作搞得也有声有色，很适合基层中队教导员职位。”

“可是，每个人身上都会有问题，没有缺点的人是不存在的。据我们所知，今年夏天在‘死亡坡’上发生的一起交通事故与葛云飞有点关联，听说那天晚上下大雨，正好是葛云飞值班，你带领中队民警出的警，请你说说当晚的具体情况。”纪检干部插话问道，并做好了记录的准备。

“这……”钟良没想到组织会问这事，一时不知该怎么说。

“没关系，大胆说。你就把当晚的具体接到报警时间和出警时间说清楚就行。放心，你说的所有话，组织都会替你保密的。”看到钟良在犹豫，纪检委干部鼓动他打消顾虑。

钟良有点犹豫了。他想起罗燕说起过县局督察大队调查的实情，心里清楚了组织要他说的是葛云飞那晚下达接警命令延误时间的情况，很显然，组织这是再进一步核实县局的调查情况。要知道，面对组织考察的关键时刻，他这一说，哪怕就是短短一两句话，也会让葛云飞十几年的努力烟消云散。说吧，葛云飞再怎么不好，他也是自己的师傅啊，就凭着他当初像伯乐一样相中了他这个千里马，执意要把他留在办公室，手把手教他写公文、写新闻稿，给他传授一些机关的处世之道，他是对自己有恩的人啊！从这份师徒感情上来说，自己无论如何都是不应该说下去的，说了就是出卖师傅，也亵渎自己的人格。可是，不说吧，事情又明摆着，真实情况组织也很清楚，显然是在考验自己对组织是否忠诚，如果自己故意隐瞒实情，那就是对组织的欺骗。最后，钟良还是把那天晚上葛云飞值班时给中队下达出警命令和自己带领民警立即出警的情况说了一遍。

谈话结束后，考察组的人员去了大队长办公室。钟良走出小会议室，长长吁了口气，觉得自己就像经过了一场沙场拼杀一样，既有荣誉感，又有负罪感，内心五味杂陈，有一种说不出的滋味。

个人谈话基本结束，谈过话的民警有的还不想走，有想打听点小道消息的好事者就坐在几个科室办公室议论开来，每到这个时候也是大家思想最活跃的时候，各种猜测和议论伴随着一个个小圈子就酝酿成一条信任度极高的小道消息。钟良从会议室出来走过后勤办公室门口时，就听到里面有人在开小会，场面很激烈。他不想走进去凑那个热闹，因为他心里清楚，就凭着今年两次挨批受处分，自己肯定不会在副科级岗位人选里。但是，好奇心像魔力一样又驱使着他想听点什么消息，要说对这次人事调整不感兴趣那是不可能的，毕竟自己还占着一个副科级岗位，如果没有这次犯错，按照惯例这个中队教导员的副科级岗位应该是非他莫属了。

后勤办公室里人声嘈杂，笑声不断，听得出里面的闲人还不少。办公室的门是关闭着的，钟良也没有打算敲门进去，就站在与门口紧挨着的窗户前听着。

从里面人的议论中，钟良不难听出大家的判断和猜测八九不离十，比较一致的看法是事故科副科长升任科教导员，葛云飞到北原中队当教导员。当然，除了葛云飞，也有人提到了钟良，从大家的议论中听得出，葛云飞年龄大了，在争取副科级岗位上会饥不择食，这次去北原中队基本上板上钉钉了。这不仅仅是大家底下这么议论的，从种种迹象上来看，也是大队领导的意思。所以，就凭他钟良给组织部门说的那点小意见，应该是不会改变葛云飞的任职的。

事情已经明摆在那里了，其实听不听大家的议论已经没什么意义了。不听还好点，一听反而让钟良心里不是滋味，只好闷闷不乐离开了办公室门口。刚一转身，他就看到葛云飞满面春风地从大队长办公室出来，像风一样迎面飘来。钟良不想与葛云飞对面相会，可是现在却把他逼到了死胡同，他身后就是葛云飞的办公室，身边的后勤办公室的门又是从里面关着的，如果他要是敲门进去了，显然会给葛云飞难堪。没办法，钟良只好面带笑容，向迎面走来的葛云飞举手打着招呼，说了声："恭喜师傅了，是不是该请客啊？"

葛云飞依然满面春风，走到钟良跟前拍了拍他的肩膀，说："你小子少胡说，八字还没见一撇呢！你要是不急着走，一会儿陪着师傅喝一瓶咋样？"

"不了，下回吧，我还要回中队值班去。"钟良没有心情陪他喝酒，好在葛云飞也只是那样说说而已，他这一回心思肯定不在喝酒上，而是在大队领导和考察组面前好好表现一番，所以没等钟良拒绝完，就顺势走过去了。

走出大队门口时候，钟良还一直琢磨刚才葛云飞那句话，他叫他少胡说是什么意思呢？他这句话里肯定有其他含义，难道他知道了他在考察组面前说他的那件事了？

十三

按照以往的规律，几天之后组织就会宣布这次考察的结果。北原中队教导员都已经内退快一年了，眼下又是春运的关键时刻，这个空位子必须得马上补齐，所以不出意外的话，春节前葛云飞的任命就会宣布。这样一来，自己这个还没有暖热的中队教导员就得给人让位了。如果没有这一年来的代理还好说，没有人知道他钟良会因为工作频频出错被人挤下来了，偏偏就是这一年的代理教导员，让钟良感到自己的身份和处境很尴尬，有点羞于见人。

钟良走出大队院子，一时不知道该去哪里，心里很乱。他在大队门口站了一会儿，才感到肚子有点饿了，决定在附近的饭馆吃点便饭，然后返回中队。现在正是春运，路面上执勤任务很重，会议结束后他就必须带着民警上路。本来想和中队长一起坐中队警车回去，可沈大鹏还在大队和领导说点事，让他先回去，他只能吃完饭自己搭班车了。

钟良来到一家面馆，要了碗葱花面，然后坐在门口一个空位子上，一边喝着服务员端上来的面汤，一边剥着大蒜。这时，他听到有人叫他。寻声望去，发现高俊文在角落一个桌子上朝他招手，就端着面汤碗、拿着剥好的几颗大蒜走了过去。快一年没见到教导员了，这一见面感到很亲切。自从高俊文内退之后，钟良一直想抽空去他家看看，他老家就在北原上一个村子里，听说他内退后经常回老家照顾有病的老父亲。可是，自从代理中队教导员后，一方面中队的各种繁杂事让他忙得晕头转向脱不开身，他白天上路执勤，隔天晚上还要组织民警学习培训，另一方面自己又连连出事犯错误，不好意思去见高俊文。没想到今天会在这里碰到他，真是老天巧捏合。

“高教导，你咋到这里吃饭来了？”钟良上前一把握住高俊文的手问。

“我准备回家去，顺路过来吃饭。”高俊文明显瘦了，黑了，老了，脸上的皱纹比以前更密更深了。他招呼钟良坐在对面的空位子上，又向服务员要了一盘素荤拼盘和一瓶三两的泸州老窖，说："钟良，来，一年没见了，跟老哥喝一瓶。"

很快酒菜上齐。钟良先端起酒杯敬了高俊文一杯，然后两人边饮边聊。高俊文问钟良这一年干得怎么样，和沈大鹏相处得还好吧，大队人事上有没有什么变化。钟良都是从好的方面回答了他的问题。钟良酒量不大，只喝了几杯酒有点晕乎。两人从中队工作聊到个人私事，从以前中队历史聊到现在和以后，似乎是多年没见的朋友，越拉话越长。但是，谈话间高俊文还是发现钟良有心事，说起中队有的事老是叹气，就问："是不是有啥心事？给老哥说说，别再瞒着我了。"

高俊文不愧是做思想政治工作的，他的眼睛就像透视镜，直接透视到了钟良的内心。钟良知道自己瞒不过他，说："今早上大队开会了，推荐副科级人选，其实就是填补我的位子，从我听到的消息来看葛云飞希望最大，几乎是板上钉钉的。我这一年事没少干，可错误也没少犯，所以，只剩下给人腾位子了。"

高俊文沉默了片刻，自言自语了一句："是这事，我明白了。"然后又安慰钟良，"当不上这个教导员也不要紧，你还年轻，干好自己的事就行了，无官一身轻嘛！"

"这个结果我早就预料到了。只是……"钟良说到这里突然打住了，不知该不该把他和葛云飞之间的事情说给高俊文，他犹豫了一下还是说了，"组织找我谈话时，让我谈我推荐的副科级人选的问题和缺点，我……我就说了葛云飞几个缺点，谈话的人给我保证过说替我保密，可是我还是觉得葛云飞好像知道我说他什么了，事后碰到我说话有点阴阳怪气的。"

高俊文说："没事的，你那话说得没错，起码你没有欺骗组织，组织也不会出卖你的。只要你说的是实情，就不能算是背后说人坏话。你也不必太自责，葛云飞这个人我清楚。"

钟良说："你是这样想的，可别人不这样想。现在的社会谁还像我这样老实巴交的？如今的人都是假话连篇，哄死人不偿命，都像我那样，到头来光剩下吃亏。”

“吃亏咋啦？没听古人说过，吃亏是福？咱说实话，心里是踏实的。钟良，你还年轻，后面的路还长着，不要投机取巧、耍滑施奸，踏踏实实做人要紧。名和利都是身外之物，不要过于看重那些，能不能当个副科级干部，关键要靠你自己实干，干出成绩给别人看，歪门邪道那条路最终是走不通的。社会上啥人都有，我劝你可不要学葛云飞那种人。听我的没错，不要把那个副科级看得太重，名和利看起来是耀眼的光环，其实也是一种责任和包袱。没有了它们，你倒会活得自在，活得轻松，前提是要尽心做好自己的事情。只有这样，你才对得起你去世的父亲。”

钟良抬起头，看了高俊文一眼，有点惊愕地问：“高教导，你知道我爸生前的事？我爸他……”

“钟良，老哥今天给你说实话，你知道我为啥一开始就看好你吗？自你来到北原中队，我就看出你和你爸以前一样，做事稳重，做人老实，让人放心。不瞒你说，十多年前我和你爸在一个单位，那时我是园林局的政工干部，你爸是一线园林工人，你爸平时为人实在，做事踏实，在单位人缘很好，我一直都很尊重敬佩你爸。那年我们单位从外地买来五千多棵国槐，准备在县城的街道上栽植。那些国槐就是你爸亲自到外地与人家谈判，再一棵一棵挑选好，然后用拖拉机一车车拉回来的。那些国槐后来栽好后长势很好，谁知后来单位里有人在背后说闲话，说你爸在采购这些树时拿了几万块钱的回扣。结果，县监察局就派人来调查，找你爸谈话了解情况，你爸把事情的实际情况都说了，可还是对不上账。后来单位领导就私下给你爸说，只要他承认了吃回扣，单位会替他还一部分账。其实，你爸是冤枉的，事实上是我们的局长虚开发票，从中贪污了几万块钱，要你爸背这个黑锅。后来，你爸死不承认吃回扣，还给上级纪检监察部门写了反映信揭穿局长的事情。后来，局长就以你爸年纪大身体不好为借口，让你爸早早下岗了。你爸可是园林站的技术骨干啊，当时听说让你爸下岗，我们单位好多人都感到惊讶不可信，都清楚你爸是被冤枉的，都替你爸鸣不平。下岗后，局里还从你爸的工资里每月扣一千块钱，一直扣了五年，说是用于违约交罚金。这都是些胡乱编造的借口。就为这，你爸一气之下得了肺病。有一天我去看你爸，你爸在病床上还一再叮嘱我，要踏踏实实做人，决不能做那些欺骗良心的事。”

高俊文说到这里有点动情了。钟良以前隐隐约约听母亲提起过父亲的事，可从来没有像今天这样说得这么细致。钟良心里很敬佩父亲，觉得父亲是个了不起的男人。今天葛云飞对他说那样的话，让他已经什么都不在乎了，他很清楚，自己和葛云飞不是一条道上的人，他们在以后的工作中可能永远没有交集了。

“高教导，我知道自己该怎么做了，你放心。”钟良说。父亲的为人无形中成了钟良的模板，他想，身外的一切都不是那么重要了，重要的是坚守自己心中那份原则和操守。

高俊文点了点头，继续说：“钟良，还有件事我要给你说。听说你接替我工作后就把那个李要强的事情解决了，干得漂亮！知道我当时为啥一直拖着不想解决这事吗？你可能不知道，那个李要强的姨夫就是我以前单位的局长，虽然以前李要强和他母亲并没有依靠我们局长办啥事，但我从感情上说还是厌恶他们，所以也就不想多管这事。当然了，关键的问题还是沈大鹏和我意见有分歧，开始我想承认民警打人，看到沈大鹏那样背着牛头不认账，我这个二把手也没辙，总不能为这事把两人关系闹僵。还是你年轻气盛，敢作敢为，顶着层层阻力把这个硬骨头啃了下来，这一点让老哥不佩服都不行，也觉得有愧于自己的良心！”

这时，钟良手机响了。钟良打开手机，是沈大鹏打来的，沈大鹏叫他到街上吃午饭，他谢绝了。沈大鹏最后说，他这两天有点私事，就不回中队了，叮咛他下午赶回去招呼大家，继续上路查挡客车超员。

吃完饭，钟良就要告辞回中队，高俊文说他也顺路回北原，两人就结伴去了汽车站。由于是春节前，车站里赶车的人很多。钟良在停车场上了一辆回北原的中巴客车，车上已经近乎满座，他站在车门口朝里望了望，找到最后面两个空位子，和高俊文坐下来。

“高导，你这次回家有啥事？”钟良问。高俊文家在县城，听中队民警说他歇下来后在县城一家运输车队帮老板管理一百多辆大货车，看这样子难道他不干了？

“我爸脑梗，老家打电话叫我回去，我这就回去看看，明天先带老人来县医院检查一下，要是严重的话就要住院了。”高俊文说着，从包里掏出一把香蕉，掰开一个递给钟良。钟良推辞着说：“给老人买的咱咋能吃？”高俊文硬把掰开的香蕉塞到他手里，说：“还多着呢，吃吧。”

两人说话的时候一个穿着蓝制服的车站检票员上了车，要看钟良的车票。钟良这才想起自己没有买票，赶紧掏出二十块钱给了检票员买了两张票。检票员又清点了一下车上的人数就下了车。之后，车子开动了，出了车站就沿着国道朝北原方向驶去。

车子驶出县城半个小时后，来到了“死亡坡”下。这时一个急刹车，让车里人都前后晃动起来。原来是遇到路上检查春运安全的民警了。看到中队几位协警在执勤检查，钟良赶紧站起身来，对高俊文说：“你看，这些执勤协警没正式民警带队会出事的，我得下去。”然后招了招手就下了车。

十四

回到中队的这两天，钟良接到过三个电话。

第一个电话是罗燕的，是在钟良回到中队的当天下午打来的。罗燕问他上午是不是进城了？钟良问她是怎么知道的，罗燕说是在县委工作的同学告诉她，组织部今天考察交警大队副科级人选。罗燕又问推荐情况怎么样，钟良说自己升副科的事估计要泡汤了，很可能是葛云飞要替代他的位子，想和她商量一下，要是葛云飞当了中队教导员，自己能不能找领导说说，接替葛云飞干干办公室的政工文秘工作。罗燕一听都要跳起来了的样子，连呼了几个“好啊”，说不管咋样，只要在中队教导员和进城坐办公室中间能占到一头就行，这样她就好给妈妈交代了，他们的婚事也就全部扫清了障碍，说不定过了春节她妈就会答应他们办喜事。钟良担忧的是，领导会不会答应自己接替葛云飞，他心里还没有个底。

第二个电话是沈大鹏打来的。沈大鹏是第二天早上打来的电话，他先是问队上没啥事吧？路面执勤都好吧？然后叮咛他这几天一定要顶好班，管好人，安排好春运安全管理工作，特别强调多到“死亡坡”上看看，千万不要出啥事，还叮咛钟良在中队安心工作，不要乱跑乱想，他这两天在忙一些事，等事情忙完了就回队上。钟良一一应承。他猜想沈大鹏可能在忙着自己上正科的事，他已经在北原当了快十年的中队长了，即使上不了正科，也该进大队领导班子了。如果错过这次机会，下一步就只好走高俊文的老路子，在中队长的位子上退居二线。钟良理解中队长的处境，这个节骨眼上谁不会为自己的事情奔忙呢？要不是自己今年犯了这两次错误，他也会像葛云飞和中队长那样守在大队领导跟前，为自己争得一个副科的名额。

最后一个电话是刚才打来的，这个时候也是大队机关下午下班的时候了。打来电话的是办公室的保管员小马，他是背过其他人一个人躲在办公室里给钟良打电话的。小马告诉钟良一个消息，听说葛云飞的副科估计也要泡汤了，原因是有人找大队长替钟良说情，大队长听了那起出警事件的调查真相后就改变了主意。今天早上葛云飞就到大队长办公室跑了不下三回，表情上看有点着急。他还听有人说，葛云飞为了争到这个副科，还把以前的老领导也搬来了。老领导现在可是市委宣传部部长，他这一出动，事情就有了变数。钟良一听就明白了，估计是中队长沈大鹏这两天在大队在为自己说情，可他的能量能比得上市委宣传部长？如果真是这样，那大队长一定会顶不住的，自己这个教导员的位子只能让给葛云飞了。钟良又想到了自己那个想法，试探着问：“听没听说谁接替葛主任？”小马说肯定有人，而且盯着他的位子的年轻民警都能排成一个班，听说赵红云最有戏。赵红云就是北原中队的内勤，小文章还能写几下，这些年也在报纸上发表过豆腐块。最关键的是，她去年嫁了个好老公，她公公就是县人事局局长。也难怪赵红云这几天老是请假，虽然她还没有到孕期。最后，小马还告诉钟良一个可靠的消息，明天早上大队就要召开全体民警大会，县委组织部将宣布事故科教导员和北原中队教导员的任职命令。

晚上，钟良替中队长沈大鹏在值班室值班。值班很枯燥，电视里播的又是他最不爱读的抗日神剧，他也不喜欢打麻将玩扑克，就关了电视，打开一本散文集看了起来，才看了不到一页就看不下去了，没心情读。他又打开电视机，转换到体育频道，荧屏上正转播他最喜欢看的 CBA 联赛，是老冤家广东东莞银行客场挑战新疆广汇队，这是常规赛中一场焦点比赛，比分并没有拉开，要是往常他肯定会屏着呼吸盯着屏幕从头看完，可是今晚他看着看着就跑神了，干脆又关掉电视机，躺在床上胡思乱想起来。

虽然高俊文告诫他不要把这个副科位子看得太重，但是当别人就要从他手中抢走这个位子时，他又舍不得丢了它。如果他没有这一年来的代理教导员的经历还好些，那样他至少不会有一种失落感。如果别人接替了他的位子，就会给人一种他钟良无能的感觉，以后自己还怎么在中队干？真是落架的凤凰不如鸡。如果不当这个中队教导员也好，按照他的写作水平和工作能力，接替葛云飞干干政工文秘宣传工作应该是顺理成章的，可偏偏半路上插了个赵红云，堵住了他的这个去路。钟良这下没有了出路，无法给罗燕一个交代，自己的婚事也会因此打上一个大大的问号。如果罗燕的母亲再拖上一年半载的，这期间再有个变数，自己眼看就成了大龄光棍了，婚姻大事到不了头，母亲的心里也歇不下来，她的病情也只会一天天加重，万一母亲有个闪失，她老人家如果不能亲眼看到儿子成家立业，那会死不瞑目的。

钟良心里就像灌满了铅似的，死气沉沉的。劳累了一天，他早就有点困了，一看手机已经是晚上十点多了，就拉开被子想早早睡。可是他又不敢睡死了，今晚本来是沈大鹏值班，现在沈大鹏在城里忙他的事，叮咛他替他管理好中队，在春运这非常时期不要出啥事。他有托在身，肩上压着担子，第一次尝到了当家的滋味，所以不敢睡死，生怕半夜出个险情，或者有人报警。他就只好打一会儿瞌睡，闭上眼养一会儿神，醒了又睡，睡了又醒，一个晚上折腾得双目通红。好在一夜平安，到天亮时也没有接到报警。

天色微微发白时，钟良就起了床，洗把脸，刷了牙，准备等一会儿吃过早饭后带领昨天下午通知的民警去大队开会，留下三名民警在队上值班。他知道，再过一两个小时，他就该给葛云飞交班了，他这个代理教导员差事也就到头了。

在他叠被子时，手机响了，是高俊文打来的，听得出电话里有点嘈杂。高导在电话里声音很急促，说：“钟良，起来了吗？赶紧带人到‘死亡坡’来，越快越好！”

钟良心里一紧，真是害怕的地方有鬼，问：“高导，出啥事了？”

对方挂了电话。再打过去，没人接听，显然是不方便接电话。是不是出了事故了？可是也没有听到县公安局110和群众报警啊？那么，会是啥事这么紧张，钟良心里一团迷雾。他没再多想，留下一名民警在家看门，带上其余参会民警火速朝“死亡坡”驶去。

“死亡坡”上空荡荡的，什么事情也没有。坡顶寒气逼人，路边的残雪结成冰块，光滑如镜。薄薄的晨雾像透明的轻纱一样覆盖在坡顶，一切都在朦胧之中。钟良下了警车，留下一名民警，让其他民警坐着警车去大队开会。

刚刚进入腊月，黄土高原上的人们就开始准备过年了，他们提早乘着班车进城采购年货，天气好的时候，进城的班车总是趟趟爆满。眼下正值春运的关键，整治客车超员，预防和遏制客车重特大交通事故是基层交警中队的首要任务，上到公安部交管局，下到基层交警大队，层层开会强调，层层抓督察落实。高原上刚刚下过一场大雪，坡道上还结着厚厚的冰块，过往车辆都小心翼翼慢速前行。但一些客车车主为了多赚钱，还是铤而走险，塞了满满一车乘客与交警打游击，有的车主或驾驶员后台硬，有关系，会明目张胆开着超员客车从执勤交警眼皮子底下通过。至于会不会发生事故，会不会引起其他客车车主和驾驶员不满，那就只能靠侥幸了，运气好的话人车平安，运气不好的话执勤民警顶多受个处分再调离。其实，只要不是特别重大的责任事故，有的执勤民警还巴不得早点离开这个狼来了都没有人撵的鬼地方。

钟良和那位民警不停地跺着脚，一边摩擦着双手，一边哈着热气。他正想给高俊文打电话，却看到远处一辆中巴客车，在晨雾中晃晃悠悠开来。到了跟前他们才发现客车严重超员，看来这辆客车是趁着民警还没有上路，想多拉些人早早下坡，逃过检查。可是，超员这么多人，路面又这么光滑，万一出了事就坏了。他赶紧向客车打了停车检查的手势。

客车停住后，一个身材壮实、身上斜挎着一个鼓鼓囊囊的小挎包的小伙子迈着八字步走下车，走到钟良跟前，掏出一盒软中华，抽出一支递过来，说道：“哦，是钟教导员啊！来，先抽兄弟一支烟。”钟良一把挡过去，给他敬了个礼，说道："你的车涉嫌严重超员，请接受检查。"

"检查啥呀，都是熟人了。这一段时间我有事没跟车，今天第一回跟车，你就要检查。嘿嘿，这事也好说好说，你稍等一下。"售票员说着就拨通了一个电话，对着电话那边喊叫起来，"哥，车被北原中队挡住了。对，是被那个钟教导挡住了，你给说说！"说着，把手机递给钟良，让钟良接电话。

钟良根本不想接听这个电话，可售票员已经把电话放在了他耳边，电话里传来了葛云飞的声音，说："钟良，这是我一个小兄弟，你看着把超员的人卸下，让车走吧！"钟良没有吭声，把电话挂掉递给小伙子，说："今天这件事我们要依法处理，在人命关天的事上，谁说情都不行！客车超员是危害公共安全的行为，出了事谁也负不起责任。请配合我们把超员的乘客转移到其他车上，再接受我们的处理。"说着，拉开车门，蹬上车，看到里面过道上已经挤满了人。他命令车上没座位的人都下车，一部分人开始往下走。这时，钟良在车后一排看到了高俊文给自己招手。他这才明白了那个电话是怎回事。

售票员一看不对劲，一步跨上车门处，两手死死把住车门两侧，喊叫着："不准下，都给我上去。"钟良回头一看，胖小伙气势汹汹，一点也不让步。刚下去的几个乘客又挤上来了，有人在说："下面快要冻死了。"钟良刚想制止胖小伙挡门，车子却突然开动了，朝着坡下晃晃悠悠驶去。钟良透过车窗玻璃看到车下的民警一边摇着手喊话，一边追着客车。

客车在一阵惊叫声中冲下"死亡坡"，沿着S形道路一路滑行，不时发出刺耳的踩刹车的声响。钟良双臂敞开，一手紧紧抓着横杆扶手，一手抓着车门附近的立杆，用身体护着过道上的乘客。胖子在车门口双手也死死抓着车门两侧，半个身子几乎悬在车外。突然，前方拐弯处闪出一辆拉煤车，庞大的身躯艰难地向上爬坡，几乎占了里侧一多半路面。客车司机急踩了刹车，客车还是趁着惯性往下滑行，只听"嘭"的一声撞在了货车的后车厢上，客车摇晃着向外侧倾斜下去。车上的惊叫声响成一片，有的人脸色煞白，客车最终侧翻在路边的安全护栏上，车窗玻璃随之哗啦啦碎成一地，车内呼喊声、惊叫声乱成一团。

那名民警追下坡，赶到了车祸现场，喊了半天也不见钟良应声，他就拨通了110和120。当肇事客车被赶来的吊车吊起后，人们才发现钟良满身是血，昏迷在了车门处，他身上是叠了几层的人，这些人只是受了惊吓，身上倒没有受伤。

十五

太阳升起到半空时，钟良和客车售票的胖小子被120送到了县医院。

钟良看起来面部鲜血淋淋，右半身走路疼痛，但伤得不太严重，由于是冬天穿得比较厚一点，加上当时司机已经踩了刹车，车辆碰撞时车速不是很快，客车侧翻后也没有完全着地，车身只是被卡在临崖的安全护栏上，铝合金安全护栏虽然被压弯了，但有间隔一米的水泥桩架住了车体。客车与拉煤车碰撞的瞬间已经把挡在车门处的售票员胖子甩了出去，所以钟良的整个右半边身体就被人群压在靠近车门处的扶手和车门上，造成右小臂骨裂，右半身瘀血，右小腿和右半边面部皮外伤，经医生急救后，不到一个小时就处理好了，只是需要住院疗养一段时间。

钟良从短暂的昏迷中醒过来时，第一眼看到的是中队长沈大鹏。沈大鹏身后是他熟悉的几个战友。沈大鹏坐在他身边，看他睁开了双眼，脸上就露出了喜悦的笑容，问："醒来了？"钟良第一次这么近距离看到沈大鹏的笑容，他想和他握手，右手臂却已经被打上了夹板和绷带，不能轻易动弹，就朝着他微笑着点点头。沈大鹏看了看头顶的输液瓶，里面的药水马上滴完了，他叫了声医生，身边的一名民警赶紧出去找医生换药。

"沈队长，我没有控制住客车，还是出事了。"钟良说。

"你不用说了，只管安心养伤。我刚才在住院部门口碰到高教导了，他父亲也在这里住院。早上的事他已经给我大体上说了，事情不能全怪你，你做得不错，保护了车里那么多人。"中队长安慰道。

"可是，还是翻车了，也伤了不少人。"

"不要紧，没有你想的那么严重，只有两三个人受伤，事故当事人已经被控制，现场也清理完毕了。现在春运正在紧要关头，我一会儿得回队上安排上路整顿的事，你就安心住院吧，其他的事就不要想了，等你出院了再回队上。”沈大鹏说着，便安排两名协警留在病房照顾钟良。

沈大鹏刚要走，罗燕就急急火火闯了进来，一边往里走，一边叫：“钟良，钟良！”沈大鹏认识罗燕，知道她是钟良的女朋友，朝钟良坏笑着说：“我们该撤了，正好一陪一。”

沈大鹏走后，钟良才想起刚才忘了问一件事，不过这事不用问也能猜出，十有八九葛云飞已经顶替了自己，只有这种情况下沈大鹏才会处于照顾他的心情避而不谈，如果是宣布了他上任中队教导员，那沈大鹏的第一句话肯定会提这事的，至少会说“恭喜你，钟教导，我们以后要正式搭班子了”，或者说“钟良，你小子代理的日子熬到头了，这下终于被扶正了”。可是类似这样的话沈大鹏一句也没说，只是最后说了一句“等你出院了再回队上”，看样子回机关的事情也是没影了。这样的结果是他最不想看到的，当然也是罗燕最不想看到的。

罗燕摸着钟良上着夹板打着绷带的右臂，问：“还疼吗？”钟良故作轻松地回答：“没事，一点轻伤。”然后又问：“你咋知道我在医院？”罗燕有点嗔怒：“出了这么大的事也不告诉我一声？要不是姨妈来我家说起这事，我哪知道啊？”

钟良有点纳闷，罗燕的姨妈又是怎样知道这事的？就问：“你姨妈又是咋知道的？”

“她咋知道的？她就在出事的车上坐着。我姨妈早就认识你，她儿子的事还多亏了你帮忙才到头。可我姨妈一直不知道咱俩的事，只是后来听我提到过你才知道。出事时听到车上有人喊你的名字，我姨妈才知道压在车底的是你。我姨妈到我家吓坏了，说你这下是死是活都难说。我听了浑身都软了，赶紧就往医院跑，到急诊室一问，说你已经转到住院部来了。”罗燕眼里有点湿润了，“我姨妈还当着我妈的面夸你了，说要不是你挡在下车处，车里不知有多少人要甩出去了，那些站在过道里的人也会被压在车底下，那样受伤的就不是两三个人了。”

罗燕的话让钟良想起了李要强的母亲，那个十多次到中队找事的中年妇女。

罗燕说："忘了给你说我姨妈的事。其实，我外婆家就在北原，现在外婆家已经没有什么亲人了，外公外婆都不在了，只有舅舅和姨妈还在。以前我爸在园林局当局长时，我舅妈、姨妈见了我们格外亲，就像捧着宝贝一样捧着我，经常跑上几十里路从乡下到城里给我家送瓜果蔬菜，给我买些好吃的，后来我爸在单位犯事后，那段时间我妈就带着我孤苦伶仃在城里生活，我妈心里烦的时候就带着我去乡下舅舅和姨妈家。记得那时候去北原的班车很少，一来回就要一天时间。那时，我舅舅和舅妈见了我们都躲避，她俩不是要去地里干活，就是最近身体老有病，大有赶我们走的意思。只有我姨妈好心把我们迎进家，杀了家里唯一一只会下蛋的母鸡招待我们，一整夜给我妈说着宽心话安慰我妈。我爸坐牢后，以前的亲戚朋友大都远离我们，只有我姨妈例外。我妈深感人心冷漠，世态炎凉，从此就变得势利起来。"

"所以，你妈就给咱俩的婚事设置障碍，死活都要我离开北原回县城上班？"钟良打断了罗燕的话。

罗燕抿嘴一笑，没有回答，其实是认可了。

"可是，燕，我现在已经回不去城里了，我也不想回去了。"钟良终于憋不住了，想沿着罗燕的话题把那件事情说出来。

"你不说我也知道。"罗燕显得很平静，继续说，"这次我姨妈来我家不是求我们办事，而是给我们还钱来了。以前她儿子住院花了许多钱，都是东借西凑的，后来交警大队赔偿了医疗费，她把人家的先还了，剩下我们的钱她只好等到春节前才还。我姨妈这次来我家里老说起你，说她为了儿子的事到交警大队和北原中队跑了十来回，就是没有一个承认交警打人，后来只有你敢承认这事，还帮她给报纸上写反映信，帮她最终讨回了公道，要回了儿子的医疗费。她可是把你当恩人看待，她刚才硬要来医院看你，被我妈挡住了。我妈听了我姨妈的话，这下对你的态度彻底是一百八十度转变。所以呀，不管你当不当官，进不进城，我妈这一回可是打心眼里认了你这个女婿的。"

"这么说，我们的事情有戏了。"钟良高兴地习惯性右臂一动，立刻疼得他嘴角一咧。罗燕赶紧摁住他的右臂，嗔怒道："别像小孩子一样乱动。"

太阳偏西的时候，钟良感到了肚子有点饿。罗燕看着医生给钟良新换了一瓶药水，然后叮咛钟良："别乱动，我回家给你做一碗葱花臊子面，一会儿就来。"

罗燕刚走，大队长带着葛云飞就进来了。钟良正瞅着吊瓶发呆，听见有人进来，赶紧把上身挺了一下，想坐起来，右手臂又使不上劲。葛云飞见状赶紧走上前扶他坐起来。

"伤得厉害吗，还疼不？"大队长坐在病床前的凳子上，看了看吊瓶里的药水，摸了摸钟良打了石膏的右臂，关心地问。

"不要紧的，队长，过一两天就会好了。"钟良笑着说，也许是笑得有点夸张，右半边脸抽了一下。

大队长又看了一眼钟良抹着紫药水的半边脸，转身对葛云飞说："葛主任，好好把钟教导的事迹宣传报道一下，这可是咱们大队的功臣。对了，最好请一些媒体记者来好好采访一下，看看我们的民警为了春运安全付出了多大的代价。"葛云飞点了点头，连说："好！好！好！"

"大队长，不要宣传我。这次客车事故我没有尽到责任，要是我当时采取果断措施，客车也就不会冲下坡去，事情也就不会发生……"钟良低声说，然后看了葛云飞一眼。

葛云飞的脸上掠过一丝惊慌，低下头，沉默不语。

错位人生

一

石铁柱拿着一沓驾驶证准备交给执勤班长，交了差后他就可以早点回家在街头帮老婆卖小吃了。天气正热，烈日在头顶毒辣辣喷着火舌，脸上被晒得脱了一层皮。一抬头，他眼前就站着个人，这个人双眼直直地盯着他看。石铁柱有点恼火，不就是收了你的驾驶证嘛，用得着那样仇视人民交警？可他刚在心里骂过，就愣住了。对方顷刻间露出笑容，伸出双手，你是石铁柱吧？石铁柱从对方的笑容和声音中也判断出是熟人，可是一时想不起在哪里见过，叫什么名字。他不敢确认，也就没有伸手礼貌性与对方握手。咋了，不认识老同学了？我是徐志伟。还记得不？就是那个上课爱看小说，让老师收了书，经常罚站的书迷。哦，想起来了，徐——志——伟——，三十多年没见了，现在干啥事？石铁柱双目放光，握手，寒暄。

眼前这个头顶有点光秃，肚子开始隆起的人说啥也不像印象中的徐志伟。印象中的徐志伟应该是瘦瘦的，高高的，留着乌黑长发，梳着学者模样的偏分头，一身的文雅气质。他说他是徐志伟，让石铁柱一时半会儿还真不敢相信。不相信也得相信，二三十年没见了，每个人都像吐丝抽芽的庄稼，不停在变，你能保证三十年前的徐志伟还会是以前的模样？

你没太变，还是以前的老样子。徐志伟有点过于亲热地拍着他的肩膀说。石铁柱承认自己三十年来变化不大，就连老婆都说，你这人咋就不显老，都四十多岁的人了，还像十几年前的样子。不像我，才几年的工夫，就成了水桶腰，真气人。

石铁柱知道老同学求他，想要回驾驶证，从手里的一沓证件中找到了徐志伟的驾照，趁旁边没人注意赶紧塞到手里。你先等一下，我把这些证件交给内勤，咱俩出去吃顿饭。

还是我请你。求你办事，咋能让你掏腰包。

看来你是发大财了，成大老板了？石铁柱瞅瞅徐志伟的水桶腰。

在一家面馆，石铁柱习惯性点了一盘素拼，一盘卤肉，再要了两大碗葱花面。徐志伟又把服务员叫到跟前，喊道，再来一捆啤酒。石铁柱赶紧挡住，我们有“五条禁令”，不许喝酒。徐志伟嘴角一咧，这么热的天，喝几瓶冰镇啤酒还不成？那好吧，你以茶代酒。

石铁柱脱掉短袖执勤警服，挺直了腰板，端起一杯茶就和徐志伟碰杯干了。两人一边喝着，一边把思绪拉回到二十多年前。你小子还有出息了，竟然能买起这十七八万元的广本，当老板就是威风。徐志伟嘴角一咧，冷笑了一下，啥屁老板，哪能比你这大警官，手一伸，我们就得乖乖交钱，这几年没少捞油水吧？还捞油水呢，有口饭吃就不错了，干了大半辈子还是个协警，说不定哪天人家一不高兴，咱就得卷铺盖滚蛋。石铁柱一肚子的火要发作，想了想还是止住了。给老同学倒苦水有啥用？他能替我转正？人家跟你就不是一条道上的，说那么多，管屁用。

石铁柱还真的没看出来徐志伟会混出个模样来，光从他开的车一看，就知道起码比自己强了百倍。他清楚地记得，这个徐志伟上初中时死爱看课外书，特别是武侠小说，什么金庸的《射雕英雄传》、卧龙生的《飞燕惊龙》、古龙的《绝代双雕》、梁羽生的《龙虎斗京华》等，几乎是没黑没明地看，特别是上英语课他根本就不听，老师上面讲，他埋头在下面看，有时候看得饭都顾不上吃。男生们在一起闲谝时，他就开始大讲特讲武侠小说章节，有的章节甚至都能背下来，让他们这些只知道应付考试的书呆子们羡慕不已，也大开眼界。那时，徐志伟就定下了自己的人生目标，将来也要写一部现代派的武侠小说，当一名像金庸那样的小说作家。可是，他的梦想不到一年就夭折了，中考落榜后，初中毕业后只好回到农村种庄稼，后来听说他去了南方打工，一别就是二十多年。没想到山不转水转，这家伙又转回来了，跑到县城做生意了，而且还富得流油了。

老班长，当年你在学校可牛啦，全年级三百多学生，每次考试你不是第一就是第二，我们都得抬头仰视你啊！我们都惊叹，你真不愧是天生的学习尖子。成绩好了样样都好，你是老师眼中的宝贝，是全校的明星，谁不晓得沙苑中学有一个石铁柱，在全县数学和物理竞赛中分别拿了第二名和第一名。听说那时已经有女生偷偷给你写情书了，你成了他们眼里的白马王子，我们却成了人见人厌恶的癞蛤蟆。徐志伟喝酒的神态就像口渴了捧起一碗凉开水一样，一口气就喝下大玻璃杯啤酒。然后他敞开T恤，露出白嫩嫩肥嘟嘟的大肚子，叉开双腿，掏出一包软中华，“啪”的一下打开一只金属打火机，点着一支香烟，美美地吸了一口，继续不紧不慢地说着。我说老班长，当初谁还能想到你考不上大学，竟然跑到新疆当兵。就是当兵嘛，想想你至少也能考个军校，可就是不知道你是咋搞的，白白当了三年兵就回来了，还干起这临时工。你不用说我也知道，你们的工资超不过两千吧，还不够我一天挣得多。石铁柱没话可说，这家伙说话有点伤人，让他有点反感，不就是挣了几个臭钱嘛，就狂起来了，有本事今天把罚款交了，还找我干啥？真是越有钱越抠门，说起来钱多得就像堆山，谁想要他的钱，就像扯他的筋骨一样疼。可话说回来，也怪自己真不争气，一个大老爷们，上有老下有小，一个月就那可怜巴巴的一千来块工资能干啥？说真的都不够人家塞牙缝，要不是老婆下岗后在街上摆小摊子卖早点挣点小钱，一家人的日子还真不好过。

咋样？老班长，脱了这层皮，跟我干吧，一个月少不了三千，你只管负责货物进出，看好库，记好账，管住三只手就行了。咱兄弟之间谁还信不过谁呀？徐志伟下巴一昂，又是一大杯啤酒下肚。冰凉的啤酒从他的口中倒进了胃里，美得他嘴里吱吱地响。石铁柱有点拿不定主意了。这差事确实不错，工资翻倍，活也不累，这份差事还真适合他这样性子直的干。问题是他说的靠不靠谱，他的纺纱厂生意真的有那么好？自己也不是三岁小孩了，人家给你一颗糖，你就跟人家走。虽说这交通协管员工资不高，可只要自己不犯错，还是很稳定的职业，说不定再磨上几年还能有机会转正，那样的话自己还是有奔头的。反复权衡了一番，石铁柱拿定了主意。徐老板，你说的确实是好事，可我这人脑子一根筋，打算就这临时工干到底，我怕出了这个门再想进来就难，这张老虎皮也不是想脱就脱，想穿就能穿的。

徐志伟只好摇了摇头，没话可说了。两人菜没吃多少，几瓶啤酒已经空了。石铁柱摸摸自己的肚皮，差不多吃饱了，叫服务员上面。徐志伟嘴角又咧起来，我刚喝上瘾了，你就扫我兴。才喝了几瓶就上脸了，我咋能跟你比，再过一个钟头我还得上路，赶时间。

你这老班长的架势还没倒，今个儿老弟找到你门上了，就让着你。下一回到兄弟那里一定要喝酒，保管你一醉方休！说着，就去吧台买单。石铁柱争着要清账，被徐志伟一把推到了一边。

回到饭桌上，徐志伟并没有要走的意思，他捧起面前的半瓶啤酒狠狠喝光，继续说着。老班长，还记得咱们班的美人蕉吗？他娘的在学校学习不行，走上社会还混得像个人样。石铁柱心里一震，脸上露出一丝惊慌，但马上又镇静下来。美人蕉就是王美丽，人长得就像明星，高高身材，女性特征发育特好，胸脯挺得老高，家里开个小卖部，有点钱，一个初中生整天穿得像模特，一看心思就没在学习上。王美丽和他俩在一块，走在教室里一脸冰霜，谁也不看，惹得一些男生眼睛直直盯着她的胸脯。当然，石铁柱要排除在外。那时他是老师眼中的好学生，是同学眼中的榜样，他不能坏了自己的好形象，所以每次看到王美丽从身边走过，石铁柱都要低下头，脸微微发红。有一次上课听老师讲课时，石铁柱稍稍瞥了王美丽一眼，王美丽就坐在他右边靠后一桌，那时他竟然发现王美丽也瞥了他一眼，两束目光瞬间碰出了火花，他赶紧转过头，脸上感到一阵火辣辣的发烫。就在他们的目光碰撞出火花的瞬间，他还发现王美丽对他露出了久违的甜甜的笑容。所以，徐志伟说有女生偷偷给他写情书，他倒是没有发现，也没有收到过一封情书，也许是徐志伟瞎猜的，因为他就在王美丽后面坐着，徐志伟只能捕风捉影乱说一通。

她后来干啥了？石铁柱忍不住问。

你问美人蕉啊？呵，嫁了个省城的一个大款，这个大款快要赶上他爸的年龄了。当然了，美人蕉只能充当二房。那大款在省城开着一家大酒店，美人蕉凭着诱人的身段当上酒店服务员。你想，就她那细皮嫩肉的，谁舍得让她端饭端菜，自然就做了门迎小姐，这样一个美人胚子放在酒店门口，哪能逃得过老板色眯眯的眼神。不到一年时间那长得肥头大脸、挺着大肚子的光头老板就和她上床了。老板的原配黄脸婆从老板那里得到一半的财产，就拉扯着小女儿远走高飞了。我前几天去省城见到了美人蕉，她给老公生了一个大胖小子，那小子长得肥嘟嘟、白嫩嫩的，一看就是那光头老板的种。美人蕉生了这么一个大胖小子，身体却看不出任何变化，保养得还像个十七八岁的小姑娘。嗨，人与人不能比，人比人气死人，要是我能抱着美人蕉睡一晚上，就是死了也不枉。

你小子一脑子坏水，吃着碗里的，看着锅里的。你们这些有钱的大老板小老板是不是整天就想着人家的女人？你现在要房有房，要车有车，一家人和和美美过日子，就知足吧。石铁柱不想再听徐志伟瞎扯下去，起身要走。徐志伟也喝光了那半瓶啤酒，打着饱嗝站起身，摇摇晃晃朝酒店外的黑色丰田跟前。石铁柱看他这阵势肯定是醉了，就从他手中夺过车钥匙，打开前排两个车门，发动车。说话，往哪里开？

红光小区。徐志伟摇摇晃晃倒在了车子的副驾驶座位上，含含糊糊说出四个字。

二

和徐志伟分手后，石铁柱再很少碰到他。生意人嘛，肯定整天都在琢磨着怎样把别人腰包里的钱弄到自己手里，他们的心思早就钻进钱眼了，哪有工夫和他闲聊。再说了，即使再凑在一起吃饭，两人的话题也说不到一起去。那次小聚似乎就是两条直线的交叉点，从交叉点往后，两人越走越远。

但是，即使没有再见到徐志伟，石铁柱还是会时常想起他。想他什么？肯定不是狗屁广本，那玩意他暂时用不着，整天与车和驾驶员打交道，最不稀罕的就是车了。那他时常会想他什么？其实他心里很清楚。

日子一天天像印版一样过着，石铁柱觉得天天上路挡车检查有点枯燥乏味。转眼间已经是奔五十的人了，前半生就这样交给了马路，而且碌碌无为，协警的身份看来要背到坟墓里了。有时候执勤累了，他会点着一支烟，吐着烟圈，无神地盯着那逐渐扩大的烟圈，想人生也许就是这悠悠暗淡的烟圈，无论你当初怎样使劲吹，这烟圈最终都要化为乌有。自己干协警二十多年了，没离开过基层中队，每天都要上路与形形色色的车辆和驾驶员打交道，吃的苦不用说了，风里来雨里去，早出晚归的，下班回到宿舍两个鼻孔都是黑乎乎的汽车尾气。儿子过了年就要高考了，考不上他会担心，考上了他还要担心，担心每年两万多块的学费和生活费咋弄？靠他一千来块钱的工资够用？如果徐志伟那小子说的话是真的，其实自己不妨去他那里试试，万一真能给他三千多块钱的工资，儿子的学费生活费不就不用发愁了？他这才明白，自己为啥老是惦记着徐志伟那小子。

自从和徐志伟有了那次交往，石铁柱开始有意无意关注徐志伟的动向。徐志伟的纺纱厂在县城西环路上，离石铁柱所在的北郊中队相距三四里，大概要经过一条南北大街，再从北环路往西拐弯，再顺着西环路一直往南。纺纱厂所在的西环路不属于石铁柱中队管辖，石铁柱上路最多就到北环路十字口。这些天，尽管天气热得像在吐火，他还是在下班后一个人骑上自己的摩托车绕到徐志伟的纺纱厂看看，有一次还骑车进去了。看门老头一看是警察骑着摩托车进来，连问都没问。石铁柱进去后不找徐志伟，他只是漫无目的地骑着车在厂子里乱转。纺纱厂其实也不大，除了一栋简易板房车间外，左边是两栋两层老式红砖楼，看样子是职工宿舍，前排是男职工宿舍楼，后排是女职工的宿舍楼，对面两栋同样的两层红砖楼一个是办公室加职工食堂，后面是成品服装的仓库。石铁柱特别细细看了仓库，这仓库显然是改造的，下面一层是四间连在一起的大仓库，上面是四间大会议室，旁边两间房子应该是保管员的值班室和保卫人员的住处了。石铁柱像在部队侦察连侦察敌情一样摸清了徐志伟纺纱厂的情报后，就回到中队考虑该不该去纺纱厂干活。考虑来考虑去，他还是没有下定决心。让他迟迟下不了决心的是最近大队里传说的一条小道消息，有人说省上准备解决像他这样干的时间长的协警身份，也许能转为正式警察，就是当不了正式警察，肩膀上扛不了带杠带星星的警衔，只要能拿上一般干部职工的工资也行。石铁柱还打听到一些徐志伟的消息。徐志伟最近遇到了资金上的难题。有一批货发出去后，对方迟迟没有打款，这批货可是一宗大买卖，听说是一家省城服装批发市场老板订购的，价值可能有上百万元。由于货款迟迟打不过来，厂子的资金链就出现了缺口，生产车间暂时停了一部分机器，等到资金到位后再开足马力加紧生产，弥补这段时间的缺陷。有一回，他照例骑着摩托车去厂子里转，听到徐志伟在办公室里打电话，电话是打给银行业务经理的。徐志伟的声音几乎带着哭腔。赵经理啊，能不能想想办法给兄弟救救急啊，算老弟求求你了，你放心，等这批货款一到账，保证马上还清银行的贷款！啥，还是要担保？我用厂房担保还不行？哎哟，我的经理大人啊，你这样绝情，不是卡我的脖子吗？再下来，对方可能挂了电话，再听不见徐志伟的声音了。石铁柱叹了口气，看样子干啥都不容易，别看老板在外面满脸风光，高档小轿车坐上风里来雨里去，晚上灯红酒绿，喝酒跳舞，也有他掉在泥潭里拔不出来干着急的时候。个体企业就像走在市场的山沟小道上的载重汽车，随时都有翻车坠崖的危险。这时，石铁柱打消了去徐志伟纺纱厂挣那三千块钱工资的念头。

石铁柱照旧开始了日常的上路执勤。自从应聘到交警大队，他就一直在基层中队转悠，一直转悠了二十多年。当初上路挡车比较随便，没有现在这么多条条框框限制，手一挥，车就停住了，瞅准大货车超载、客车超员或者三轮车载人、摩托车无牌无证，二话不说就开罚单，那时候的司机和车主也比较老实，当然主要是他们自知违章心虚，见到交警心就发抖，所以罚款相对容易点。除非是遇到那些穷得拿不出几十块钱的三轮车摩托车司机，即使罚单开了也难给钱，只好暂扣车辆，这期间就难免要与他们拉拉扯扯，唠唠叨叨费几句口舌了。石铁柱是不怕费口舌的，遇到争执不下的事情，他宁愿多说几句，多讲一些政策法规，或者顺应农村人口中的一句话“要公道，打颠倒”，让违章的司机换位思考，不急不躁，语重心长，让司机心服口服把罚款交到交警手中。这是他多年积累下的经验，不是那些动不动就拿大帽子吓唬人的年轻人能学来的。他常想，自己也是农民出身的子弟，那些靠车混口饭吃的司机也是农民，都是可怜人，何必穿上这身警服就对人家吹胡子瞪眼的。别看人家不说话就把钱交给了你，别以为人家就真的服你，那是人家不愿意与你争论，人家有自知之明，说不定人家当面低头哈腰给你说软话，背过你说不定咬牙切齿骂娘。这样想清楚了，石铁柱就不会随随便便给那些可怜人吹胡子瞪眼了。他这个人越来越有点欺硬怕软了。谁要是对他软了，顺从他，他反而心里过不去，在处罚上也不由得会从宽处理；谁要是给他来硬的，扯虎皮做大旗，靠着领导的关系压制他，他反而不买账。你靠领导的权势，我有的是法律的尚方宝剑。只要咱走得端、行得正，还怕他影子斜？有一回，县公安局政委的外甥骑着一辆无牌摩托车让他挡住了，那小子两腿跨在车上就是不下来，嘴角叼着根香烟，脸朝天吹着烟圈，一副不理不睬的样子。石铁柱上了二十几年的路，这种人见得多了，路上的车很多，要检查的也多，不能因为这一辆车耗着他们几个民警的精力。他只能先礼后兵了，在讲清楚政策法律无效后，没等班长发话，就一把扯住小伙子的头发把他从车上拉下来，一个别腕的擒拿动作就把小伙子带到了一旁，这才让同伴把车骑走，然后把小伙子塞进警车带离现场。在中队讯问中，小伙子仍不服帖，骂骂咧咧的，口出狂言道，你把我的车咋推走咋给我再推回来，信不信我一句话就能让你脱了这身皮。石铁柱的倔脾气一上来就六亲不认，认识啥官当面给他说，看你小子牛还是法律牛，我现在就给你舅舅打电话让他来，当着你舅舅的面我照样能把你送进拘留所，你信不信？结果，那场硬仗还是石铁柱赢了，政委也没有打电话来说情，小伙子也没有再硬下去。碰到这六亲不认的黑包公，他也没辙了，只好乖乖认错。石铁柱心一软，再收拾了他几句，看着小伙子办完手续，免了处罚，才把他放了出去，也算给他那个政委舅舅留了点面子。

这些天正值全大队开展夏季交通安全大整顿，主要任务就是查处疲劳驾驶、酒后驾驶、涉牌涉证和客车超员，这些违法行为好比牛皮癣一样顽固，这边整顿着，那边又重犯，交警就一遍又一遍和驾驶员玩着猫捉老鼠的游戏。有时候石铁柱心里会生闷气，这些人三番五次违反法律规定到底为了啥，难道就是故意要与交警作对？别看图了一时的方便，出了车祸就吃大亏了，还不说违法了还要交罚款。也许大多数人以为自己违法了也没出车祸，都是怀着侥幸心理在与生命游戏，可是谁又能保证你永远不出事故呢？那些大大小小的车祸和一个个生命的瞬间消失，哪个不是这种交通陋习遗留下的隐患呢？石铁柱上路时间长了，见的事情也就多了，他现在都懒得与那些不接受处罚的人叨叨，自己一番苦口婆心地劝说，也难以打动人家的心，还不如顺其自然。要是哪一天他被卷在车轱辘底下，可别怪交警没提醒过他。可是，有时候看着那些失去了父亲母亲的孩子的可怜相，或者听到那些白发人送黑发人的情景，他实在又不忍心那些违法者就这样执迷不悟下去。穿着这身警服，自己就有义务挽回一条生命，成全一个家庭。所以，对那些不听劝告，甚至恶言相报的人，他已经习惯了耐着性子批评教育，而不是像那些火气正旺的小伙子动不动就训斥。

由于年龄偏大了一点，班长还是挺照顾他的，总是劝他站累了就坐到车上歇歇。班长是个三十出头的警校毕业生，正是干事业的年龄，一上路就风风火火，用伸展的臂膀和挥动的手势疏导着车辆，或者用一双火眼金睛一照，就能辨别清楚哪个车违法行驶了，哪个驾驶员酒驾了，哪辆客车超员了。班长这个本事，石铁柱不服都不行。他干了半辈子交警，说没出息吧，年终的先进证书都能塞一抽屉，说有出息吧，却不如像班长这些年轻人一样业务精通，特别是玩电脑、网上办案，更是自叹不如。不知不觉中，便觉得自己已经跟不上时代了，成为高科技时代的落伍者。如今的交通管理已经不是十多年前那样挥手挡车罚款的干法了，八成以上的交通处罚都是通过监控系统电子警察完成的，而且是违法者自动上门交罚款，除非大型交通保障活动，一般很少要他们站在马路上和司机唠唠叨叨瞎扯，他们的主要任务就是上路开着巡逻警车疏导交通，或者在街道边给那些乱停放的车辆贴单子、照相，比起以前的劳动量减少的不是一点点。

石铁柱在叹息时代变迁的迅速，也在为自己的前途担忧。是啊，眼看就要奔五十的人了，万一哪一天让时代淘汰了，自己脱了这身警服离开了马路，又能干啥？也许，去徐志伟的厂子里当保管员是个不错的选择。

三

S省道十字路口出事的那个晚上，石铁柱正好执勤。

石铁柱是在半路上巡逻时接到中队值班室电话，说有人在S省道通往钱家湾的十字路口被撞了，人躺在地上流了好多血，快不行了。他赶紧调转车头往回赶，当赶到事故现场时，事故中队的民警已经到达现场在勘查，他和另两位民警只能在事故现场两头，开着警灯给来往车辆作警示，以防发生二次事故。直到事故中队民警撤离现场走后，石铁柱还沉浸在血腥与死亡的恐怖之中。他第一眼看到倒在血泊中的年轻小伙子时，心里就有点发抖。死者的整个脸被鲜血覆盖了，头部被撞了个大口子，如同一个熟透的大西瓜被挖了个大口子再被人轻轻踩了一脚，血腥的红色就成了一种恐怖色。一个生命瞬间就像流星一样消失在夜空之中，世界上每一秒都不知有多少条生命被碾压在车轮之下。他不敢多想，想多了会担心自己哪一天会意外地消失了。黑夜笼罩的马路上，一辆辆大车小车呼啸而过，一束束刺眼的灯光直逼过来，虽然没有枪炮的隆隆响声，却和战场一样一不留神就会吞噬一个鲜活的生命。

这已经不是石铁柱第一次直面血腥的现场了。以前之所以没有引起他如此恐惧，可能是那时自己年轻的缘故吧！人会越活越胆小，特别是当你的生命在逼近人生的尽头时。很显然，还不到五十的石铁柱人生不过刚日偏午，离那边还远着，可他却过早地想到了死亡，他怀疑自己是不是未老先衰。他经常会替那些开“飞车”的年轻人捏把汗，担心他们这样把青春和生命当作儿戏一样豪赌，会早早葬送了自己。他儿子曾经有一次骑摩托车带着他，猛踩了一脚油门，摩托车屁股后面顿时拖起两股长龙般的黑烟猛向前冲去。他吓得脸像纸一样白，一个劲骂儿子，你急得是想死。儿子却满不在乎，说爸，你真胆小，我们年轻人玩的就是心跳，就是刺激。他喝令儿子停车，自己下了车步行，说你一个人玩刺激去。儿子一看他真的发火了，也不再叫嚣什么心跳刺激了，只好乖乖听他的话，等他重新坐上车，放慢了速度慢慢行驶。

虽说越活越胆小，人越老越怕死，可是遇到豁出命的关键时候，石铁柱还是会忘掉一切的。比如今晚，在事故现场担当警戒保护现场时，一辆辆狂奔的车就是从他的身边擦肩而过，大车带过的气流差点就要把他吹倒，有的三轮车、摩托车白晃晃的灯光直逼他眼前而来，要不是到了跟前才看到闪动的警灯，恐怕真的要迎面朝他撞来。他想，也许那个死去的骑摩托车小伙子就是这样撞上前面的大货车或者小轿车的，你再勇猛，两个轱辘的也抵不过人家四个或者八个轱辘的。他也想起了儿子那句话，玩的就是心跳，就是刺激。这下好了，刺激有了，心跳却没了。宝贵的青春生命就这样毫无意义地消失了，撞了摩托车的车却仓皇而逃，这黑暗中不知隐藏着多少丑陋的灵魂，凡是自作聪明抱着侥幸心理的，下场都好不到哪里去。

钱向东匆匆回了趟老家，从小车后备厢给年过七旬的父母卸下米、面、油、牛肉和自己收的一些高档烟酒后，顾不得在家住一晚上，匆匆吃了老母亲做的一碗油泼葱花面，跟老父亲聊了聊老年保健的常识，就以单位有急事为由，急急忙忙返回市里。他没有原路返回，而是多绕了十几里路从羊肠村道回到市里，在郊区一个修理厂把车子撞坏的地方修好，也没敢回家，找了家宾馆住了一晚上后，一大早就开着小车回到县城，进了红光小区，给徐志伟打了个电话。昨晚喝酒徐志伟没在场，听说去省城跑服装业务了，很晚才能回来。现在想必他不是在家补觉就是在纺纱厂忙生意。电话通了，徐志伟一副没睡醒的样子。

哦，是部长大人啊，这么早打电话有什么指示？

钱向东听到徐志伟麻木的声音，心里有点着急。哎，大老板，还在睡啊，快起来，找你有事，我就在你家楼下。

啥事这么急，都不让人睡个好觉，我昨晚三点多才睡的。

肯定有急事，少啰唆，快起来，不然我可闯到家里从被窝拽你了。

徐志伟打开房门把钱向东让进来，双眼还迷糊着，张着嘴打了个哈欠，就给钱向东烧水、沏茶。钱向东挥手示意不用了，知道徐志伟的老婆没在家后，直接压低声音说了昨晚自己在省道十字路口撞人的事情，要徐志伟替他暗暗到交警队打探消息。徐志伟还以为是啥大事，松了口气说，只要人没有死就不用怕，大不了钱下场。你这个大领导还怕没有钱？再说了，也不用我亲自去打探，交警队有的是人。谁？钱向东问。你真是大官僚啊，不在其位不闻其事。还有谁呀？大名鼎鼎的老班长石——铁——柱！虽说他不在事故中队，可出事的路段正好是他所在的中队辖区，问一下不就清楚了？钱向东这才想起石铁柱来，只知道他毕业后当兵了，至于他从部队回来干啥了，却不清楚。按照他的预测，石铁柱至少可以在部队考上军校，就凭他在学校的成绩，虽然考大学差了几分，考军校应该没问题吧！其实进了交警队也不错，实权单位，穿着警服威风凛凛，谁见了都怕。听徐志伟说他至今还是协警，他有点不信。可事实就是事实，不信也得信，人的命运往往不是自己能做主的，人生的道路也不可能沿着学生时代的轨迹延续下去，走出学校就是另一片天地，就像他自己，一心想干大事，做梦都想当大老板、发大财，可是老天偏偏让他进了大学门，而且学的是新闻传媒专业，与他的宏伟梦想简直天地之别。

这样吧，你把班长约出来，咱三弟兄找个隐蔽的地方小聚一下，顺便让他透透风，咱再见机行事。

听说曾经的“老财迷”钱向东回来了，石铁柱一下班就急匆匆赶了过来。见到钱向东时，他才想起自己忘了换警服，汗水湿漉漉地把执勤短袖警服贴在身上，发出一股股汗腥味。三十年没见了，他几乎不敢认钱向东了。其实，他早就听说“老财迷”在市里干事，从他在宣传部当一般干部时就知道，而且在市委党报上看过他写的理论文章，只是自己还是农村交警中队里一个小小的协警，与人家已经有了十万八千里的差距，他就打消了去高攀他的念头。人和人不能相比，自己还是老老实实干好本分的事就行了。今天徐志伟打电话说“老财迷”约见他，让他有点受宠若惊。他盼到了下班时间，扔下执勤那套行头，就骑着自己的一辆旧摩托车，一阵风似的赶到醉仙楼。

在来醉仙楼的路上，石铁柱骑着摩托车脑袋里就开小差。钱向东在高中同班学习的那段岁月像放电影一样在眼前回放。那时的钱向东一点也看不出将来会当官的兆头，在学校整天打扮得像个白马王子，一到晚自习就穿着西服皮鞋与女生在操场边的槐树林里约会。周日同学们都在教室里补课备战高考，他却不知从哪里贩来的几箱子布鞋在街上摆摊，听说一天能赚四五十块钱，那时的四五十块钱可顶现在的四五百块。石铁柱打破脑袋也想不出钱向东这样的“老财迷”竟然能一举考上大学，还是比较有名气的西北大学。他真是服了钱向东那聪明的脑袋瓜子。按理说像他这样聪明的脑瓜子大学毕业后最适合在国有企业和合资企业干事，要么当个市场营销经理，要么自己开公司当个老板，肯定不会比徐志伟这个纺纱厂老板差。世事真不可捉摸，“老财迷”走向社会的第一步竟然是清水衙门市委宣传部，还是个写“豆腐块”稿子的半拉子土记者，偶尔在市委党报上冒个泡，露个脸，好在经过十几年的摸爬滚打，还爬上了副部长的位子。可惜同学少年时的精明和才华在市委大院被磨平了，眼看快五十的人了也没有脱“副”。石铁柱心里清楚，“老财迷”的仕途也到头了，不过人家可是瘦死的骆驼比马大，再不行在自己面前也是高大无比。

在醉仙楼三楼的一间包间坐下，三人就开始吃起来。省略寒暄与客套，石铁柱开聊了。部长大人，当了十几年的官也看不到老同学可怜，来县里也从不见见老同学，是不是怕我屈辱你呀？钱向东哈哈大笑，瞧你这身老虎皮，谁见了不害怕？我不是不去见你，是怕开着车来路上碰到你被罚款。有一回我回家路上看到你挡住一辆小轿车在开罚款单子，心里都打战，哪还敢给你打招呼。你呀，还是当年老班长的气质，威风不减当年啊！钱向东和石铁柱互相吹捧、互相掐架，倒是有了那么一点点同学哥们的情调。徐志伟一时插不上话，只好一个人自斟自饮喝闷酒，他俩说话期间，又是多半瓶啤酒下肚。

待两人都说累了，徐志伟才放下酒瓶子，拿起筷子夹着花生米和蒜片木耳放进嘴里，一边嚼着，一边说，你们废话完了没？完了就说正经事。哎，班长，问个事，听说昨晚S省道出了一个车祸，有没有人受伤？石铁柱一愣，酒醒了一半，想起昨晚执勤时看到的那个血淋淋现场。是有个事故，在交叉路口，那个骑摩托车的小伙子伤得不轻。我到现场一看，满脸是血，怪惨的。咋了，你知道肇事者，还是认识那小伙子？现在事故中队民警正在追查肇事车辆。徐志伟摇了摇头，只是听厂子里工人今早说那里出了事，是咱们部长大人有个朋友跟那骑摩托车的小伙子认识，打听一下事故情况。哦，是这样，那就请部长大人放心，有新情况我会告诉你的。钱向东一摆手，啥部长大人的，你俩少损人。我也是瞎问问，那朋友跟我关系一般，今天主要是想和老同学老班长坐坐聊聊，平时一摊子事忙不过来。你说就文联那些事吧，整天就是开会呀，出席啥仪式呀，净是瞎忙。好不容易今天抽空回来了，也不用想那些烦心事，心里清静了。

三人吃吃喝喝，说说闲话，不知不觉两个小时就过去了。石铁柱掏出手机一看，离下午上班时间再有半个小时了，就要退席告辞。骑着车，路上石铁柱还在琢磨，今天的饭吃得有点莫名其妙，“老财迷”多少年了都记不起他，今天咋就心血来潮请他吃饭？还有徐志伟那突然问起昨晚的那起事故，吞吞吐吐，拐弯抹角，想打探消息又不明着说。钱向东朋友的事钱向东咋不亲自问，还用得着他问？这两个人鬼鬼祟祟不知在捣啥鬼？石铁柱觉得这里面肯定有谜底，只是暂时不便揭开这个谜底罢了。

四

石铁柱回到中队，一进宿舍就一头倒在床上呼呼大睡。正是七月流火的酷暑期，太阳在天空肆意吐着火舌，无情烘烤着大地。二层平板楼房的宿舍里虽然有一只吊扇在头顶吱吱呜呜转着，房间里还是让人感到闷热难耐。石铁柱睡了一会儿，就满头大汗，执勤短袖也被汗水湿透了。他翻了个身，突然睁开了双眼，坐起来掏出手机一看，已过了上岗时间。

下午三点正是一天中最热的时候。石铁柱洗过脸，换了一件执勤短袖，戴好执勤装备，骑上警用摩托车，就往S国道执勤点赶。大老远就看到班长和协警小王挡着一辆黑色丰田，正在和驾驶员吵闹。那驾驶员坐在驾驶室内没出来，只露出半个秃顶的脑袋。石铁柱加大油门赶了过去，才发现是“老财迷”的车。

铁柱，你来了，正好给你们的人说说。我要赶回市里参加一个会议，要罚款我把钱放下，让我走吧。

石铁柱看了看班长，意思是到底怎能回事？放他走行不行？班长也瞥了他一眼，没有吭声。石铁柱自感骑虎难下，走近班长小声说，这是我同学，市委宣传部副部长。班长把酒精测试仪拿到石铁柱眼前，你看看，酒精含量快八十了，接近醉驾，能放过吗？班长看出了石铁柱的尴尬，迟疑了一下对车内的钱向东说，这样吧，部长同志，按照法律喝酒是不允许开车的，念在你是老石的同学的份上，今天我们就网开一面吧，罚款也不用你交了，但是你必须找一个人替你开车。说着，把驾驶证递到车里面。这前不挨村、后不着店的半路上哪里去找代驾？钱向东一时急了，一着急他额头上就渗出一层汗珠子。石铁柱急忙拿出手机给刚下班的小陈打了个电话，请他帮忙把钱向东送到市局。钱向东将车子开到路边一处开阔地方，等着小陈过来替他开车。钱向东下了车，掏出一盒软中华香烟，抽出几支给班长和石铁柱、小王散发，可三个人都不吸烟，捏在手指间的三根香烟又被挡了回去。班长和小陈开着面包警车朝前面继续巡逻，丢下石铁柱在原地等着小陈。

两人坐到车里，巡逻警用摩托车停在黑色广本旁边，以便小陈过来一眼能看见。钱向东有点情绪急躁，对石铁柱发起牢骚。妈的，我在市里面都没这样难堪过，回到家乡就碰到这倒霉事。你们那个班长姓啥？看起来牛哄哄的，不给他点颜色看看不知道我这个部长的厉害！石铁柱心里不乐意了，钱向东在他面前说这话就等于挖他的脸面，他骂的是班长，其实也是自己，很显然他们这些当官的根本就没把小交警放在眼里，既然要这么大牌，刚才为啥不硬到底？班长刚才可是给足了他面子，要不逮住他这样的酒驾者轻轻松松扣6分，罚款两千！但是他没有把心中的不满表露出来，我的好部长、老同学，你就不要再挑事了好不好！知道你有权有法子治我们，可也要不看僧面看佛面，你让新闻媒体捅了我们班长，我能脱离干系吗？再说了，今天我们班长可是给足你面子了，否则你还能顺顺当当回市里？知足吧，与人方便，自己方便，不要把事情做得太绝了。我可给你说清楚，我的小兄弟送你一趟，可不要让他从市里饿着肚子回来？钱向东笑了，有你这根铁柱子顶着，我就放心了。你那个小兄弟嘛，一定好好招待，不会扫了你的面子。

小陈开着黑色广本走后，石铁柱回味着钱向东今天的所作所为，感到很是不解。今天他的行为举止有点异常，特别是中午三人一起吃饭时，钱向东显得非常谨慎，除了寒暄之外，从不多说一句话，总是由徐志伟替他说着他想说的话。那种举止倒很像当部长的架势。可是，今天在路面上面对一个小小的执勤交警，他却表现得很拘谨，胆小怕事。那个三十来岁的班长连副科级都不是，他一个堂堂的市委宣传部副部长，就被小交警吓成那样了？别看他坐在车里和班长吵闹，石铁柱明显觉得他没有底气，连半句骂骂咧咧的话都不敢说，只是在人家照顾他、放过他后，背后里才敢说几句大话。这决不像钱向东这个爱要牌子的脾气。

石铁柱赶到班长巡逻的地方，心里长长出了口气。钱向东总算被打发走了，他心里也不用操这份心了。班长也许是看在他是老民警的份上，刚才给足了他面子，从这方面理解，刚才班长确实照顾了他这个远道而来的同学。石铁柱暗暗佩服班长这个年轻人会来事，见了班长第一句话就是谢谢班长刚才的照顾。没想到班长却说，谢啥呀，说不定咱以后还用得着你这个部长同学呢。对了，老石，你同学刚才没有背地里骂我吧？他可是市里的领导，咱可得罪不起。万一人家给咱记下仇，通过新闻媒体报复咱，咱可就惨了。不要小看媒体，想坏你的事轻而易举，所以呀，你还得好好给你同学说说，千万别揪住咱的辫子不放。石铁柱心里一惊，看来谁都怕当官的。其实，钱向东给他说的那句报复的话也只是出出气，挽回自己一点面子而已，想必是不会真的找班长的麻烦的。

小陈把钱向东送到单位后就直接去了汽车站，回到中队已经快天黑了。反正晚上不上夜班，小陈回到中队就去集体浴室冲了个凉水澡，换上短衣短裤，来到中队值班室。石铁柱晚上在队上值班，正坐在电话机旁边看着足球比赛。小陈端着茶杯，一屁股坐在床上，看了一眼屏幕上的欧洲杯比赛，给石铁柱打了声招呼，铁柱哥，我把你同学送到单位了。石铁柱问，我同学没招待你一下？小陈回答，人家那么忙，哪顾得上呀？你还不知道咱弟兄们，跟领导在一起吃饭就会感到心里憋闷，哪像咱们弟兄们在一起想吃啥就吃啥，想喝啥就喝啥，想说啥就说啥，多自在！你还别说，你那位部长同学可有来头哩，人家说了，全市的电视台、报纸、网站，没有他点头，都不敢乱说一通的。有了你这个同学，咱以后再不用怕那些土记者来寻咱的事了。石铁柱摇摇头，嘴角一抽，冷笑一下，咱身正不怕影子斜，怕那些记者干吗？你也不要相信我同学的大嘴巴乱吹一通。他说了算？恐怕还得听人家部长的吧？咱就好好上路执法吧，该咋样处罚就咋样处罚，用不着怕那些媒体记者。小陈说，你这是老脑筋，早就“OUT”了！

石铁柱并不甘心，他把电视调到静音，拿起手机给钱向东打了过去。喂，部长大人，会开完了？完了也不回家，在和哪个小蜜约会呀？没有？在和记者谈公事？哦，打扰了吧？没打扰我就问你一句话，你这人咋就说话不算数呢？不是答应我好好招待我的弟兄，咋就让他空着肚子回来了？啥？下次回来补上？我就怕你今晚说了的话明早就忘了。好了不说了，你忙正事吧，随便聊聊，别当真啊！下次回来我作东，还是咱三人。不过给你说清楚，再回来喝酒可要带上专职司机啊！电话那边一阵嬉笑，分明是一个女人的笑声。

五

被撞的骑摩托车小伙子昨晚在县医院没有抢救过来，因颅脑损伤严重死亡。石铁柱在得到这个消息大约半个小时后，就接到了徐志伟打来的电话，他约石铁柱晚上下班后在醉仙楼见见。

醉仙楼，醉人不醉仙。据说神仙是不会醉酒的，只有人喝醉了酒飘飘然，好像自己成仙了一样，其实是糟蹋神仙。席间，徐志伟一再劝他喝酒的时候，他都坚决拒绝了，是的，是很坚决的态度。徐老板，有事说事，酒嘛，你随量吧，喝好为止，再说，我还要骑车回去，万一出了事就不划算了。就这样，他应了社会上流传很广的一句话，“出门老婆有交代，少喝酒，多抄菜，酒喝醉了别回来”。徐志伟瞪着牛铃大的双眼看着他，嘴角又是一丝冷笑，你呀，是不是“妻管严”太重了，就那点胆量？石铁柱不客气了，少废话，快说事吧！徐志伟又叫服务员上了几个热菜，什么清蒸鱼、麻辣大虾、铁板烤羊肉、农家大丰收，小小的饭桌很快摆满了大大小小的碗碟。石铁柱皱皱眉，问，你点这么多菜吃得了吗？是不是一会儿还要叫几个哥们帮忙吃？徐志伟抿嘴一笑，嘴角叼着了一支过滤嘴香烟，掏出金黄色打火机“砰”的一声点燃，吐了一团烟雾，才不紧不慢说，不就是在一起吃顿便饭嘛，能有啥正事呀？不说事咱同学一场就不能吃饭？石铁柱被问住了，也觉得自己有点太正经了，搞得气氛就像开会一样严肃。他稍微放开了一下，好吧，那就随便说说吧，边吃边聊。徐志伟抽了几口烟，端起满满一杯西凤酒，昂起脖子喝了，然后说，人生苦短，何不及时行乐？就说咱们吧，不知不觉高中毕业就是三十年，想想这三十年在社会上混得人不人鬼不鬼的，你说咱到底是图了啥？我算是看透了，人来到这个世上就是受罪来了，哭着来到这个世上，然后再痛苦着离开。所以，能吃就吃点，能喝就喝点，别他妈的把自己委屈了。烟雾间，隐隐约约看出了徐志伟有点伤痛的样子。石铁柱有点迷惑了，弄不清楚徐志伟为啥会这样悲观伤痛。一个开着纺纱厂、开着几十万元豪车的大老板，在生意场上叱咤风云、呼风唤雨的弄潮儿，咋就这么悲观？他也清楚，酒后的徐志伟才是真正的徐志伟，只有在他们两个人的世界里徐志伟才会露出真实的一面。别看平时这些大老板个个神采飞扬、风度翩翩，那只不过是掩人耳目的表象，也许他们风光面目的背后，都隐藏着内心流血流泪的伤痛。石铁柱只知道自己没混出人样，没想到徐志伟也有难言之隐。他相信他是真的感叹，虽然他的感叹有点突然，有点让自己莫名其妙。他不想直接揭开徐志伟内心的伤痛，只能附和着安慰他。人生不如意者十有八九，谁的一生都不会永远顺顺当当。再不行，我们最起码还活在这个世上，不像那个骑摩托车的小伙子，才二十来岁，可能刚刚结婚，也可能还没尝过男欢女爱的滋味，就一瞬间投奔到阴间了。你说，那个阳光灿烂的小伙子是不是到了阴间也该像你这样叹息吗？

冷静。包间里持续一段时间的冷静。两人都没有吃菜，任几个热菜的香气顺着热气在空中飘起。终于，徐志伟发话了。他扔掉剩下半截屁股的烟头，说，老班长，对，你还是以前的老班长，我这样叫着舒服。你说，假如那个骑摩托车的小伙子没有死，我是说假如，哪怕他成了残废，他会不会永远也放不过那个肇事的司机呢？

干吗问起这个？那个肇事嫌疑人是很可恨，不过要相信他是最终逃不过法律的制裁的。

徐志伟身子哆嗦了一下。虽然很轻微，还是被石铁柱发觉了。

志伟，跟我就别再兜圈子了，说实话吧，你是不是知道……那个肇事者？也许你心里有顾虑，还考虑该不该说出他的情况。今晚你上这么多的菜，就是为了他？

不是！我不知道谁是肇事者。只是站在死者的角度想了一下。徐志伟轻轻摇了摇头，又掏出一支烟，点燃，吸了一口。你们这些警察呀，就是太敏感了。咱不说那事了，说些别的吧。

好吧，下班最好不谈公事。说说你的厂子吧？最近效益咋样？石铁柱对那起事故并不太关心，要不是亲眼看到那个小伙子血淋淋躺在路面上的样子，他是绝对不会过问这起事故的情况。处理这样死人的交通事故是事故中队民警的事情，跟他们执勤中队没有多大关系。即使有关系，也首先是正式民警的事情，他们协警是没有资格插手交通事故处理的。他也相信徐志伟不会真的关心这起事故，除非死去的那个小伙子是他的亲人或者关系亲近的人。

这样给你说吧，老班长，你可能看电视报纸，也知道点民营企业的事情。现在的民营企业就跟抱养的孩子一样，吃不饱，饿不死，能死撑下去就不错了。你看我像不像个有钱的老板？一定像吧？咋能不像呢？要车有车，要厂子有厂子，要秘书有秘书，整天吃香的喝辣的，出没在商场、酒店、银行、政府大楼之间，很风光是吧？可是你不知道，我们走到哪里都是在装孙子，想扩建企业申请新厂址，要像孙子一样求那些政府官员，要开工生产，就得像孙子一样求那些税务、环保、技术监督部门的老爷，这些都不是最要命的，最要命的是求那些银行主任贷款。资金周转不开，市场前景也不好，企业要正常运转，就得扩大资金投入，没法子，就差跪着求人家银行行长了。这不，前一段时间好不容易跑下一笔大生意，可就是缺少生产资金，正在发愁时，来了救星。正好钱向东跟县农行的行长关系很好，由他出面，钱的事情暂时有了眉目。可是……

可是啥？石铁柱追问。

哎，咋说呢，银行的那笔款行长当面答应得好好的，我再去找人家时又迟迟办不到头。这里面也不知出了啥问题。我想舍不得就得不到，给人家小恩小惠送了点东西，也没奏效。也不知是礼物太轻还是太重人家不敢收。再找钱向东，钱向东说他最近也遇到了点麻烦事，没时间跑这事了。这“老财迷”，是不是也想揩点油水？眼看着到嘴边的肥肉吃不上，肚子又饿得咕咕叫，手下几十号人还等着发工资哩，你说我能不煎熬？

你不说我还真不知道，原来大老板也不是好当的。以前只觉得自己混得背，有时想干脆辞了这份工作吧，快五十岁的人了，还和年轻小伙子一起站马路，掉不掉价？哪怕给人家单位看门都比这强。老婆也是整天嘟嘟囔囔，骂自己的男人挣不来钱，还整天早起晚归的瞎忙活，都不如回来摆个地摊开个小店。其实细细想想，老婆说的也没错，过日子嘛，柴米油盐酱醋茶，哪样少得了？哪一样不要钱？当了二十多年的协警，工资低不说，活还是最累的，一个大男人家，心里能不憋屈？

石铁柱把心里的不快一股脑儿也吐了出来。说完后，他又有点后悔了，心里在问自己说这些有啥用？人家徐老板这不是明摆着在说，他自己的日子也不好过，以前说的叫他来厂子里当保管的事基本算黄了。自己再诉这么多苦有啥用？求人家可怜自己，还是死皮赖脸非把人家粘住不可？老人都说了，金窝银窝不如自己的狗窝，单位和家一样，协警的工作再怎么苦怎么累怎么清贫，也是自己的家自己的事业，最起码交警队给咱每月还发一千多块钱的工资，还不说隔几年还发上春夏秋冬几套警服。别看这协警的警服，也不是谁想穿就能穿上的，站马路执勤也不是谁想干就能干得了的。自己当初也是经过县公安局严格的政审和业务考核，层层选拔出来的，赖好自己以前在部队当过班长，搞过新兵训练，在冰天雪地里练过三大步伐和队列战术，更不用说擒拿格斗侦查战术训练，吃的苦比在交警队多多了。能在协警的岗位上一干就是二十多年也不容易的，想当初一起招进来的三十个协警如今还有几个在坚守岗位？差不多都走了，下海的下海，找门路转干的转干，回家务农的回家务农，只有他二十多年一直坚守在国道省道沿线执勤。以前年轻，一上班就被领导安排在离县城最远的高原中队，在那里一待就是十五年。这十五年不也风里来雨里去，夏熬酷暑、冬冒严寒挺过来了吗？上了四十岁后，领导才照顾性地把他调到县城郊区的一个执勤中队。随着县城的扩展，这个中队如今基本上也算是第二个城区中队了，最起码不值班时每天晚上可以骑着摩托车回家看看，或者吃上几顿老婆做的热饭热菜。这样其实他已经知足了，人已经活了大半辈子了，一家人能平平安安在一起过日子就很幸福了。要不是上次徐志伟这家伙挑逗性地邀请自己到他的纺纱厂干事，还开出相当诱惑的工资报酬，让他有点蠢蠢欲动，差点给领导递交了辞职报告书。要不是刚才徐志伟酒后吐真言，倒出一大堆自己的苦衷，他还会继续做着当纺纱厂保管员、每个月兜里能揣上三千多块钱工资的美梦。哎，都快知天命的年龄了，还这么幼稚，真像个孩子一样，别人给一个泡泡糖，就能被哄走。石铁柱这时候又想起在哪里读过的一篇散文，山里的孩子老是问妈妈，山的那边是什么？妈妈说，是另一个世界，是天堂。孩子天天晚上做梦，梦见自己翻过大山，看到了富丽堂皇的天堂，过着神仙般的日子。于是，他白天趁着给家里放牛放羊，开始往山上爬，想爬到山顶看看那边的世界，无奈自己年幼力薄，山又太高大，每次只能爬到半山腰就爬不动了，只好昂头盯着蓝天白云的山顶悻悻返回。后来这孩子长大了，成人了，力量厚实了，终于有一天他爬到了山顶。站在山顶四处张望，他才发现山的那边还是山，那边山的外边依然是山。

菜凉了，几个菜还没动过筷子。徐志伟喝完桌子上最后一杯酒，起身清了账，拿起靠背上的衣衫就要走。石铁柱看着那几个没有动筷子的热菜，觉得可惜，就问服务员要了几个塑料袋打包回去。徐志伟看了一下，想要制止，却没有出口，看着石铁柱提着三个打包的塑料袋出了醉仙楼，自己坐进了丰田车。石铁柱骑上了那辆半新半旧的摩托车。

六

自那之后，徐志伟再没有提起过那个在车祸中死去的小伙子，连电话也没有再给石铁柱打一个。就这样，时间一晃三个月过去了。

秋后的天气渐渐凉爽起来，秋老虎也早早失去了淫威。石铁柱倒是还一直记着那个阳光满面的骑摩托车的小伙子，不知他的家人因他的离去流下多少伤心的泪水。也许，他就是家中的独苗，他们这一代人正赶上计划生育很紧的年代。与马路打交道多了，见到的或听到的因车祸死亡的年轻人就多了。每失去一个年轻的生命，石铁柱都会为那些年迈的父母或者年幼的孩子担忧。如今的家庭太脆弱了，哪一家能经得起顶梁柱或者宝贝儿女的突然离去？

这天，石铁柱和班长、小王三人在中队辖区的县乡道路上整治三轮车交通违法行为，一个头发灰白、脸色黑红、面容憔悴的中年汉子战战兢兢走到他面前，小声叫了声班长。起初他还以为是哪个中学同学，可是看了半天也没认出来。他装作没听见，没有应答。那中年汉子再叫了声班长，这次声音提高了一点。石铁柱扭过头仔细一看，觉得这人面有点熟，在哪里见过，可是一时又想不起来他到底是谁。为了不让对方尴尬，他应了声，然后提示性地问了句你是……对方立刻意识到他的意思，露出少许笑容说，我是战军，忘了吧？我们是一个连队的战友，你还是我的班长呢！战军？想起来了，是你小子啊！咋变成这副模样了？你不说，我还真不敢认，还以为是哪个半老头子哩。时间过得真快啊，离开部队一眨眼就是二十年，咋样，这些年过得还好吧？石铁柱像遇到亲人一样，拉住刘战军的手不放。刘战军的手很宽大，也很温暖，握住这双宽大温暖的手，同时握住了一层像砂纸一样的老茧。弟兄混得肯定不如你啊，这几年种庄稼收成不太好，今年刚种了几亩冬枣，本指望明年多卖点钱，谁知一场大风和冰雹将大棚薄膜吹烂了，树苗子也被冰雹打成光杆儿。刘战军叹着气说，然后指了指不远处的一辆三轮车，小声问，你们在挡三轮车？我的车手续全着，就是忘了年检，你看没事吧？石铁柱看到那是一辆很破旧的三轮车，车厢已经锈迹斑斑，驾驶室的车门子也已经翘起来，关不严实了。石铁柱不由得眉头一皱，车都成这样了，你还敢开？不怕发生事故？我可给你说清楚，如今的车祸可不认人，不管是男女老少，还是有钱人、可怜人，谁不遵守法规，谁就会招祸。就是前几个月，我亲眼看到一个骑摩托车的小伙子在省道一个十字路口被撞死了，那场面可惨了！我给你说这些的意思，还是尽量不要开着你这报废的三轮车上路，另买一辆三轮，办完手续后安安心心跑吧！刘战军半天没有再出声，他的脸色变得很沮丧，低下头像个挨训的小学生。石铁柱发现他这个样子后也不再说什么了，沉默了一下低声问，你咋了？是不是有啥难处？刘战军半晌抬起头，眼圈突然变得通红。他小声说，哎，没啥，你忙吧，我走了。我这就回去了，有机会来我家坐坐。

刘战军走了，他那有点驼背的身影在石铁柱视线里渐渐模糊了。不知怎么回事，刘战军的突然沉默和离开，让石铁柱心里像压了一块石头，是不是自己刚才说话的语气太伤人了，还是他真的对交通事故害怕了？还是怕班长他们看到他的三轮车对他罚款或扣车？反正刘战军的离开就是一个谜。这个刘战军本身就是个谜。记得当年在部队时，他们二十几个同县老乡新兵训练后被分到青海某部一个连队，刘战军就是个撞不响的木头，除了班长点名他答一声“到”之外，一天也放不出几个屁，简直就是闷葫芦。第二年他当了班长后，就主动跟刘战军接近，晚上没事了就找他谈心，聊他个人训练学习的事，也聊家里的事，甚至还问过他找对象的事情。虽然刘战军这个闷葫芦让人很难走进他的心里，但他有一个很大的优点，就是干活老实，从不偷懒。

连队就按着他的性子，曾安排他喂猪、种菜，兼顾到炊事班帮灶。尽管这都是些苦活累活，但刘战军干得很卖力，连队不管是谁只要叫一声战军，给我把啥弄一下，或者战军，帮我干个啥活，他都是二话不说风风火火动手就干。刘战军还有个农村人很明显的特点，吃得多，力气大。别人一顿饭吃两个馒头，他能吃三四个；别人稀饭常常喝不完偷偷倒进泔水桶，他总能把一大碗稀饭喝得干干净净。刘战军干起活来舍得出力气，石铁柱曾亲眼看见他扛着满满一麻袋粮食从车上扛到灶房，累得像牛一样哼哧哼哧直喘气。别人是两个人抬一麻袋粮食，中途还要歇歇，他却是一个人扛着麻袋连续跑来回，中途只是端起一旁的茶壶咕咚咕咚喝了一肚子茶水。石铁柱只和刘战军在一个连队待了不到半年，自己就调到甘肃平凉野战部队了。两人从那时分开后，就再也没见过面。他只知道刘战军的家在本县东北角的一个小乡村。

石铁柱记得后来听原部队的战士给他说起刘战军一件事。那是在他调离青海民和县驻地部队后的一个月发生的事。事情的起因是一个来自成都的城市兵让刘战军帮他搞内务，就是洗衣服叠被子打扫卫生之类的活。按说这些活刘战军干起来不费吹灰之力，可是那天这个城市兵躺在床上装病，让刘战军给他干活，自己躺在床上偷懒，还指手画脚说刘战军这里没洗干净那里没扫净，又是被子叠的不整齐，整个人笨得就像头猪。这下把刘战军惹恼了，这个轻易不发话的闷葫芦端起一盆子洗衣服的脏水一股脑儿地泼到城市兵的身上，弄得城市兵床上身上都是泛着泡沫的脏水。城市兵一跃而上卡住刘战军的脖子就要报复，结果被刘战军一个擒拿动作轻而易举摔在地上。末了只说了一句话，再骂老子是猪，看打不死你！这件事情后来在连队里闹得很大，城市兵和刘战军双双都受到了处分，但是那个城市兵后来见了刘战军再不敢欺负他了。听到这个故事后，石铁柱先是一愣，然后是一笑。他了解刘战军的脾气，老实人可不敢惹恼了，惹恼了，那就会引发一场地震。记得他和刘战军谈心时问起他干那些脏活苦活累活心里愿不愿意，刘战军没有直接回答他，他说的最多的一个词就是面子。他说他要为农村人争这个面子。他爹妈给他说过，人活脸，树活皮，他活的就是一张脸面。为了这个脸面，他吃得下别人吃不了的苦，可就是容不得谁扒他的脸面，否则他就要跟谁对着干到底。

当年当兵的时候，刘战军家的经济状况不是很好。父亲是老实巴交的农民，据说脾气就跟刘战军一个样，平时蔫蔫的很少言语，发起牛脾气来谁也挡不住，据说能一整天蹲在烈日下的庄稼地里拔草，不吃不喝。可就是这样拼了老命的干，地里收入还是不够一家人开支。其实也难怪，刘战军的爷爷奶奶都健在，下面还有一个上中学的弟弟和两个上小学的妹妹，日子过得紧紧巴巴。至于刘战军从部队回家后的情况，石铁柱就不得而知了。他家住在本县最东北角，离县城起码有七十多里路。他以前工作的交警中队正好在县城西北方向，从那个中队到东北角的他家至少有一百多里路。所以，这么多年了，他再没有见到过刘战军，时间一长也就淡忘了。时光就像一把看不见的刻刀，在每个人的脸上刻着深深浅浅的皱纹。难怪今天看到的刘战军会显得那么苍老，特别是他那头灰白的短发，活脱脱地把他装扮成了一个农村老头。仅仅从刘战军开的那辆破旧三轮车来看，他的日子过得肯定不好。石铁柱的脑海里一直回放着刘战军闷闷不乐的表情，还有他那双充满苦愁的目光。刘战军的最后离开，似乎是带着某种伤痛，他的沉默和离开很突然。石铁柱仔细回忆了一下，刘战军的表情变化大概就是从他提起那个骑摩托车的小伙子开始的，难道他也同情那个小伙子的离去？或者他被小伙子血淋淋的惨痛教训吓住了，开始反省自己的危险驾驶行为？

刘战军的出现就像夜空中划过的一颗流星，瞬间就消失了。然而，这颗流星划过的光亮轨迹却像一把锋利的刀刃，在石铁柱的心上留下了一道深深的伤痕，让他感到了微微的心疼。

七

几天后的一个星期一早晨，在值班室的石铁柱就接到大队一个紧急命令，要求中队迅速出动十名民警火速赶到县政府门口集合。按照纪律规定，他是不得询问抽调警力的原因的。警察和军人一样，服从命令是天职。中队长开着警用桑塔纳，他们乘坐面包车跟在后面，急速朝县政府赶去。一路上，石铁柱还在猜测发生了什么紧急情况。

在县政府门口，比他们早到的有大队机关和其他几个中队的五十多名民警，还有县公安局抽调的特警、治安警、巡警，都各自列队在县政府门前的广场上集合。而在县政府的大门口，聚集着成百人，打着“还我血汗钱”“我要吃饭要生存”的横幅，喊着口号堵住了大门。正值政府各部门和县长们上班时候，突然聚集了成百人闹事，县长们能不着急？霜降刚过，深秋的早上天气已经有点寒冷，但那些聚众闹事的工人们却丝毫不感到寒冷，他们个个热血沸腾，斗志昂扬，大有一番不得到战果誓不罢休的决心。石铁柱知道这次特勤任务不同于往常，这些人肯定不会轻易罢休的，不是警察几句好话能把他们哄回去的。他们要的是工作，是血汗钱，是全家人的饭碗，你当警察的能给人家吗？石铁柱只能在心里暗暗骂那些欺压普通工人的老板，他们凭什么就随随便便让这些老工人丢饭碗，还要克扣他们辛辛苦苦挣来的养家糊口钱？就在石铁柱心里乱想一通的时候，小陈凑过来告诉他，这些闹事的工人是纺纱厂的，老板叫徐志伟，听说厂子资金链断裂，经营不下去了，老板欠下每个工人五六万块钱的入股钱和工资偷偷跑了。

纺纱厂？徐志伟？石铁柱的耳旁如同炸雷响过，惊了他一身冷汗。夏天他还去徐志伟的纺纱厂看过了的呀，生产、销售一切都红红火火的，咋说倒闭就倒闭了？他想起了上次徐志伟和他喝酒时哭恓惶的话，当时自己还以为这家伙在假装哭穷，没想到却是真的。那么，又是什么原因导致他银行贷款黄了？不是有钱向东这个关系链吗，既然钱向东和银行行长关系很铁，贷款不也是一句话的事吗？难道钱向东没有替徐志伟办成？事情的发展是谁都不想看到的，徐志伟能硬撑到现在看来也不容易。那些工人也许早就看出苗头来，可谁也不会想到倒闭的会这么快。不知有没有人提前从厂子里抽回了自己入股的钱？市场本身就有风险，总会有企业经营不下去倒闭的，这本来也很正常。不正常的是如今的老板都选择了逃跑，以人间蒸发的方式暂时躲过别人的要债。

人，不到万不得已的时候是绝对不会选择放弃和躲避。石铁柱想起徐志伟那天酒后对自己吐露求爷爷告奶奶似的求银行行长贷款，甚至搬出了钱向东这个救兵为自己解围，看来也无济于事。他又有点同情徐志伟，觉得徐志伟其实也挺不容易的，别看表面上西装革履，开着豪车，带着女秘，挺风光的，其实他心很累的，每天都要围着银行行长跑资金，盯着客户推销产品，还要千方百计创新品牌，在诸多同行竞争中赢得先机。一个环节出了问题，都会像多米诺骨牌一样产生连锁反应，最终导致企业停产倒闭。依他对徐志伟的印象，徐志伟不会是那种不讲信誉、独吞资金逃跑的人，他肯定是在某个地方暂时躲避起来，说不定还会苟且喘息一下东山再起。他现在认为那些闹事的人也有点落井下石之嫌，你们的老板再不行也给了你们十几年的工作机会，给你们发了十几年的工资，何必这样把人家往死里整？跑了和尚还能跑得了庙，用得着打着标语喊“还我血汗钱”“我要吃饭”，难道你们不在纺纱厂上班就没饭吃了？

这起聚众闹事最终没动公安一兵一卒，由县政府和农业银行两家共同把事情解决了。那些闹事者最终拿着银行给的厂房抵价款回家了。闹事的另一个结果就是他们赖以生存的纺纱厂彻底消失了。

纺纱厂倒闭风波不久，徐志伟就露出了水面。石铁柱再次见到徐志伟是在马路上。那天，一辆拉运钢材的斯太尔半挂车突然停在了石铁柱跟前，驾驶室玻璃摇下来，探出一个满脸胡茬的头颅，一双布满血丝的眼睛好像没有睡醒的样子，嘴角叼着一根香烟，一手戴着脏兮兮的手套。这张脸庞看似熟悉又有点陌生，石铁柱在没有确认他是谁之前，一脸严肃。同志，请出示驾驶证、行驶证！车上的人半天没有配合的行动，嘴角露出一丝冷笑。他扔掉烟屁股，冷冷地说，石警官，好威风啊，都不能放过大哥一回？随后是一阵狂笑。徐志伟！是你小子，咋弄起大货车了？徐志伟收起笑容，恢复了冷面孔。哎，都是被逼的，老婆娃娃要吃饭要花钱，咱一个大老爷们总不能待在家里啊！石铁柱心里充满疑惑，你这家伙躲起来就是为了跑大车？现在用不着管那些工人了，自己想咋的就咋的，自由多了吧？徐志伟叹口气，自由个屁，一路上都要防备你们这些交警，开个大车就像老鼠过街一样，哪个穿制服的看着咱都不顺眼，伸手就要罚款，哪像你们这样想训谁就训谁，像个老爷一样。不瞒你说，今天是我头一次开车上路给西安送货，以后还得求你网开一面，开个绿灯，有机会好好犒劳一下你们弟兄。

徐志伟的斯太尔开走后，石铁柱对着冒着黑烟的车屁股吐了一口唾沫，开个大车还牛哄哄的，想用几个臭钱收买我们弟兄，是诚心想打我们的饭碗啊？本来还有点同情他的遭遇，今天一看他这副牛哄哄的模样，石铁柱开始讨厌他了。不想交罚款，那就不要装那么多货，你不超载超限，看谁敢乱罚款？话说回来，交警也不是没有人管，纠风办、电视台记者、晚报记者，哪个不像间谍一样在寻找毛病？你以为交警这碗饭是好吃的？

几天后，石铁柱回到家时，老婆把他叫到卧室里，神神秘秘地说，铁柱，你看这是啥？老婆拿出一沓百元大钞在她眼前晃了晃。石铁柱在家里很少看到这么多钱，问哪里来的？老婆说，徐志伟丢下的。石铁柱神情突然严肃起来，训斥起来，你拿人家的钱干啥？还不给人家还回去？老婆一点也不怕他，脸上笑盈盈的，把钱捂在胸口。我就不还他，如今谁能白给他帮忙？这可是志伟自己说的，你在路上给他开绿灯，他的生意才好做。人家跑一回西安就能净赚五六千，一天就跑两个来回。他给咱的只是人家挣下的十分之一，你一个月那几个钱的工资够谁花？对了，儿子昨天刚打电话了，要这个月的生活费，一千块。你有吗？我正想把这钱给儿子打过去。石铁柱几乎疯了，吼了一句，你敢？我再警告你一下，把钱给人家还去，你不还，我去，徐志伟这种人以后少打交道。看到石铁柱动真的了，老婆软下了，乖乖把钱扔到床上，抹着眼泪扭头走了。

老婆的眼泪让石铁柱石头一样的心软了，望着老婆委屈哭泣的背影，石铁柱心里不是滋味。家里的日子他心里也清楚，这么多年了，要不是老婆下岗后每天起早贪黑在街道上摆小吃摊子挣点零花钱，靠他一千来块钱的工资全家人都要喝西北风了，不用说一天天上涨的蔬菜大肉米面油，就是单位谁有个红白喜事随份子，他也拿不出那一张百元钞票。为了节省花销，他戒了烟，酒也喝得少了，十几年没有买过一件衣服，上班下班就穿执勤服和作训服。老婆这些年更拼了命地挣钱，春天卖包子，夏天卖凉皮，秋天卖柿子饼，冬天卖炒粉胡辣汤，换着花样挣零钱以弥补家用。乡下的老爸老妈年高体弱，自己有空还得买点东西去看看。儿子石磊今年又考上一个“三本”大学，开学学费就要一万三千多，加上生活费没有两万是下不来的。多亏岳父岳母给外孙凑了点钱，学费够了，让他这个做父亲的脸上直发烧。没法子，谁让咱没有转正，像那些肩上扛着警衔的正式警察那样一个月卡上打上四五千块。协警的身份虽然让他在人面前尴尬，可二十年了还是挺过来了。以前还指望着有朝一日能转正，一九九八年省公安厅有一次招录协警机会，自己都已经通过政审，并参加了招录考试前的统一辅导，准备参加招录警察考试。谁知半路上杀出个美国总统克林顿，就是这个克林顿来西安看兵马俑。省公安厅全力以赴保障安全，结果把招录警察考试的事情给耽误了，这一延误就是十几年。眼看着自己快奔五十了，招录警察的希望就如同燃尽的火苗一天天熄灭。石铁柱不敢指望这辈子能扛上一杠三星的肩章，只希望单位能按照国家有关政策给自己办理"五险"，这样老了干不动了，回到家里最起码有点养老保障金，不会像农村老头老太太那样。

然而，家庭困难归困难，总不能啥钱都敢要，咱人穷志不能穷。虽说协警的工资待遇低，可是每个月还能领到这一点钱，总比没有工资强。要是收了徐志伟这一千块钱，他以后麻烦你的事多着呢。不给办吧，拿了人的手短；办了吧，自己又没有权力，一个协勤警说了又不算。看班长的脸色行个方便吧，不是不可以，只是时间长了、次数多了人家肯定会讨厌的。最关键的是，万一有谁知道自己收了人家的好处费，一旦暴露于天下，就这一千块钱也足以让自己卷铺盖走人。如今的社会，随着互联网和自媒体的发展，哪里还有秘密可言？就连一些大贪官都防不胜防，何况自己呢？老婆要哭就哭吧，咱再缺啥也不缺这一千块钱，不能被人家的一千块钱收买了人格，成为被人家套牢脖子的狗，低头哈腰给人家卖命。哎，谁让你石铁柱一辈子都这么胆小呢！

八

真是天无绝人之路。就在石铁柱对自己的后半生快要绝望的时候，一个天大的喜讯降临到他的头上——据可靠消息，十几年前那次没有结果的招警又要重新启动了，据说这次招录的对象只局限于一九九八年已通过政审的协警。严格讲，这次不叫招录警察，而是参照公务员待遇解决部分年老协警的工资问题。到他这个年龄，身份问题已经不太重要了，只要涨工资就行。至于少了警衔工资也没多大关系，起码能拿到正常公务员的四千多块钱就很不错了。如果真是那样的待遇，自己这二十年的协警也没有白干，总算从天黑熬到了天亮。在确认消息可靠属实后，石铁柱上路执勤表现得更加积极，也不会顾及自己站得时间长了膝盖关节就疼痛，也不怕骑上摩托车会被西北风吹得浑身冰凉，内心好像燃起了一团火，浑身充满了无穷的力量。昏蒙蒙的天空在他眼里也不像以前那样死气沉沉的，好像这个世界到处春暖花开、阳光明媚。

全大队像他这样的当年通过政审的协警已经剩下不多了，记得当年光报名就有三十五个，这些年一些人看不到希望了，就坚持不下来跳槽或者辞职下海了。按政策规定，中途退出协警岗位的这次不在招录之列，这样算下来能参加招录考试的也就剩下不到二十人，而他是这不到二十人中年龄最大的。当年招录警察政审要求年龄限制在三十周岁之内，他刚刚到上限年龄。不知不觉十八年过去了，他已经从当年血气方刚的小伙子变成了沉稳老练的小老头了。也许，这次参照公务员的待遇解决后，他也就该退居执勤巡逻的一线岗位了。

然而，事情似乎并不像石铁柱想象的那么简单顺利，好像文件一下来他们就能自然而然转为公务员一样。下一步，等待他们的还有严格的招录考试和第二次政审，据说考试和政审与当今招录大学生公务员一样严格。这对于四十八岁的石铁柱来说是个不小的考验。石铁柱心里好像悬着一块石头，这些天他必须集中精力复习考试内容，语文、时政、公文写作、法律法规、公安基础知识等，样样都必须看看，就是脑子记不住，也要有个大概印象，以便考试时最大程度答对那些 ABCD 选择题，尽量准确地回答那些基本的简答题和实际案例题。这让他想起了中学学过的《范进中举》课文，自己这年龄放在范进那个时代也算半大不小的小老头了吧！小老头又怎么样了，你不好好考，就可能搭不上这趟末班车，要是错过了这个机会，以后再想转公务员连门都没了。所以，石铁柱专门向中队长请了假，把自己关在家里啥都不干，排除一切干扰，像备战高考的学生一样日夜看书、写笔记，甚至把大队发的各种类型的公文都齐齐抄写了一遍，好赖他是堂堂的高中毕业生，学习这些公文写作知识倒不是很费力。一周之后就要考试了，石铁柱更加刻苦复习，都快夜里十一点了，他还在看书抄写笔记，而老婆在床上都睡了一觉。

为了保险起见，他想到了是不是该给钱向东打个电话，刺探一下考试情报。听说这次考试是市上出题，当然了，具体的考试题谁也不会提前知道的，但是考试的重点，特别是作文或者公文写作的大概重点还是可以打听到一点的。他试探着拨通了电话，几声钢琴曲的铃声响过，电话那边才传来钱向东麻木的声音。警官同志呀，这么晚还不睡，是不是在马路上闷得慌，想找人聊聊？石铁柱嘿嘿一笑，没打搅你的美梦吧？这么长时间了，也不打个电话过来，那次没有管我小弟兄的饭，是不是怕我们找你算账？钱向东突然爽朗大笑，声音洪亮，不就是一顿饭吗，要吃要喝随时来，就怕摆好酒席请不来你这个大警官。少损人，啥警官不警官的，一个临时混饭的而已，连警察的边都不沾。废话少说，给你说正经事，可别不上心啊！钱向东爽朗一笑，说吧，洗耳恭听！

钱向东认为石铁柱提出的问题简直就是小儿科，都啥年代了，脑袋瓜老实得还像个木头，都是四十多岁的人了，说考试只不过是个形式，还认那么真干啥，成人考试不都是照着答案抄吗，谁会像学生那样死记硬背答卷。他让石铁柱放一百二十条心，考试保险都能过，考场上就大胆抄答案或书本吧，谁监考也不会让你得零分的。石铁柱也这样想过，可是他还是怕万一监考很严咋办？这次考试对他来说比高考还重要，高考今年考砸了，明年还可以继续考。这次考试可是他这一生最后一次了，考不过就永远与公务员待遇拜拜了。

考试是在市委党校进行的。考试前一天，石铁柱就和本单位十四名考生跟随县公安局政工科副科长早早到了市委党校，先是认了考场，再在党校旁边找了一家旅社安顿住宿。晚上，石铁柱想亲自拜访一下钱向东，希望通过他打通和监考老师或者人劳局负责人员，对自己这次招录的事情照顾照顾，确保一路顺利通过。没想到拨通电话后，对方却一直不接电话，接着再拨打，还是只有忙音没有对方的声音。隔了半小时后再拨打过去，居然是电话提示，你拨打的电话已关机。石铁柱骂了句混蛋，老在想钱向东为啥不接电话，又为啥要关机。这混蛋应该知道是他的电话，没有接的原因要么是手机充电，人不在跟前，要么是开会或者约会不方便接，那么关机又会是什么原因呢？是讨厌他来电话，懒得和他说话？还是手机没电了自动关机？还是手机在客厅，自己在家洗澡，老婆关机了？石铁柱最怕是第一种情况，现在都是晚饭后了，他应该不会开会，听钱向东说过他晚上一般是睡前洗澡，这会儿显然不会洗澡，那么第一种可能性就很大。想到这儿，石铁柱感到心在向下沉。他能想象得到，考试对他来说是天大的事，可对钱向东来说不过是屁事一桩，他才不关心这种小儿科的事情，人家眼里盯着的、考虑的事情肯定不一样，看问题的角度也会不一样。还是自己的事情自己要当事，不要把希望寄托在别人身上。

第二天，当石铁柱走出考场时，压在心上的那块石头总算被去掉了。心轻了，呼吸也顺畅多了。考得不是很满意，但也过得去。考官监考说严格也不很严，两个监考人员在考场过道里走来走去，嘴上不停叮嘱要大家遵守考场纪律，再发现谁作弊就没收夹带，卷子按零分计算。石铁柱其实也拿了夹带，但胆小不敢拿出来，只是偶尔用余光瞅瞅旁边考生的选择题答案，就这样迷迷糊糊答完卷，是对是错只能听天由命。

从市里返回到中队没有几天，石铁柱就接到中队长的一道命令：根据大队领导研究，考虑到他的实际年龄和身体健康原因，决定把他调到大队事故中队工作，具体工作是接替已经到了退休年龄的老田，负责事故案卷的整理归档。老田可是肩扛三级警督警衔的老民警，勤勤恳恳工作了一辈子，让他接替老田，看来大队领导的眼光还真准。一来他的公务员待遇就要解决了，在事故中队的执法岗位上也能充当正式人员；二来他干起事来，那股认真劲一点也不比老田差，肯定能把案卷整理得井井有条。石铁柱感觉自己的好运来了，属于自己的黎明正在来临，后面的日子阳光会更加明媚，说不定再干几年，万一上面有个啥政策，自己还会像老田那样扛上两杠一星的警衔，那样自己就成了正儿八经的警察了，站着和人说话，腰板也能挺直，说话后劲也会更足。

在石铁柱去事故中队报到的前一天，徐志伟不知咋得到的消息，像一阵风一样来到了中队。有三个多月没有见到徐志伟，石铁柱这次见到他有点陌生。那天，天空布满灰沉沉的阴云，不太大的西北风像刀片子割着人的脸面、手背。石铁柱正在宿舍生炉子，同宿舍的两个民警都上路去了，徐志伟就撞开门进来了。石铁柱抬头看到穿着黑色皮夹克、戴着黑色鸭舌皮帽、鼻梁上架着一副墨镜的徐志伟时，半天没有认出来。他想问他你找谁，可没敢出口，因为对方先开口了。班长，听说你要高升了，有了好事也不请老同学喝一杯？仅凭声音石铁柱就判断出来人是谁了，他盯了徐志伟一眼，一边起身给他倒热茶，一边说，高升个屁，也就是从苞谷地转到了糜子地罢了。嗨，你这家伙这段日子可在哪里发财？这身打扮就像个大款，不开口我还真不敢认你了。两人斗了一会儿嘴，徐志伟摘掉墨镜，坐在椅子上，吸烟喝茶，东拉拉西扯扯，然后才话入正题。

最近见没见钱向东？

没有啊，前几天我去市里考试，本想让他找熟人在考场上融通融通，可打了好几个电话他都没接，不知搞啥鬼？

我也在找他，这小子精灵得就像鬼。

你找他有啥事？

还能有啥事？不就是银行贷款吗。说得好好的，替我担保事，关键时刻就不见了踪影。

你的厂子都倒闭了，谁还敢替你担保贷款？再说了，人家也有人家的正事，说不定这会儿赶在年底前也想跑个正职，就他那副部长都快五年了，再不上，一过五十就没戏了。

你这里最近就没有听到钱向东啥消息？

我这里？没有啊，啥都没听到。你说这是啥意思？他在市里当部长，跟我这里有啥关系？

没听到那就不说了。你呀，只顾自己考公务员转正了，哪有心思想别的事？

你这家伙就不能把话说明白点？神神秘秘的，把我都搞糊涂了？钱向东到底咋了？你听到啥了？

没有啥，我也是瞎想乱猜的，就当我啥也没说就是了。你就要升迁了，这会儿肯定事多，我就不打扰了。以后到你那边能帮得上忙的可不要耍奸喽，我还是再找找钱向东吧！徐志伟说着站起身来就要告辞，临出门时回过身说了句，对了，我前几天还见到了你一个战友，他叫刘战军，听说在部队你是他的班长。这人还挺实在的，这段时间钢厂的生意淡了，我改行搞农产品运销了，前几天去了刘战军的村子拉了些冬枣，闲谈中得知你们有这层关系，你放心，我是不会亏待老实人的。

徐志伟带着房间的温暖走了，消失在了阴沉沉的天地之间。石铁柱仿佛做了一个梦，徐志伟从他的梦中来，又从梦中消失了，留给他的是满脑子的迷雾。很显然徐志伟刚才专门来打探钱向东消息的，难道钱向东真的出了啥事？莫非是上次酒驾的事？不可能，这点小事情对于一个堂堂的市委宣传部副部长来说算什么。那能是什么事情？徐志伟专门提起的刘战军又是啥意思？

石铁柱想破脑袋也想不出个所以然来。想累了干脆就不想了，还是考虑明天去事故中队报到的事情吧！这样一想，石铁柱的心马上就飞到了县城里的事故中队。

九

到事故中队上班的第二天早上，一位四五十岁的农村妇女敲门走进办公室。石铁柱刚刚翻开一本案卷准备检查，那妇女就轻手轻脚进来了。妇女头发花白凌乱，眼里噙着泪水，两腮还留有未干的泪痕。她走近石铁柱问，同志，你知道中队长去哪里了？石铁柱看了一眼中年妇女，说你到隔壁办公室看看，门口不是有门牌吗？妇女说，我从上班前等到现在了，也没看到他。石铁柱说，那有可能是出现场了，要不你坐在这里等吧，说不定一会儿就回来。妇女忙躬身点头，连连说好的好的。待妇女坐定后，石铁柱给她倒了一杯开水，又问了句，找我们中队长有啥事？妇女的眼睛又潮湿了，端在手里的纸杯颤抖了一下。我儿子的事。我儿子死了都快半年了，撞人的司机还没有逮住，交警队只给了我们一点埋人的钱，就把我们打发走了。同志呀，你是不知道，我们两口子就这一个娃，眼看着娃就要结婚了，谁知道那天晚上会出那事。我儿子长得很俊，又聪明懂事，村里人见人夸，他就是我们老了的指望。如今儿子没了，我们家的天就塌了。娃他爹年轻时在部队又落下腿疼腰疼的老毛病，遇到天阴下雨就躺在炕上不敢下来，好不容易栽下的冬枣今年又叫冰雹打了，你说这叫我们往后的日子该咋过呀？说着，妇女止不住哭出声来。

这么大的事不是自己能帮得了的。石铁柱虽然同情这个妇女，却无能为力。他知道像这种因交通事故死了家人的农村人都很可怜，他们几乎都有难以言说的困难和可怜，经常办案的事故民警却早已见多不怪了。无论死者家属哭得多么伤心，他们也难以动心，只能公事公办，一切依法行事。他以前也在中队参与处理过一般交通事故，最反感那些哭哭啼啼的农村妇女，要么蛮不讲理、一意孤行，要么大吵大闹、哭天喊地，搅和得整个中队院子里不得安宁，且不说影响正常办公，光引来的过路群众围在中队门口围观，就让人恼火。好在不是所有的农村妇女都那样闹腾，胡搅蛮缠不讲理的毕竟是少数，还有不少人虽然情绪激动，但还是顺着理说话，像今天这个妇女这样低声哭泣、不喊不闹的还算是好的。石铁柱被妇女的哭泣声感染了，心里有点软软的感觉。他一时不知咋样安慰她好，自己又没有中队长那样的权力，只好说，你儿子年纪轻轻的就走了也确实让人痛心。你找中队长就是要儿子的死亡补偿金吗？我想问一下，你们打算要多少钱才能把事情了结？妇女止住了哭泣，低垂着脸，半天才说，钱不是主要的，我们要给儿子讨个公道，要让碾死我儿子的人绳之以法，让我儿子在那边安心闭眼。石铁柱心里一震，没想到刚才还诉说的可怜兮兮的，现在突然不关注钱了，而要讨起公道来。这大大出乎了他的意料，他再看看眼前的妇女，心里暗暗地想，平平常常的一个瘦弱妇人，竟会有文化人才有的这种想法。讨公道？你以为讨公道容易吗？假如对方是个官员，你能把人家绳之以法？别说你一个弱不禁风的农村妇人，就连办案民警要捅破层层阻碍，将权贵与财富者绳之以法都不是一件很容易的事情。妇女也许是从石铁柱脸上看出了无奈，只好低下头保持沉默。石铁柱知道自己替妇女办不了事，但也不该扑灭她的希望，还是鼓励她说，你要相信公安机关，其实我们的民警一直在努力寻找线索侦破此案，我想总有一天案子会水落石出的，给你儿子有个说法的。妇女猛然抬起头，脸上露出一丝笑容，真的？我相信你们！我会等到那一天的。我们这几天已经打听到了那个撞人的小车车号，等你们中队长一回来我就给他说。妇女的眼里露出了阳光，说得有点激动了，一杯水咕咚一下就喝干净了。这时，门外响起一阵急促的脚步声，接着是中队长办公室的开门声。是中队长回来了吧？妇女放下纸杯，起身朝外走，走到门口又转身对石铁柱说，谢谢你，同志！有空到我们家坐坐，我们请你吃旋面。对了，忘了给你说，我家在东北角的刘家庄，我们那里的旋面可好吃了。石铁柱忽然想起刘战军来，记得在部队刘战军有一次在饭堂对他说过，我们家乡的旋面很有名，以后有空来我家吃。到交警队上班后，石铁柱在一个大雾弥漫的冬天的早晨，和中队民警到刘家庄半坡上特岗执勤，就是疏导交通，用喇叭喊话，提醒司机注意安全，保持车距，特别是下坡时更要慢行，以免发生追尾。执勤持续了三个多小时，直到早上十一点多他们也没吃早饭。太阳升起来、浓雾散去后，石铁柱就提议到村里的小饭馆吃旋面。那次是他第一次吃刘战军所说的旋面。旋面端上桌后，石铁柱才看到不过是一碗颜色不太白、看起来也不薄不软乎、连汤也没有的那种面食，只是面上散着的像雪片大的韭菜、红萝卜、葱花作了点缀后，连同一点点辣椒油，给人一点色香味的诱惑。他用筷子把面搅和均匀，夹了一条尝了一口，那种筋道、醇香、油辣的味道让他赞不绝口，一种说不出的乡土气息沁入心脾。那次由于时间紧，又是团队行动，他没来得及去找刘战军。这时，他不免又想起上次在路上看到刘战军满脸忧伤地离开的神情，他猛然间意识到什么，就问妇女你爱人以前在哪里当兵的？他叫啥名字？在青海，叫刘战军。妇女一边回答，一边往外走。

这么说来，那个骑摩托车被撞死的小伙子就是刘战军的宝贝儿子，难怪那天他提起那起事故时，刘战军的脸色突然变得很悲痛，连招呼都没有给他打就默默走开了。明白了，一切都明白了！刘战军妻子刚才的一席话揭开了一个谜，也揭开了刘战军人生的悲惨轨迹。他曾是自己的手下，亲如兄弟的战友。作为班长，作为出生入死的同壕战友，石铁柱不能视而不见、无动于衷。他是应该去刘战军的家里看看，但不是去品尝特色小吃旋面。对了，他刚才是应该问问刘战军妻子，他们打听到的那辆肇事嫌疑车辆的号牌是多少，也许他能帮他们寻找嫌疑车辆，毕竟事故是在他所在的中队辖区发生的，而且那天也正好是自己上路巡逻，他还到了事故现场啊！要是那时候知道死者就是战友的儿子，他肯定是不会那么冷面对待，甚至幸灾乐祸。

接下来发生的事情更是让石铁柱不敢相信，但也不得不相信。世上的事情就是这么巧合，一切的谜底都即将揭晓，却迟迟没有确切答案，一切又好像是犹抱琵琶半遮面，眼看就要拉开帷幕的一场戏却迟迟没有开场。随后的几天里，事故中队里人来人往，表面上看似很热闹，实质上却又很隐蔽、很平静。作为案卷整理归档人员，按规定是不允许随便打探案子进展情况的，更不能随便泄露有关案件秘密。自己虽然说马上就成了享受公务员待遇的人了，但至少目前还不是，即使成了公务员也不能破坏工作和办案纪律。这一点石铁柱心里还是有底的，所以他尽量避开事故办案民警，不随便打听，但是却留心听有关这起事故的消息。一周之后，小陈突然来中队，在和办案民警谈了一些事情之后，他特意来到石铁柱的办公室。石铁柱和小陈在一起共事大概有六个年头了，三年前在一个班，后来小陈分到了另一个班。几年的共事和交情让两个人在这里感到很亲近。小陈进了办公室好像到了他们以前共同的宿舍一样无拘无束，根本用不着石铁柱忙活，就自己找到纸杯子，捏了茶叶，从热水器接了开水泡茶，然后一屁股坐在沙发上聊起来。以前在中队小陈和小王是石铁柱的两个左右臂小兄弟，下班后三人经常一起去吃饭喝酒，打牌唱歌，到郊区游泳钓鱼，晚上值班时一起看足球赛、看焦点访谈、看《玉观音》《死不瞑目》之类的电视剧，一起评论警察新闻、评论欧洲足球俱乐部五大联赛。那时候石铁柱就觉得自己好像年轻了十岁，日子过得无忧无虑。这一两年内大队调整了一批年轻民警走上中层领导岗位，而和他同龄的那些中层领导差不多都进了大队领导班子，最不行的都从中层副职晋升为一把手了，而那些 80 后的小年轻个个都成了中层副职或者中队班长。时光的流逝和形势的发展让石铁柱感到自己老了，落伍了，不中用了，曾经还残留着的一点工作激情也渐渐消失了。好在就在他情绪低落到低谷时，迎来了这场迟到的录用公务员转正考试，就像在他极度干渴时迎来了一场酣畅淋漓的春雨，在他黑夜里极度寂寞和冷清的时候迎来清晨的鸟语花香、春暖花开，让他从精神的死亡边沿重生过来，在他四十八岁的最后两个月内还把他从郊区的基层中队调到了县城繁华地带的大队事故中队。他以后的路也许从此会似锦繁华，会一马平川。坐在这二楼窗明几净、宽大舒适的办公室里，透过窗户玻璃眺望远处大街上人来人往、车流涌动，他好像真的从一个乡下草根突然间变成了城市白领，这种感觉真的是一种说不出的幸福和愉悦。

小陈一手端着茶杯，一手夹着香烟，在烟雾袅袅中打开了话匣子。石哥，你算熬出来了，看来这几十年的协警也没有白干。这就叫多年的媳妇熬成了婆，人的命运一半靠自己，一半还要靠老天。石铁柱哈哈一笑，你小子就会拣好听的说。是啊，总算老天睁眼了。对了，你小子咋有空来我这里了，是不是又办理了一起交通事故？小陈夹着香烟的手一晃，哪里呀，早就不插手事故处理了。这次来还是几个月以前的一起事故，想起来了，还是你们班在现场保护的，就是在S省道钱家湾十字路口那起骑摩托车小伙子被撞死亡案件。石铁柱立即警觉起来，哦，是这起事故呀，那叫你来有啥事？小陈说，是这样的。那天晚上我村里一个卖菜的老农开三轮车从城里回家，正好看到前方发生那起事故。前几天，他给三轮车办年检手续时来到队上，才给我说起这事。他说当时只听得嘭的一声，就看见前方一辆摩托车连人被撞飞到一边，一辆小轿车停都没停就拐到了去钱家湾的小路上了。他加快开着三轮车追赶一段路，可那辆小车加大了油门跑得飞快，屁股后扬起的尘土让他睁不开眼。眼看着那车在一个小十字路口拐进了巷道，他硬是没有追到。不过，这老农倒是记下了那辆小车车牌号。可是过去这么长时间了，他也忘得差不多了，只能说出后三位数，因为前面都是英文字母，他也不认识。石铁柱追问了一句，那辆车后来拐到哪里去了？石铁柱想了想说，听老农说，从那条小路向右拐了，再向左拐进了一个村子的巷道就不见了。石铁柱又问，看清车的颜色没有？小陈回答，当时天已经黑了，加上乡村小路尘土飞扬，啥也看不清，只能隐隐约约看到车后面的车牌子。咦，还有个事我想给你说，不过我说了，你可别生气啊，要是不相信就当我没说。小陈试探着看着石铁柱的反应，石铁柱却哈哈一笑，轻轻给了他一拳。你小子跟我玩捉迷藏啊，神神秘秘的，有话就说，有屁就放。小陈这才凑近他小声说，那天你让我开车送你的那位部长同学，你猜我看到啥了？石铁柱又是心头一震，问，看到啥了？小陈说，我停好车后，突然看见那辆广本小车的左前方有一点碰撞痕迹，左前大灯明显有点裂缝。我当时还以为是你的这位同学酒后驾驶在哪里碰了，再仔细一看，我看到了左前轮胎上有几点血迹。你说，这……小陈没有把话说完，又观察了一下石铁柱的神情。石铁柱愣住了，半天没有反应过来，他的脑海里像放电影一样回放着那天钱向东酒后驾驶被班长挡住、蔫不唧唧的样子，一点也没有当部长的架子，难道仅仅是因为酒驾被查心虚吗？

十

第二天是星期六，难得在事故中队有了正常的双休日，以前在基层中队时头脑中几乎就没有双休日这个概念。特别是他们这些协警，除了家里有事可以临时请假之外，其他时间都在连轴转。现在有了正常的双休日，石铁柱就可以自由支配自己这两天的行为了。自从刘战军妻子走了之后，石铁柱一直惦记着刘战军家里，儿子死了，刘战军自己又腰腿不好，行动困难，肇事者也没有被抓住，儿子死亡赔偿问题一直得不到解决。一家人遭受着经济上和精神上的双重打击，他们的日子一定不好过。不然，刘战军的老婆不会大老远跑到事故中队找中队长。

石铁柱决定去刘战军家里看看。

在县城一个小车站，石铁柱乘上去刘家庄的线路班车，一个小时后就到了。寒冬季节，黄土高原上一派生命衰竭的样子，光秃秃的苹果树枝条在寒风中吱吱作响，被风吹起来的尘土弥漫在村子上空，让人闻到了阵阵泥土味道。这几年，这里的农民靠种苹果和冬枣日子好起来了，家家都盖了新楼房，巷道也铺上了水泥路，环境比以前好多了。石铁柱下了车打探到刘战军的家。刘战军的家也是新盖的一层楼房，院子里栽了冬青，显示出一点生机。刘战军的妻子听到脚步声后，从小屋里出来，一边打量石铁柱，一边把他迎进了小屋里。刘战军做梦都没想到石铁柱会突然来家里，硬撑着坐起来靠在墙上，兴奋地喊了声班长，连忙吩咐妻子倒茶削苹果。石铁柱环视了一下小屋，虽然简陋但很整洁。他让刘战军两口子不要忙活了，老战友啦，还客气啥。刘战军的脸色有点苍白，也消瘦了许多，如同一个没长成的白萝卜。石铁柱看了有点心疼，这还是以前那个生龙活虎、一次能背动两麻袋大米的战士吗？

刘战军的妻子给石铁柱泡好一大杯茶水，又削了一个红富士苹果放在他眼前的茶几上，说，看着你眼熟，在哪里见过的。我这人记性不好，经常认错人。石铁柱哈哈一笑，才几天就忘了？那天你不是在我办公室等我们中队长吗？咋样，那天见到中队长把事情说好没？刘战军妻子用拳头捶捶自己脑袋，脸上露出尴尬的笑容，你看我这脑子就是不记事。你就是石铁柱？听我家战军老说起过你，只知道你在中队上路，不晓得你调到了大队上班。那天还真巧遇到了你，多亏在你办公室等了一会儿，不然我回去了，就见不上中队长，也说不成我娃的事了。刘战军的老婆说起话来就刹不住了，看她激情洋溢地说了一大堆，石铁柱就知道事情进展还算顺利，心里也就安稳了许多。他对刘战军说，我刚才一下车看你们村的经济状况还不错呀，家家都盖了新房，苹果呀冬枣呀听说今年收成都不错的。然后问了一下他家里生活情况，刘战军却摇摇头说，儿子走了，收拾的新房也用不上了，这大半年都没心思到地里干活。好不容易收获了几亩地苹果，也没卖上钱，家里的情况你也看到了，我们两口子还能凑合着过。石铁柱心里一沉，儿子的死亡赔偿款说得咋样了？苹果又是咋没卖上钱？刘战军叹着气摇摇头，他老婆接过话头说，石警官，实话给你说吧，我已经把撞死我娃的车的车牌号码说给你们中队长了，只是听中队长说你们办案的警察会抓紧侦破。我找过你们领导和办案的民警，他们都劝我先回去，说这事情会慢慢处理的，到时候会给我们一个交代的。那个办案民警还问过我，要是给我娃的命钱赔偿到位了，我们能不能不再上告。听话音好像他蛮有把握抓住那开车的。起先我是没答应的，我不能眼看着我娃让人碾死了人家还不理不睬的，到现在那撞人的司机还没露面，更说不上对我们老两口子安慰几句。我这心里呀憋这一口气，说啥也不能轻饶他？可是，事情一拖就快半年了，再加上卖苹果的钱迟迟拿不到手，家里眼看着就揭不开锅了。后来一想，也就不穷争那口气了，先把娃的命钱拿到手再说。

也许是觉得给班长诉苦不太好，刘战军挡住了妻子的话，让她赶紧去灶房给客人做饭，还专门吩咐就做她拿手的旋面，还要妻子做几个下酒菜，去买一瓶西凤酒回来，他俩要好好喝一场。石铁柱连忙挡住刘战军的老婆，说不用那么讲究了，家常饭就行了。说着，从衣兜里掏出三百块钱递给刘战军老婆。刘战军老婆死活不要，石铁柱硬是塞到她口袋旦。

饭菜上来后，石铁柱和刘战军对饮了几杯。他忽然想起徐志伟提起过在这里收冬枣和苹果，顺着这个话题他就提到了徐志伟。刘战军喝完一满杯酒后，把嘴巴一抹说，那姓徐的原来是你同学啊！你不知道，我们被他坑苦了。刘战军妻子插上一句，不光我们家，我们全村几十户人家都被他骗了，拉了我们的冬枣和苹果，只给我们付了一点点钱就跑得没影了，我们正愁找不到他呢！石铁柱疑惑不解，问到底是咋回事？刘战军的妻子边给他斟酒边说，这个姓徐的是今年秋季才来我们村收冬枣和苹果的，以前的客商本来收得好好的，他却硬是插上一杠子，比人家的价格高几块钱收购，结果村里许多人都觉得划算，就把货给了他。他第一次倒是按照承诺的价格给大伙清了账，第二回收了两车货，说是本钱不够了，让村主任给他担保，把冬枣和苹果拉到南方卖了回来就给大家清钱。没想到，这一等就是一个多月，眼看就进入腊月快过年了，还是不见他的面。我们给他电话都打爆了，也打不通，一打就是关机。大家现在都觉得是被他骗了，这一骗就是一百多万啊！你说农民辛辛苦苦种了一年果树，到头来见不到钱还要倒贴本钱，这是啥人品啊？现在，我们村人提起姓徐的都恨不得把他剁成碎块。

石铁柱没想到徐志伟会这样。上次在宿舍见到时还一副大款模样，原来他是这样发财的？其实这样的事情他在县城也听得多了，如今的生意人不讲诚信的越来越多，让善良的人们防不胜防，难怪人们会对谁都不放心。徐志伟从纺纱厂倒闭，到拉运钢材，再到现在贩运农产品，干的都是几十万上百万的大生意，在巨额利润面前难免不会昏了头脑，可是你欺骗可怜巴巴的农民算啥本事啊？以前，纺纱厂职工闹事的时候，他还不相信徐志伟是那种见利忘义、坑蒙拐骗的人，现在刘家庄农民被骗的事实摆在面前，还能让人相信他吗？记得以前在学校时他可不是那种油腔滑调的人，整天捧个书本一副弱面书生相，怎么也不会想到他会变成今天这样的人。都说社会是个染缸，跳到什么个坑里就会被染成什么颜色。看来徐志伟在生意场上心已经被染成了黑的。石铁柱又详细问了刘战军两口子一些细节上的事情，最后说，你俩放心，只要我见到徐志伟，一定帮你们把钱要回来。只是，我现在还联系不上他，等联系上了再问问到底是怎么回事。我想，等事情弄清楚了，你们的钱会要回来的。

离开刘战军家的时候，石铁柱已经喝得有点晕晕乎乎，走起路脚下也不稳了。刘战军拖着一条跛腿送他出门，在大门口时突然想起什么了，忙把妻子叫到跟前，小声叮咛几句。他妻子就小跑着进了后院一间小屋，一会儿拎着一塑料袋红苹果走到石铁柱跟前，气喘吁吁说，石警官，咱乡下人家没有啥好招待你的，这袋子苹果你就拿着给家里人吃吧。红富士，很甜的，都是我们一个一个挑选出来的。石铁柱赶忙挡住，他扭头对战军说，战军，你这是干啥哩，害怕我在城里没苹果吃？你们种点苹果不容易，这一袋子也要卖不少钱吧，还是拿回去，别给我客气了。战军，你要给我挺住，不要被眼下的困境吓倒了，拿出当年在部队的军人气质，我相信挺过去了，一切都会慢慢好起来的！石铁柱转身要走，还是被刘战军老婆拉住了衣袖。石警官，我们再穷也不在乎这一袋子苹果，你这么大老远来一趟不容易啊，就这样空手走了，让我和战军心里咋过得去？再说了，你在部队那么照顾我家战军，这份情我们啥时能还清啊？不行，这苹果说啥你也得带着，你不带走，就是看不起我们。石铁柱心里一热，接过了那袋苹果，头也没回就朝村头停车站走去。一阵冷风吹来，眼睛里竟有泪花在闪动。

十一

石铁柱这几天心里很乱，好像有一团乱麻缠在一起，理不出个头绪来，上班看案卷时也常常思想抛锚。脑子里一会儿是徐志伟卷了刘家庄老百姓上百万元的果子钱周游大江南北，一会儿是徐志伟挽着一个漂亮姑娘在南方度蜜月，一会儿又是徐志伟带着一百多万巨款东躲西藏，做梦都怕警察或者刘家庄人抓他。他怎么都不会相信，一个堂堂的纺纱厂厂长，个体运输老板，竟然会为了几个钱落得这个下场？是生意难做，还是生活所迫？如果事情不是他想象的这样的，那么会不会是他在生意上遇到了点麻烦，是果子拉到南方价格下跌不好出手，没卖到钱给刘家庄的果农？如今这瓜果买卖谁也说不出个准，市场就像七八月份的天气，说变马上就变，今天的价格明天可能就降了，做大买卖的谁能不担风险？人们都眼红他们大把大把挣钱，可有谁替他们担心过市场上的风险？谁看见过他们赔得精光时的一脸沮丧？

石铁柱也在为刘战军担忧。虽说离开他家时他那样给他鼓过气，可是现在只是仅仅知道对方的车牌照，还没最终锁定肇事嫌疑人，一切还在事故民警的艰辛侦查和破获之中，在肇事嫌疑人没有锁定之前，一切的经济赔偿还只是个谜，或者说只看到了东方露出的一丝霞光。从刘战军老婆的话里听得出，案子的进展有可能是遇到了麻烦，很有可能到了进退两难的境地。难道，小陈说的那些话真的可靠？他突然意识到了这起交通事故的不寻常。

明天是周一，一大早就得去事故中队上班了。如今的上班和以前在中队可不一样，以前是早上可以睡到九点前起床，吃早饭，九点半换装、整队，上路，而现在呢，事故中队作息随大队机关走，一天开三顿饭，早上七点半就要吃早饭，八点准时上班，周一早上还要开例会。按机关一日生活制度，早上七点钟还要跑早操，这么算下来六点半就要起床，洗漱完毕赶到大队才能跟上出早操。虽然在下面执勤中队也曾出过早操，但那时没有这么紧张，都是八点才出早操的，操前还留有大量时间睡觉。昨天去了一趟刘家庄，在车上颠簸了一路，今天又是给家里换煤气罐、修理洗衣机甩桶，修好了还亲自动手把老婆换下来的床单、窗帘、衣服洗了一遍，下午又帮老婆到街上摆了一会儿炒粉摊子，一天忙下来腰都快累断了。看完新闻联播和一场 CBA 联赛，他就早早洗了脚，准备上床睡觉，刚把擦干净的双脚伸进被窝里，电话铃声响起来。他拿起手机一看，竟然是徐志伟打来的。

志伟，你这些天死到哪里了？这么长时间也不露面，还以为你小子失踪了？你现在在哪里呀？班长，我在明月茶楼，南环路，知道吗？快过来，我有事要和你说，等你！啥事这么急？我都要睡了，明晚不行吗？不行，等不及了，你快来，我遇到点麻烦，想请你帮我一下。哦，好的，你等着，我这就来。

丢下手机，石铁柱就赶紧穿上袜子，蹬上棉皮鞋，一边穿棉大衣一边往外走，与正好进屋的老婆撞了个满怀。老婆问，这么晚了去哪里？石铁柱边往外走边说，一个同学有急事需要帮忙。身后老婆又喊了几声，石铁柱就当没有听见，骑上摩托车就出了家门。进了明月茶馆二楼一个小包间，石铁柱看到徐志伟斜躺在沙发上在抽烟。眼前的徐志伟满脸胡茬，仅剩一圈的碎发像荒草一样乱贴在头上，长长的胡茬长满下巴和唇边，还是那身皮夹克大衣，黑色鸭舌皮帽，只是失去了光泽。石铁柱坐到他身边，徐志伟马上端起紫砂茶壶给他倒了一小杯西湖龙井茶。看到徐志伟，石铁柱心中立刻升起一团疑雾。你到底咋了？你这副样子怪吓人的，到底出了啥事？我正要找你，你倒打来了电话。徐志伟说，嗨，别提了，倒霉事都让我碰到了，要不我不会这么晚把你叫出来。石铁柱急了，到底出啥事了，你快说，别婆婆妈妈地说些废话。你知道我这一路上有多着急？徐志伟喝了一口龙井茶，说是我的大货车出事了。我与大货车驾驶员都好几天联系不上了，打电话对方老是关机。和广西那边客商联系，对方说他们也焦急等着，就是不见拉苹果的大货车。按照往常规律，这车货本该上周五到广西，可已经过了两天了还没到，你说这期间会不会出啥事？石铁柱倒吸一口冷气，没想到会是这样的。他思考片刻说，照你这么说，很有可能是车出了交通事故，驾驶员要么弃车逃逸，要么被交警队拘留了。如果说是被拘留了，电话应该是能打得通的，那边的办案民警也会及时与车主取得联系的。再有一种可能，就是驾驶员自己偷偷把货卖了开车跑了？你觉得你雇佣的这个驾驶员可靠不？徐志伟一拍脑袋，叹了口气，真是怕处有鬼，他妈的这小子就嘴上甜，心里却真脏，要怪就怪我太信任他了，要是我亲自跟车就不会出事了。可当时我一个人忙不过来啊，还要在这边看着装另一车冬枣啊！

石铁柱一看手机上的时间，马上十点了，说这样吧，我接替的老田退休后在帮助运输企业外出处理这类交通事故，他可是这方面的行家，时间还不是很晚，我给他打个电话问问情况，看这类事情咋处理？徐志伟立刻兴奋地喊了声好啊，然后他吸了口烟，又说要不把他请来，咱去醉仙楼一边吃饭一边商量，看事情该咋办，咋样？石铁柱想了想，点点头说，这样也好。

老田接到电话后二话没说直接到了醉仙楼。石铁柱和徐志伟已经在那里叫上了几个下酒菜等着他。三人坐定后，边吃边喝边聊。老田听了事情的来龙去脉后，说这种事现在很普遍，这年头大货车的生意不如前几年好做了，市场价格不稳定，加上大货车在半路上出事故的概率也增大了，哪个大车老板都是担不完的心，有的亲自跟着车都出事，还不要说你不跟车。依我看，十有八九是出事故了，最坏的结果就是驾驶员本身丢了性命，或者也撞了别人。驾驶员手机要么没电了，要么甩在一边找不到了，暂时联系不上。也许明天就会有交警队的人给你打电话。这几天我正好也没事，如果明天确认是出了交通事故，我可以陪你一起去处理。铁柱现在接替我的事，你们又是要好的同学，能帮忙时我会尽力帮忙。

事情基本有了眉目，也有了应对的办法，这下徐志伟紧锁的双眉也展开了。他倒了三满杯酒端到老田面前，说老田大哥，你能为兄弟帮这个忙，兄弟心里很感激，这三杯酒就当是兄弟的一片心意，一定要喝啊！老田端起酒杯，说我最近身体不太好不敢多喝，一会儿还得回去喝药，你放心，兄弟，我答应你的事情绝对没问题。这样吧，咱们三个都端一杯干了，时间不早了，要不你俩继续喝，我得回去了。

老田走后，石铁柱一看快十一点了，起身也要回去，被徐志伟挽留住了。你给老婆打个电话，就说不回去了，咱哥俩一会儿就在这里开个房间继续聊。现在你进了大队院子干事，平时也很忙，轻易不敢去打扰，趁今晚这机会咱就多聊聊。石铁柱本想说明天还要早早出操，又觉得那些小事说出来怕徐志伟笑话，实在盛情难却，就随了他。在石铁柱闭上双眼进入梦乡之前，徐志伟趁着酒气给他说了一大堆话。他说，为了救活纺纱厂，他求爷爷告奶奶四处筹措资金，恨不得给银行行长跪下磕头，他不想看到自己的员工跟着他没饭吃没钱花，大家都要养家糊口，谁不到万不得已会眼看着自己辛辛苦苦经营起来的厂子破产倒闭啊？那些员工到县政府闹事他不怪他们，这也不是他一个人的错，现在市场竞争都很激烈，一个小小的个体纺纱厂好比是一只小木船，随时都会被大风大浪打翻的。他还告诉石铁柱，自己为了争取银行贷款，几乎天天往钱向东那里跑，两条腿都快跑断了，也没跑出个眉目。钱向东虽说分管着市里的两家新闻媒体，可毕竟是副职，人家银行行长压根就没拿他往眼里放，有事直接找一把手。其实，钱向东也不容易的，他的职权也有限，不能把人家银行咋样。看来，大家各有各的难处，只是事情没有压到谁的肩膀上。

要不是提到钱向东，石铁柱可能早就打起呼噜进入梦乡了。今天白天他忙活了一整天，晚上本来想早早上床睡觉，可徐志伟一个电话把他叫过来，又是喝茶，又是喝酒，又是唠嗑，一下子折腾到十二点多。他是闭着眼听徐志伟讲起自己的苦难史，对这个他没多大兴趣，因为哪个企业家能不经历一番坎坷？再说了，当初徐志伟可是一百个瞧不起自己这个小协警的。就是徐志伟后来用纺纱厂里的两个大货车继续跑农产品运销生意，用一股子不服输的倔劲想东山再起，也无法打动石铁柱。幸亏他刚才提起钱向东，这才引起他的浓厚兴趣。这个钱向东一到关键时候就玩失踪，一个多月都没有消息了，让石铁柱脑子里的一连串问号一直无法消退下去。在石铁柱的一连串提问下，徐志伟才一点点倒出了钱向东最近一段时间来的情况，这些也正是石铁柱很想知道的。

徐志伟说，钱向东确实是掉进了一个案子里，这个案子就是今年夏天发生在S省道十字路口的那起死亡交通事故。那天，钱向东好不容易有空从市里回一次家，没想到车子就出了事故。钱向东当时刚兼任区文联主席的职务不久。听说文联比较清贫，虽然管着下面的书协、作协、音协等民间团体机构，却不如人家协会主席有实权，顶多算个人面前的领导，最大的好处就是能坐在主席台上讲讲话风光一下。所以，钱向东对自己这个兼职并不喜欢，倒是对分管的一个《沙河文艺》文学期刊情有独钟，虽说是个内部刊物，但也会有一些领导或者文学爱好者争相求他在上面发表作品。渐渐地，通过他一番周转，《沙河文艺》文学期刊与开发区几家企业挂上钩，成为杂志的资助者。这不，才干了不到两年，他就坐上了自己的二十多万元的专车。如今这年代当官的为了办事方便都学会了自己开车，免得身边有司机干扰他的私生活。这一回，钱向东就是在拿到驾照的三个月后，亲自驾车从市里回到县里，先是在一家醉仙楼和县文联几个文友一起聚餐饮酒，天黑之前才走出醉仙楼，坐进自己的豪车里启动车子，沿着S省道回乡下的老家看望老父母。就是在省道一个十字路口处与一辆摩托车相撞，自己的车倒没啥大事，却把骑摩托车的小伙子当场从车上甩出十几米远，倒在柏油马路上不省人事。那时已是夜幕降临，十字路口的红绿灯因停电没有亮，加上这个十字口也不是在镇上街道，而是一条村道路口，他一下子被撞得酒醒了，四下里看了看没人，就加大油门仓皇逃走了。第二天一大早就急匆匆来到县城找他，通过他才把石铁柱约到醉仙楼打听情况。

石铁柱心里一切都明白了。难怪刘战军妻子说过，就怕真正的凶手找到了，交警队也不敢把人家怎么样，要不然案子不会这么一直拖着。

十二

年关尽头，事故中队的民警更加繁忙起来，许多事故都需要在春节前结案，包括没有侦破的交通肇事逃逸案件，也需要办案民警日夜加紧破案。一是给自己松绑，确保今年的案子不拖到来年；二是给群众一个交代，好让事故当事人安安心心过个年。由于心里装着刘战军儿子的那起事故，石铁柱总是想找个机会和办案民警个别聊聊，侧面打听一下事故进展情况。负责办理这起事故的是赵副中队长和民警小魏与小姜。这天，趁着赵副中队长一个人在办公室吸烟喝茶，他坐下来与赵副中队长聊了起来。当他绕了一个大弯子问起那起事故时，赵副中队长双眉紧锁，叹着气说，老石，这起事故办起来障碍不小啊，我们明知道肇事嫌疑人是谁，可领导不发话，咱就不敢去抓，而死者那头也跑来催问了几次，让我们办案的夹在中间很为难啊！

石铁柱听出了点问题，和他猜测的基本吻合。如果真是钱向东撞的，他可是堂堂的市委宣传部副部长，一个副处级领导啊，这中间的关系可谓错综复杂，不是县级交警大队能轻易抓的。事情都过去快半年了，一点进展都没有，也无法给受害人家属一个交代。这起案子如果让他石铁柱办理，他照样会前后为难的。可是，无论如何，钱向东总得有个态度和解决的方案啊，这样拖着也不是办法，要想逃避法律制裁保住你的乌纱帽，就得痛痛快快给人家赔钱，总不能两头都不管，看你交警队咋办？话又说回来，如果肇事者不是他钱向东，而是别的一个小部门的二把手，恐怕早就遭到本市新闻媒体的狂轰滥炸。你想当缩头乌龟都当不成，不出面认错道歉，接受法律制裁是下不来台的。这就是钱向东把持着新闻媒体关口的好处。那么，要是公安部门较起真来，依法办事，钱向东是不是就该坐几年牢，别说头上的乌纱帽保不住，就是手里端着的铁饭碗也会保不住的。难道钱向东没有想到这一步？石铁柱相信，钱向东再撑得硬，也不会不考虑万一顶不住时的后果。

几天后的下午，石铁柱伏案审核案卷，小魏拿着一宗案卷进来，在他面前摊开案卷，指着表格里写着年月日的中队意见栏，说老石，在这里盖个章，赵队长已经签字了。石铁柱仔细一看，表格头一栏写着“7·25刘洋死亡肇事逃逸案”，而在中队意见栏里有赵副队长一行龙飞凤舞的字：建议对钱向东刑事拘留。石铁柱心里一怔，问了一句肇事者抓住了？小魏回答，早就锁定他了，只是里面说情的太多，才拖了这么长时间。昨天省上督办函来了，市上和县上都顶不住了。今天大队长才决定对肇事者依法刑事拘留。石铁柱拿起事故处理专用公章，在片刻迟疑后终于在那一栏盖上了一个鲜红的印章。

小魏走后，石铁柱盯住手里的案卷怎么也看不进去。他索性合起案卷，起身倒了杯开水，坐到一旁的沙发上沉思起来。这时，钱向东的面孔渐渐浮现在眼前，那是一个高高在上、目光昂扬的面孔，这个面孔曾经在他面前像尊塑像，让他不得不抬头仰视，自感到一种卑微和低下。他承认那时候自己有一种仰视的习惯，特别是对那些带长的、副科级以上的官位，他已经习惯了那种仰视，越是习惯仰视，越是自感卑微。现在，回过头来看看，他觉得自己那种仰视是多么的可笑和卑微，如果不是那个带长的称谓，他们还应该是无话不说、心里不用设防的同学和弟兄。他为自己曾经遗忘了头顶的警徽国徽感到羞愧，为自己失去了法律的神圣尊严感到可耻。协警也是头顶国徽，肩扛盾牌的执法者啊，尽管是协助执法，但也是法律和尊严的捍卫者，咋能让有些人在你面前趾高气扬，肆无忌惮？一副冰冷的手铐最能证明法律的威严，它可是不认你是带什么样的长字，也不会认你和执法者多么亲近，多么密切。钱向东戴上手铐的面孔该是什么样子？会不会洒泪忏悔不敢说，想必最起码不会趾高气扬了吧。那一刻，尊严对于他来说又意味着什么？人生是严肃的，道路是坎坷的，谁也不会一帆风顺。但是，无论处于什么境地，人都必须拾起尊严，抬起头来，一步一步把后面的路走完。他突然想见见钱向东，虽然钱向东此时此刻应该并不想见他，可他还是想当面给他说几句话，不是幸灾乐祸的话，更不是同情可怜的话，那句话在他心里埋了很久，藏了几十年，几乎要发酵了。他敢肯定钱向东是乐意听的，也会从心底接受他的劝告的。

过了小年，大队院内的办公室、法制科、秩序科和督察科的民警就开始利用上班时间偷偷出去办私事，有的去菜市场采购鸡鱼，有的女民警回家洗床单、窗帘，只留下那些写材料的、值班接电话的和打电话搜集下面中队路面信息的民警在办公室忙着。石铁柱坐在办公桌前，眼前堆着一尺多高的事故案卷等他整理归档，套间里面的档案柜里已经拥挤着摆放了近几年的档案，让他不得不埋下头加紧工作，不然等人家放假回家过年了，他还得加班加点整理这些未归档的案卷。整理归档也不是一件轻松的活，在归档前需要仔细检查每个案卷的法律条文用得对不对，有关当事人、证人、办案民警的签字是否齐全，特别是那些要行政拘留人的案卷还要看中队长和分管大队长是否签字盖章，每一个环节都不能遗漏，否则会成为不合格案卷。万一市支队事故处民警来抽查案卷抽到不合格的，就会全市通报批评，他这个案卷审核者更是脱不了干系的。

晚上，大队院内一片寂静，石铁柱在家里吃完晚饭，坐在客厅看了一会儿新闻联播，之后的电视节目没有能吸引他的。他想起了白天办公桌上堆放如山的案卷，便想去办公室加加班，不然白天别人一干扰又干不成公事了。打开办公室门，他先烧了一壶开水，在杯子里放了自己喜欢的龙井茶，开始伏案审核案卷。

刚看完一个案卷，手机就响了，古典钢琴的演奏声在寂静的晚上尤为响亮。石铁柱掏出手机，电话里传来徐志伟急促的声音。喂，班长，在干吗呀？能不能出来一下？石铁柱一听不对劲，心想就这小子事多，整天缠着他。他意识到徐志伟的车肯定是出大事了，这些天一直没有他的消息，也没见老田回来，要是老田回来了，肯定会给他说那边的情况。石铁柱问，又咋了？到底是不是车出事了？徐志伟带着怒气说，他妈的，那小子果真撞死人了，车被扣在交警队，他却跑得没影了，电话也联系不上。哎，这次我可是被这小子坑惨了，一死一伤，没有五六十万是下不来。多亏老田帮我和办案民警论理，不然会赔得更惨。石铁柱听得出徐志伟一个人在喝闷酒，说话带着情绪不说，舌头也绕成一团，仿佛都能闻到那浓浓的酒味。他问道，你现在在哪里？对方回答，在汽车交易场这边喝酒，你来呀？石铁柱又问，你咋跑到那里去喝酒？老田呢？徐志伟说，老田还留在广西说事，我回来跑保险公司，顺便找钱。知道你没钱，帮不上我，问钱向东借点钱，他妈的那家伙电话老是关机，玩失踪啊！石铁柱心里想说你别找他了，他自己这会儿都泥菩萨自身难保了。再说了这么多钱谁敢借给你？但他没有说出口，怕惹得人家两个都不高兴。万一钱向东没有被拘或者取保候审了呢？万一钱向东有那么多钱愿意借给他呢？许多事是说不准的，光靠推测往往会犯错误的。所以，他只好顺着徐志伟说道，人家当官的事情多，应酬多，怕受干扰，关机是正常的。我不是前一段时间也联系不上他吗？既然事情已经发生了，你就要面对，想办法看咋样解决问题，不要老是喝酒，喝酒能解决问题吗？徐志伟不高兴了，似乎酒气更浓了，我有屁办法啊，有办法谁愿意喝酒？我看了，你和钱向东一个样，关键时候就当缩头乌龟了，我又没有问你借钱，你怕啥？不就是叫你来商量嘛，你看你说这么多干啥？算了，你不来我也不请你了，自己酿的苦酒自己喝。石铁柱想再解释，对方已经挂了，他打过去对方已经关机。石铁柱再也没心思审核案卷了，心里就像压了一块石头，不由得又替徐志伟担心起来。徐志伟刚才的话是有点绝情，可是设身处地为他想想，面对一连串的打击，谁能不发愁？石铁柱知道，徐志伟为了给纺纱厂职工发工资和退还押金，已经把自己的三菱车和厂里盖的一套单元房都卖了，老婆一气之下回了娘家要跟他闹离婚。现在他又不得不面对几十万的巨额赔偿，所以借酒发愁，情绪消沉是可以理解的。石铁柱开始悔恨自己刚才冷漠和麻木不仁的态度，作为三年同窗好友、知己朋友，在处于人生逆境时不去伸一把手，反而训斥人家喝酒，人家想叫你过去倾诉倾诉，商量商量，你也半天不给个回话，算什么好朋友？石铁柱觉得无论如何自己都应该帮他一下，自己没有钱，给他出出主意、想想办法总能行吧！想到这里，他又拨了徐志伟的电话，电话里却传来一个声音：你拨打的电话已关机，Sorry……

老田终于从广西回来了。这些天老田也许是坐了二十几个小时的火车的缘故，人还没从疲倦中完全恢复过来，显得很劳累，眼眶有点深凹，毕竟是六十岁的人了，不服老不行。他是在石铁柱下午快下班的时候来办公室的。石铁柱看到老田这个模样，知道徐志伟的车一定闯祸不小。果不然，老田一说起来头摇得像拨浪鼓。你这个同学咋会雇佣这样的司机，如今的年轻人真没法说，出门开车就不知道小心一点，尽要狂劲，在省道上开得那么快是想咋？限速70码，他非要开100码，连岔路口也不减速，你想这样开车不出事才怪呢？这下可好，一下子撞死两个，是骑电动车的年轻夫妻，开车的小伙子一看闯下大祸了，丢下车就赶紧逃跑了，你想你能跑的了吗？一车苹果还没运到南宁就半路上出事了，你那同学这下可赔光了，光人家两个死者的死亡补偿费算下来就六十多万。我可是费了浑身的劲才与对方把事情说到头，除去保险公司的赔偿，你同学只能把另一辆大货车卖了才够还人家的。好在另一辆大车的冬枣还卖了些钱，听说也刚够还人家果农的欠款。

石铁柱想起了那天晚上徐志伟在二手车市场旁边的饭馆喝酒时，猜想那天肯定是徐志伟把自己另一辆大货车卖了，用卖车和卖了冬枣的钱还清了所有的欠账。要是早知道徐志伟会这样，那天晚上他说啥都应该去安慰安慰。要知道，钱是男人的胆，徐志伟现在可是一无所有，一个腰缠万贯的大老板从坐豪车、进出豪华宾馆到了进路边小饭馆喝酒的地步，这是多么沮丧啊！

老田走后，石铁柱就给徐志伟拨电话，对方手机关机，这小子竟然像钱向东一样玩起了失踪。石铁柱很想马上见到徐志伟，给他当面赔礼道歉，再好好开导他，别一个人喝闷酒了。老婆走了，孩子还在千里之外的北京上大学，剩下他一个人面对冰冷的墙壁、冰冷的锅灶，那日子该怎么度过？下了班后，石铁柱没有立即回家，给老婆打了个电话说自己有事不回家吃饭了，就骑上摩托车去了醉仙楼，那里是徐志伟常去喝酒的地方，找遍了所有包间和大厅，都没看到徐志伟的影子，然后又去了他家里，进了小区见人就打听徐志伟的去向，还是没人知道。家里的防盗门死死地被锁着，邻居说好长时间没有看到徐志伟回家了。走出小区，石铁柱骑着摩托车在灯光下的街道上漫无目的地行驶着，在脑海里搜寻着徐志伟的去向，可是想来想去也没有个确切的答案。他不禁为徐志伟担心起来，马上就到春节了，人家阖家团圆，他一个人孤苦伶仃咋办？一直到晚上睡觉前，徐志伟的电话都一直处于关机状态，石铁柱只好放弃了，带着一份担心进入了梦乡。

十三

石铁柱见到钱向东时，是春节后在县城新区的一家《时代传媒》广告公司里。《时代传媒》是新开的一家私人广告小报，彩印，四版，一周出三期，主要是刊登本县城一些房地产、汽车销售、新开酒店饭馆、各种招工和婚姻介绍广告，密密麻麻，包罗万象。这类小广告类的报纸都是广告公司雇人到街上门店和广场散发。据说，最初办的一两家赚了不少钱，后来这类小广告像雨后春笋般发展壮大，就成了僧多粥少，利润也降了下来。那天，石铁柱是拿着事故中队起草的《关于春运期间预防重特大交通事故的倡议书》来到《时代传媒》公司的，这也是新任中队长的一项创新举措。尽管大队宣传科已经在电视上播放了春运交通安全领导讲话，也散发了一些传单，但是那种老套的宣传方式效果并不理想。在现在互联网时代，还有几个人看本县电视新闻，至于那种散发的宣传单，绝大多数人还不是转身就扔进了垃圾桶或者当成了手纸。倒是这种内容丰富、五花八门的小广告报纸散发到沿街门店后，以它的图文并茂、色彩斑斓、贴近生活的优势博得了不少人的眼球。所以，事故中队长就瞅准这样的小报刊发这份《倡议书》，而且放在第四版整版刊登，价钱比党报和电视台便宜多了，看的人也多。中队长之所以选择这家广告公司，是看中了它是新办的，而且每周出三期，其他的广告小报都是每周一期。中队长要的就是既吸引眼球又持续性强的宣传效果。

石铁柱拿着打印好的《倡议书》进了《时代传媒》公司。公司是租用了秦东广场东南角二楼三间写字楼，这三间办公室分别挂着经理办公室、编辑部、工作室。他首先来到编辑部，一个戴着高度近视眼镜的大学生模样小伙子接待了他，看了他的《倡议书》后说这个可以刊登的，我们保证给你做得很漂亮，抓人眼球。然后问，你们打算登多长时间，时间越长，价格越便宜。石铁柱问起具体价格，大学生给了他一个数目。他觉得和中队长说的那个价格出入太大，便要求打折，并给出了刊登时间为一个月。大学生显然做不了主，只好到隔壁经理办公室请示，然后回来告诉他，你最好和经理亲自谈价格。

敲开经理办公室门，石铁柱一阵惊喜，钱向东坐在宽大的办公桌前正在上网。他抬头的一瞬间也惊讶了，是你啊，石铁柱！石铁柱刚才还有点绷紧的神经彻底松弛下来。他一屁股坐在钱向东旁边的黑皮沙发上，说，你好好的部长不干，咋可到县城当起经理了？说完，又后悔了，意识到自己这不是哪壶不开提哪壶，明知道人家出事了还要问。钱向东的头发几乎全都灰白，脸上的皱纹也密布起来，尽管西装革履，还是难掩一脸的苦楚和尴尬。他起身给石铁柱泡了一杯茶，又抽出一支香烟递过来，又很快收回去。他想起来了，石铁柱是不吸烟的。钱向东重新坐回自己的老板桌前，说，谁不想当官呀，可现在的官不好当啊，还是自己单干轻松自由。听说你调到大队机关了，在事故中队干事？石铁柱说，在哪里都是下苦的，到如今还是个临时工。上次去市里考试前，本想到你那里聊聊，给你打电话，你关机了，知道你这个部长早晚都忙，也不好再打扰了。钱向东身子靠在老板椅的靠背上，嘴里吐着烟雾，眼前放着一个玻璃水杯，里面泡着八宝茶。他狠狠吸了口烟，仰起脸面，若有所思。铁柱，我们都是快奔五十的人了，活了半辈子，才感觉人生如梦啊！想起这么多年混得人不人鬼不鬼的，真是窝囊啊！我算看透了，与其在那里缩头缩脑地活着，倒不如走出那个圈子，下海自己单独闯闯，即使碰得鼻肿眼青，也心甘情愿。现在我终于如愿以偿了，可以干自己想干的事了。我以前在大学学的是新闻传媒专业，早就想按自己的愿望从事新闻传媒业务，可偏偏分配到了宣传部门，整天写那些空洞枯燥的公文、讲话稿、论文，到快写不动了，才给了个副职官帽。你也知道的，如今的副职多如牛毛，放屁都不响，整天是开不完的会议，参加不完的应酬，哪里还有属于自己的时间？现在看看我多自由自在，虽说是小报，我也办得有声有色，经济收益也不比别的公司差，过一段时间我还想再办一个广告网站。有了这个互联网平台，就会如虎添翼，这才是自由创业的好处。

石铁柱听着钱向东的感慨，心里却一直想着那起交通事故。他猜测钱向东从部长的位子上下来，很可能是由于那起事故。他知道被刑事拘留的公职人员按照法律规定是要开除公职的。像他那样酒后肇事逃逸致人死亡的，性质更加严重，一般至少会判处三年以上有期徒刑的。然而眼前的钱向东好像没事一样，活得照样自由自在，是不是他已经免除牢狱之灾？他想不会的，要说他能这样自由自在做自己的生意，除非是缓期执行。这种事搁在谁身上都不愿意提起的，石铁柱自然不会贸然说出来。他回味了一下钱向东刚才那些话的意思，感觉到钱向东是在用阿Q精神胜利法给自己驱赶烦恼，他的这番话的背后肯定隐藏着更多的内心苦闷与人生苦楚。

气氛冷静了足足一分多钟，钱向东才打破沉静。铁柱，你现在到了事故中队，可能也听说了我的事，我本不想提这事，因为它是我今生的耻辱和败笔，也成为我人生的转折。人生路虽然漫长，但是一步走错了，就会全局皆输。还记得那天我们三人在醉仙楼吃饭的情景吗？说实在的，当时我虽然心里有点害怕，也知道你们交警队肯定会查出肇事者的，但就是存在侥幸心理，觉得自己赖好是个市委宣传部的官员，就是副职，也比你们县一级科级领导高半格，不就是个肇事逃逸嘛，你们公安机关不看僧面，也要看佛面，最终也不会把我怎么样的。看来是我高估了自己这个官位的权威了，在事情一点点逼近水落石出时，加上死者家属一个劲上访，我最终还是害怕了。当冰冷的手铐出现在我眼前时，我才真正感受到了法律强大的威力，也感受到了那点官位的弱不禁风。说心里话，我以前从没有把你们交警看在眼里，现在我算是领教了你们的厉害，确切地说，是法律的厉害！铁柱，我觉得我现在比以前任何时候头脑都清楚，把社会和人生都看得透，所以，凭着自己的才能和力气闯市场，干出点属于自己的成绩，才真正是自我价值的体现。我现在不得不对你另眼相看了。其实，你已经很不容易了，在基层默默干了半辈子，也收获了应该属于你的待遇和地位，所以不要有怨言，不要怕自己级别低，人生的价值不在于地位高低，而在于自我价值的多少。我觉得，你在协警岗位上二十多年的辛劳，已经实现了丰厚的自我价值，比起一些碌碌无为、空空荡荡的人充实多了，你不用羡慕别人，可以按照自己的人生轨迹有尊严地生活下去！

没想到钱向东还会有这么多的人生感慨。到底是当官的，一席话像是作报告，又像是一场人生哲理和自我价值的激情演讲，石铁柱作为他唯一的听众，在聆听着藏在他心底的人生感悟，让他的心灵随之一震，内心也泛起一阵不小的浪花。对于钱向东的这番人生感悟，石铁柱是非常认可的，他说出了自己想说而没有说出来的道理。他不得不佩服钱向东的理论功底深厚，看来宣传部副部长也不是一般人，总结起人生哲理来就是不一样。以前他最反感听领导大讲特讲那些政治理论和人生大道理，可是今天钱向东不厌其烦说了这么多，他竟然一点也不反感。他知道，这是在钱向东心底压了几十年的话，是一个人在栽了跟头后真正的大彻大悟的内心表白。石铁柱的内心被钱向东点燃了，他在点了无数次头之后接过话茬说，兄弟的这番话说得好，我给你双手点赞。其实，你实在是高抬我了，我也就一个普普通通的协警而已，谈不上啥人生价值。以前我也是满腹牢骚，怨天怨地，总是看到自己辛辛苦苦上路执勤，冬冒风雪、夏顶烈日，什么累活苦活脏活都是我们协警干，那些正式身份的民警不是当官就是坐办公室，全大队像我这样老油条的协警再没有几个了，有一段时间真的怕熬不到头了，真想找点别的事干干，也比干这强多了。人就这么怪，想归想，可真的要离开警队，要脱掉这身警服，还真的舍不得，那种感情就像要和自己十多年的骨肉分别一样难受。有了那份情感折磨，我就不再多想了，强迫自己老老实实在基层干着，万一哪一天身子骨散了，实在干不动，站不成马路了，再考虑以后的路吧！看来大队领导还是有眼，把我调到了事故中队坐办公室，其实这份活也不好干，费脑力，考验坐功，只是比起站马路轻松多了。你以前的情况我不是太了解，表面上看到你们很风光，心里挺羡慕你们的，今天听你这么一说，才知道原来当官的也有一肚子苦水，无论多大的官看来都不好当。过去的就让它过去吧，其实你现在选择的这条创业路子就很好，很适合你的个性和专长，相信你一定能干出一番大事业。

钱向东脸上终于露出阳光般笑容，他哈哈大笑之后，叹息道，好久没这么酣畅淋漓地说出心里话了，感到浑身都是舒畅的。就凭这一点，我也要感谢老同学啊！你今天要是不来，还指不准会把我憋死的。啥也不说了，一会儿到外面吃顿便饭，咱俩边喝边聊，咋样？石铁柱点点头，好啊！想不到好久不见，一见面就粘住了。石铁柱站起身来时才想起手头的正事，钱向东一看满不在乎地说，这事好说，你说咋办就咋办，公事先撂下，咱哥们儿的事才重要。

十四

石铁柱跟着钱向东驱车来到西郊一家新开的宴宾楼酒店，进了二楼一个雅间，在悠扬婉转的《高山流水》乐曲中坐下。钱向东点了四个下酒菜，一个芳香排骨、一个酱香牛肉、一个陈醋花生和一个蒜片木耳。尽管石铁柱一再说自己不能喝酒，钱向东还是向服务员要了一小瓶半斤装伊利老窖。就在他将要打开瓶盖时，石铁柱不干了，说你不怕酒驾被抓？钱向东哈哈一笑，不是有你嘛，你坐在车前排看谁敢查酒驾？石铁柱自嘲一笑，我算老几呀？上次酒驾被查可忘了？现在那些年轻民警都是生面孔，该查你照样查，该罚你照样罚。你真要喝，我就以茶代酒。你喝多了后，我替你开车。可能是想起了上次在202省道酒驾被查的事，钱向东把酒瓶放在桌子上，重新装回包装盒里，然后递给服务员说，那就来一壶上好的西湖龙井吧！

包装精致的雅间里，在优雅的音乐中，钱向东和石铁柱品着西湖龙井的茶香，吃着东府特色菜，拉起了往事。半年没见面了，突然相逢两人似乎相隔了几年，特别是健谈的钱向东肚子里的话就像藕丝一样越拉越长。在吃饭的一个多小时里，多半是钱向东在说，石铁柱在听。钱向东首先大讲特讲了一段自己的《时代传媒》是如何以超前的理念、崭新的视角、海量的信息立足市场，打败其他小报，然后又是一大段理论探索与生活感悟，什么要用《周易》的阴阳经理论解释现实生活的种种现象，什么人在官场，身不由己，还是无官一身轻的好。石铁柱觉得那些理论离自己太远了，自己又不想当官，就是想当也没有资格，所以也就不太关心那些事。为了截住钱向东遥远而高大上的话题，他及时把话题引开了。他问，最近见没见到徐志伟？听说他找过你，给你打电话，你老是关机。这句问话浇灭了钱向东的激情，他喝了一口茶，情绪稳定下来，摇摇头，叹口气，说，哎，别提了，提起他我就一肚子的气，懒得理他。石铁柱惊讶，他前一段出大事了，你不知道？钱向东说，咋不知道？他活该！石铁柱更是疑惑，问他到底咋了？你们之间发生啥事了？钱向东卖起关子，哎，说来话长。

这小子是聪明了半辈子，糊涂了一阵子，落到现在的下场是自作自受。前些年，纺纱厂办得好好的，都快成全市的明星企业了，我们市委宣传部本来要当先进典型大力推出，没想到突然间就倒闭了。后来才知道，这一切都是徐志伟自己一手造成的。要我说都是钱烧的，不好好管理企业，竟然偷偷养起了小三，硬是把人家女大学生霸占了，好好的家庭就这样毁了，老婆气得离家出走，儿子在大学也懒得理他，整天被那女大学生秘书弄得颠三倒四，昏昏沉沉，厂子里的经济大权渐渐被那女大学生操纵了，到最后卷了巨款投奔别人怀抱了。哎，都是红颜惹的祸，一有点钱就起色心，典型的小农民意识，永远干不成大事。那女大学生不仅毁了他的纺纱厂，还毁了他的大车生意。你可能不知道，那女娃娃都卷着钱跑了，他还死心塌地等着人家反悔，竟然还雇用了女大学生的弟弟给他开大车，结果人家出事后就把他的车一扔跑了，给他丢下一大摊子事，你说他这不是自找的吗？石铁柱插了一句，他为啥要对那女大学生那么好？那么精明的人咋能让人家女娃牵着鼻子走？钱向东继续说，你是不知道，这里面有些见不得人的事多着呢，你知道他是咋样从银行贷款的？石铁柱说，不是找你了吗？听说你和银行行长有业务上来往，关系很近。钱向东骂了句呸，狗屁，徐志伟这小子也不是个省油的灯。实话给你说，他是用那女大学生作诱饵，才钩住了银行行长，才有大批大批的贷款进了工厂。可是虽然钱贷到了，可女大学生带着巨款跑了，企业的法人是他徐志伟啊，那上百万的贷款人家银行最后还是要问他要，管人家女娃娃的屁事。所以，后来我一看这里面的事太乱了，就懒得理他。我是跟银行行长关系好，可我从没想过走那歪门邪道。我已经劝过他了，经济上最好不要让那女大学生沾手，可他不听劝也没办法啊。所以，可怜人必有可憎之处，真是一点也不假。

类似这样的大款养小蜜的新闻每天都能从网上看到一大堆，只是没想到这样的新闻会发生在自己的身边，会发生在徐志伟这样农家出身的同学身上。钱向东今天说的这些他以前可是一点都不知道，也从没见徐志伟在自己面前提到过，唯一可以肯定的是他曾在纺纱厂门口亲眼看到过一个年轻漂亮的女秘书坐进了他的豪车。起先石铁柱还以为是徐志伟的老婆不够意思，老公的厂子一倒塌她就撒腿溜开了，生怕烂摊子要自己一起收拾。没想到事情的结果完全相反，徐志伟的老婆在纺纱厂生意正值顶峰时离开，看得出人家还是有骨气、有志气的，而最受伤害的还是他们的孩子，难怪徐志伟在出事后一心念叨着他的儿子。

快到清明节了，乡下人开始一年的忙碌了，进城买薄膜、种子、化肥、树种的农民多了起来。一天中午下班后，石铁柱骑着摩托回家吃中午饭，走到农资一条街时，忽然听到身后有人叫自己。他停下车回头张望，没有发现有熟人，扭头正要骑车继续走，又听到有人喊他班长，这次的声音大了许多。他寻声望去，才看到一个不起眼的小饭馆门口站着刘战军。他一手拿着半个馒头，一手拿着双筷子，嘴里不停地嚼动着。看到他时，他用筷子不停比画着，叫铁柱到饭馆里来。刘战军精神头很好，走路很稳健，看不出腿和腰有伤。刘战军的突然出现让石铁柱惊喜不已，他把摩托车停在饭馆门口，走了进去。刘战军和他妻子围坐在一个小桌子上在吃面条，中间放着一盘素拼。看到石铁柱进来，两人都站起身把他让到里面的座位。石铁柱一番退让后，坐在旁边一个桌子旁边，同时止住了刘战军向服务员要求加餐。刘战军边吃边告诉石铁柱，他们开春准备再种冬枣，如今黄河滩区冬枣效益越来越好，他们的日子也会好起来的，今天就是进城专门买些冬枣树种和大棚薄膜。石铁柱夸赞道，好啊，只要能致富种啥都行。可是，种植冬枣也要一大笔投资，你们投资的钱哪里来啊？刘战军的妻子插话说，这还多亏你啊，要不是你帮忙，我娃那十几万的人命钱就拿不到手。只是可怜我的娃了，年纪轻轻的就走了，我们过几天就去娃坟头上烧点纸。人走了不能再回来，可日子再苦再难还是要过。有了儿子的人命钱，我家战军也有钱到县城治病了，我们也有本钱栽种冬枣了。石铁柱又想起一件事，问道，那去年卖冬枣和苹果的钱有着落没？刘战军妻子脸上露出笑容，说大部分都有着落了，只剩下很少一点钱没给。你还别说，起初我们以为那姓徐的骗了乡亲们会远走高飞，谁也没想到年跟前他竟然主动来我们村子，在村主任家里给乡亲们还了大部分冬枣、苹果钱，只剩下几家不到一万块钱没给，这样就已经谢天谢地了，至于剩下那点钱大家都不在乎了，反正多多少少还赚了点钱。倒是那姓徐的把车卖了给大伙还钱的，还在村主任家给大家写下保证书，剩余的不到一万块钱到今年秋季全部还清。村里有人都说那姓徐的为了给大伙还钱，过年后就在河滩里承包了几十亩地，和老婆一起种了玉米黄豆，踏踏实实当起了农民。徐志伟原来在河滩里？怪不得这么长时间在县城见不到他。石铁柱告别刘战军夫妻俩，决定这个礼拜天去河滩地里找找徐志伟，好好和他聊聊。

清明前后，种瓜点豆。初春的河滩地一片忙碌景象，白色的塑料薄膜一望无际，在阳光的照耀下如同一片白色海洋。一辆辆三轮车在田间小路上忙碌地运输着种子、肥料、薄膜。那些穿着五颜六色衣服的农民弯着腰在地里种棉花、种豆子、种玉米，就像镶嵌在白色海洋中的多彩珍珠，宛如一幅生机勃勃的乡村美景画。石铁柱骑着摩托车就穿梭在这无边无际的乡村美景画中，在临崖的一片平坦地找到了徐志伟，还有他的老婆。徐志伟的老婆虽已步入中年，但风韵犹存，胸部高挺，腰部凹陷，臀部隆起，整个身材曲线清晰。而徐志伟的脸色却被太阳晒成了古铜色，他见到石铁柱时的第一反应竟然是傻待了几分钟，打死都不会相信站在眼前的这个人就是石铁柱。在地头的一个彩条布搭起的帐篷里，两人开始聊了起来，徐志伟的老婆则在地里继续播种着豆子。

徐志伟起先沉默不语，不知该说啥好。石铁柱能体谅他的心情，不好意思直接问那些让他难堪而伤感的话题，只好提起了他和钱向东突然相逢的事情。徐志军习惯性嘴角一咧，冷笑一声，说，钱向东也不要光说别人，谁没有运气背的时候？就说他吧，平时见了人官架子摆的，恨不得眼睛长到头顶上，找他办点事就像求皇上一样难。在他眼里只有权力和金钱，哪里还有半点同学情谊？出了事就吓得像龟孙子一样，四处躲藏。说实话吧，去年他出了那起事故后，把他吓得差点没死，缠着我给你打电话，不是找公安局局长，就是找主管县长，好不容易替他把事情抹平了，就连赔偿死者家属的十几万块钱都是我借给他的。到我遇到难处了，再找他帮忙，你知道他咋啦？当了缩头乌龟，电话关机，家里没人，突然就人间蒸发了。还有一件事给你说了你可能不信，为了爬上一把手位子，他甚至厚着脸皮求我，让我那个女大学生助手给他当炮灰，那女娃娃差点成了某些人的美餐。他的事没成，倒让我家里后院起火，老婆对我起了疑心，一气之下回了娘家，好在后来事实证明了我的清白。哎，活了半辈子才看清了这个世道，我不想再折腾了，想清静下来，来到这宽阔开放的河滩地，我心里才感受到了一点纯真和清静。你看，蓝天白云，河水静流，一望无际的庄稼地平坦如茵，没有丝毫的隐蔽，没有丝毫的阴暗，没有丝毫的虚伪，就连身上出的每一滴汗水都是实实在在的，纯真清澈的，那是辛勤的汗水。现在我才真正感受到，原来当农民心里是这么的舒坦，一点也不用费那些乌七八糟的神。

十五

这段时间，石铁柱忙于与钱向东和徐志伟来往交流，上班时间也心不在焉，老是一个人坐下来回味徐志伟和钱向东的话，在努力甄别他俩话中的真伪。有时会觉得他俩无论谁对谁错，都是真实情感的透露。周一早上上班后，石铁柱就看到桌子上又堆了一摞案卷，最近正值春运末尾，看起来事故多起来了。面对两摞一尺多高的案卷，石铁柱心里有了负担，想想自己能从基层中队调到机关来蹲办公室，已经很不容易了。钱向东和石铁柱的人生轨迹都改道了，自己虽然没有多大的起伏，但还算平稳过渡，而且会越来越好。所以，他格外珍惜起自己这份工作，决心喝完这杯茶就好好埋头整理案卷，把以前拖下的工作尽快补齐。

石铁柱之所以觉得自己的前途会越来越好，还有一个重要的原因，就是有人透露享受公务员待遇的考试成绩出来了，他考了76分，总算及格通过。按照工作进度，三月底前一切就可以到位，据说从四月份开始就能拿到四千多块钱的公务员工资，只比同年参加工作的正式民警少一百多块钱的警衔工资。对这样的待遇他已经很满足了，而且还解决了退休后的后顾之忧，可以说也像他们一样端上了铁饭碗。这样想着，他的工作劲头更足了，一个上午就审核整理了二十多个案卷，堆在他桌子上的小山下去了小半。就在他埋头干得正起劲时，中队长推门进来了。中队长姓郭，是个三十多岁的小伙子，省警校毕业的，科班出身，在破获重大交通肇事逃逸案件中有一手，再难的案子到他手里都会迎刃而解。听说别人拖了半年未果的刘战军儿子案子，到他手里仅仅用了一个星期就成功侦破，而且顶住各方的压力将肇事逃逸嫌疑者依法刑事拘留。就是因为这个案子办得漂亮，春节前他从副中队长升为中队长，石铁柱很佩服这个年轻有为的中队长。中队长看他忙忙碌碌的样子，说，老石，下周二市交警支队将要在咱大队召开交通事故处理案卷规范化管理现场会，这几天就辛苦你了，把去年以来的所有死亡交通事故案卷再齐齐审核整理一遍，标准要高，争取让全市同行看了伸大拇指。但也要注意身体，别赶得太紧了。想不到年纪轻轻的中队长还很懂得关心老同志。石铁柱心里一热，抬起头说，郭队长，没问题，我一定会把事情办好，放心吧！这不，前一阵子有事，落下一些工作，正加紧补着。中队长交代完后拿出一副崭新的一级警司警衔和一个警号，说，就要开现场会了，中队要更新民警公示牌，你今天抽时间去照相馆照个肖像照片，对了，记得穿制式警服，戴上这警衔警号，现场会期间也这样着装。说完，就转身急匆匆走出了办公室。

中队长走后，石铁柱把警衔警号装进口袋里，心里泛起一阵甜蜜感。他重新振作精神，把头埋在桌子上的一堆案卷之中。他的计划是今天无论如何要把积攒的这些案卷审核整理完毕，这些天还要加班把去年到今年三月份的一百多宗死亡交通事故案卷整理出来，再一一仔细审核，发现问题立即退给办案民警补充或纠正。以前的死亡事故案卷他翻看过几本，绝大部分还规范完整，但不排除个别新来的民警在办案中丢三落四，不是忘了自己签字和当事人签名，就是找不到个别询问笔录和证据照片，肯定需要不断完善。今天已经星期四了，除过双休日，眼看离现场会没有几天了，要确保现场会案卷观摩万无一失，他就必须周六周日和每天晚上加班。虽然任务繁重，时间紧迫，但一想到自己能佩戴上正式民警警衔警号照相，甚至上班，那种自豪感让石铁柱浑身充满了干劲。

下午上班后，他刚刚翻开第一宗案卷时，手机响了。他掏出手机一看，是小陈打来的。小陈问，石哥，在干啥呀？石铁柱说，还能干啥？整理案卷啊，市支队快要在咱大队开现场会了，我这不正在加紧整理案卷嘛！小陈说，石哥，都啥时候了，你还有心搞工作，还是多考虑考虑自己的事情了。石铁柱一脸茫然，问，我的啥事情？小陈倒是惊讶了，急促地说，这几天我听说你们转公务员的事情有眉目了，局里政工办通知他们都填写什么表格，咋没见你填写？石铁柱心里一沉，急忙问，啥表格？没有人通知我啊，也没接到县局政工办的电话？小陈说，你在县公安局网上看看吧，录取人员名单已经公示了，人家都有，就是没有找到你。石铁柱急了，说我这就看看。说完，挂掉电话，急忙打开县公安局内网，一眼就看到了今天发的公示通知。他打开公示仔细看了半天，从第一个一直看到最后一个名字也没找到自己。他慌了，丢下案卷出了办公室，骑上摩托车就朝公安局奔去。他要亲自去县公安局政工办问问是咋回事。

从县公安局政工办得到的消息让石铁柱心里冰凉头顶：他没有被录用。具体原因局里政工干部说是考试成绩不及格。石铁柱出了县公安局大门，感到天就要塌下来一般，心里好像压了一块巨石让他喘不过气来。到底会是什么原因让他没能搭上这趟末班车？怎么会考试不及格？还就只差了 3 分？全大队二十个协警咋就偏偏甩下了他？不过，他也并不是没有一丝希望，刚才政工办主任的一句话让他感到了一点安慰。政工办主任安慰石铁柱说，他明天就去市公安局问问情况，争取把他的事情送到头。

石铁柱骑着摩托车漫无目的地在街上行驶着，好几次差点与行人和车辆相撞。有一个年轻司机给他瞪了一个白眼，要不是看到他穿着警服，真会当面骂他一句咋骑车的，长没长眼睛？一个老大爷蹬着人力三轮车，差点与石铁柱的摩托车擦剐。老大爷赶紧停住车，看着石铁柱的摩托车 S 形超越他前去，也是敢怒不敢言。石铁柱却依然那样驾驶着摩托车，好像身旁的一切都与自己毫无关系，心里的那块巨石一直压得他喘不过气。他的头脑里翻江倒海地回想着往事，自从二十年前从部队退伍后应聘到交警大队，从全国公安系统学习济南交警活动开始，他就和一批新招进来的协警一起苦练交通指挥本领，每天天不亮就起床集合整队，在操场上接受严格的训练，练岗台指挥动作。他们是手臂伸直，下垂两块砖头，练立正腰间别着钢棍，练正步走指挥员用钢尺量抬脚的高度。炎热酷暑，他在岗台上一上岗就是三个小时，下了岗台浑身都被汗水浸湿透了；数九严冬，他和战友半夜站在马路上整治超载大货车，那些拉煤车从身边过去就是一阵黑色的灰尘直扑鼻孔，回到宿舍鼻孔、耳朵和脸上都是黑色的煤屑。二十年多来，他有多少次胸戴大红花走上领奖台，已经记不清了，多少次在全市大练兵比武为大队夺得荣誉也记不清了……记不清的汗水和功劳，记不清的付出与委屈，记不清的苦难与惊险，到头来竟然是美梦一场空。他的眼眶一阵发热，视线越来越模糊，两行泪水不知不觉夺眶而下，他没有用手擦掉，任泪花迎风洒落，任委屈融进泪水尽情释放。他又仔细把招录的十九名协警一一排了一遍，哪个都比不上他资格老，比不上他业务精，也比不上他贡献大，可是偏偏人家就被招录了，单单就剩下自己。他好像看到那十九人高高兴兴搭上了一趟黑夜里驶来的末班火车朝着朝阳升起的方向驶去，只剩下自己孤单单看着远去的列车，在黑夜里默默独步前行。在他感到最孤单、最失落的时候，他忽然又想起了徐志伟和钱向东，他才体会到他们曾经的孤单与失落。与徐志伟相比，自己还没滑落到几乎倾家荡产的地步，虽然享受公务员待遇的期盼落空了，但生活还是本来的样子，只不过是心中的一场美梦破灭了，也许那就不该属于自己，不属于自己的东西不要再想了，属于自己的东西跑也跑不掉，比如家庭、儿子、老婆，还有这身协警警服。与钱向东相比，自己起码没有经历从市委宣传部副部长的位子一下子被开除公职，沦落为一个只身下海闯市场的弄潮儿，虽然钱向东表面上夸赞自己的小报纸多么辉煌，前途多么灿烂似锦，其实那只不过是他在掩饰心中的沮丧与失落，在苦苦支撑着跌落的自尊。哪个人不想风风光光活在世上？哪个人愿意被时代抛弃？人在低谷时，就是考验一个人底气与意志的时候，人生本来就不是一帆风顺的。人的命运并不是笔直宽阔的通天大道，而是山间崎岖蜿蜒的小道，是穿越高山丛林的小溪，是在漆黑的山洞里艰难摸索一缕阳光的探险之旅。任何的挫折与打击都不过是人生必须经历的一道风景，是人生列车驶向前方的普通驿站。石铁柱头脑渐渐清晰过来，他突然佩服自己竟然有这么丰富的想象力，他不知道自己的胸怀怎么突然间变得这么宽广。

手机铃声又响了。他骑着摩托车，懒得看手机。这时候他唯一想要的是头脑的清静。可是，该死的手机铃声似乎在与他对着干，他越是不想接，铃声越是倔强地响个没完没了。他把车停在路边，双脚撑地，打开手机，传来事故中队长焦急而充满火药味的声音：老石，你在哪里？怎么这么长时间不接电话？给你说拍肖像照片你咋还没去，只剩下你一个人了。大家一个个都忙得屁股冒烟，你倒丢下案卷跑得不见影子，拍完照片赶紧回来，还有事要给你安排！没等石铁柱回话，中队长那边已经关机了。石铁柱这才想起了早上中队长交代拍照片的事，他从口袋里掏出那副崭新的一级警司的警衔和一个陌生的警号，心里有一种说不出的滋味。

夕阳开始西下，西边的天空中燃起一片火烧霞，异常美丽，异常壮烈，那万道霞光仿佛射进石铁柱的心里。春天的夜晚是短暂的，但不会像冬天那样寒冷。夕阳落下，还会有一轮朝阳从东方冉冉升起的。石铁柱心里一阵轻松，加大油门，朝着照相馆急速驶去。

大山里的拯救

余妹将口吐白沫、奄奄一息的二儿子银锁紧紧抱在胸口，一边擦着泉涌一般的眼泪，一边风风火火地向山上走去。这是半夜时分，天上一颗星星都没有，山上漆黑一片。深秋的山里夜晚刮起鬼哭狼叫般的秋风，秋风像发疯的野鬼把半山的树木摇晃得东倒西歪。树枝和树叶便会撕痛般打战，迎着大风哗啦啦呻吟。

余妹就是在这样天黑风大的夜晚，抱着银锁上了山。她的二儿子银锁才不到四岁啊，就这样眼睁睁死在了娘的怀抱里。余妹痛苦得就像心被人血淋淋地掏空了一样。迎面的山风吹来，眼泪就会从心底喷出来，扯得她心里阵阵剧疼。

银锁，娘的心肝，你咋就这么短命啊？你晓得不，娘为了你，到娘娘庙里跪了多少回，上了多少香，磕了多少个头？你晓得不，自从你生下来，娘就天天给菩萨磕头，求菩萨保佑我的宝贝儿子，菩萨总是笑眯眯地应承着，可你咋就这么狠心撇下娘就走了？就算是阎王爷要命，也不该让你去呀！阎王爷不会不晓得，我的银锁还是娘怀里撒娇的碎娃啊！就是阎王爷瞎了眼，难道连菩萨也不管了吗？余妹在上山的路上嘴里念念有词，一半是给银锁说的，一半是给自己说的，明知道说这些没用，她还是要说，而且要滔滔不绝说个没完，好像这样她心里就不会憋屈了。

余妹不放心地摸了一下银锁的鼻孔，儿子已经没有一丝气息了。她的心如同跌到了冰窖，彻底死了。

余妹不想再哭了，就是想哭也没有眼泪了。她抱着银锁，双手软绵绵的，显得很无力。她加紧步伐朝山上走去。她没有走人们常走的那条山路，而是凭着记忆，在乱石和树林中穿梭，找到了那个只有她和她男人富贵两个人知道的地方。那是三年前富贵硬拽着她在半山腰找到这么一个风水好的地方。她丢下银锁，用鸡爪子一样的双手迅速刨开半山坡上的一块块小石片，然后使劲扒开隐藏在小石头下面的一块依着山坡而立的大石块。这时，一个黑乎乎的洞口出现了。看着这个洞口，余妹浑身打战，像稀泥巴一样瘫坐在地上。但是她马上意识到自己的心事还没了结，不能这样偷懒。她强迫自己硬撑起来，咬咬牙，抱起银锁，从怀里掏出一块洁白的纱布，裹在银锁娇嫩的脸上，躬下身子把银锁放进了洞穴里。她还顺手向里面摸了摸，摸到一把尸骨，她身子又是打了一个颤，快要干涸的眼泪又从心窝里冒了出来，顺着她的双颊往下滴。

她终于把两个儿子埋在了一起，虽然大儿子铁锁在洞穴里只剩下了一把骨头，但那也是她余妹的骨肉啊!

余妹本来不相信命，可眼睁睁看着铁锁和银锁都是在三岁多的时候，就这样口吐白沫地死了，她不得不相信自己的命真苦。

三年前，铁锁长到银锁这么大的时候，就这样口吐白沫地死了，死得很突然，没有一点征兆。她不明白阎王爷咋就偏偏盯上了她的儿子。要知道在这大山深处，生养一个儿子是多么艰难。自从铁锁从娘肚子里掉下来之后，她就没有睡过一夜安稳觉。无论严寒酷暑，只要夜里铁锁一哭，她就会睁开困涩的双眼看铁锁是尿湿了被窝，还是饿了要吃奶。只要铁锁稍有着凉，头发烫，她都会把铁锁搂在胸口彻夜不眠。记不清有多少个夜晚，她就是搂着铁锁打着瞌睡坐到天亮；也记不清有多少个晚上，她抱着铁锁跪在山上的娘娘庙里的观音菩萨像面前，为她的铁锁祈求平安。就这样好不容易把铁锁拉扯到三岁，小家伙会缠着爹娘和爷爷奶奶问这问那，那圆圆的脑袋里好像是装着问不完的问题，也会撒开双脚满地乱跑了，双腿一跳一跳地给下地干活回来的余妹搬凳子。特别是圆嘟嘟的脸蛋，水汪汪的一双大眼，红润润的小嘴巴，让她当娘的看了要多心疼有多心疼。

都说女人心细，可余妹偏偏不是。都说女人敏感，余妹也偏偏不是。不是说她什么时候都不细心，都不敏感，不是的，比如要是她的男人在她面前和哪个妹子抛个媚眼，她就会敏感得要吃醋。要是她男人衣服上有一点点不一样的味道，她都能像狗鼻子一样闻得出来。可是，不知咋的，偏偏在铁锁和银锁死之前，她就没有闻出一点什么味道，不，她肯定是闻到了，却没有往那方面想。她至今还记得，铁锁也是在一个秋风瑟瑟的傍晚，吃了晚饭后不久就喊肚子疼。余妹还没来得及问怎么回事，就看到铁锁口吐白沫，手脚抽搐，不到一袋烟工夫就全身冰凉了。那时候，她也听到有旁观的老人说这是毒鼠强中毒症状，可她却没大在意。她首先想到的是，儿子还小，不懂事，嘴太馋，见什么都想往嘴里放，在这老鼠满地钻、鼠患成灾的大山深处，哪家没有灭老鼠的药，就连自己家的老鼠药也是随便放在老鼠出没的地方了，谁也保不住年幼的铁锁和银锁不会自个儿捡起带药的东西吃。她也想到了铁锁死前半个月的一天，老大媳妇就因婆婆偏爱铁锁而埋怨她不会生孩子，曾当着她面咒骂婆婆。铁锁是你孙子，我家金凤就不是你孙子了？等着瞧，偏了心眼的人会不得好死，王家早晚会断子绝孙的。

让余妹感到惊讶的是，老大媳妇那句咒骂像魔咒一样，还真的灵验。铁锁死后不久，婆婆终因受不了失去孙子的无情打击，一口气喘不上来，就跟着撒手走了。

也难怪老大媳妇那样说，铁锁不光是余妹的命根子，更是婆婆的心头肉。余妹忙着地里活的时候，铁锁就会缠在上了岁数的婆婆的膝前脚下，晚上还要搂着婆婆的脖子睡觉。余妹好多次晚上要铁锁跟她睡，都扯不开儿子紧缠着婆婆脖子的小手。那时，老大媳妇结婚几年了也不生育，只好抱养了金凤。铁锁就成了王家传宗接代的唯一种子，这颗种子没有了，也把婆婆的魂带走了。

没想到，三年之后，银锁的遭遇与铁锁竟然一模一样，也是在秋后的一个秋风阵阵的傍晚，也是吃饭后就口吐白沫，浑身抽搐，很快就没有气息了。

这一回，余妹想得多了一些，除了想到了银锁是因为贪吃、不懂事，误食老鼠药之外，还想到了是不是自己真的命硬，老天爷在一个劲惩罚她，真的认为她余妹会让王家断子绝孙？余妹之所以会这样想，还有一个重要的原因，就是今年老大媳妇又一回发出了咒骂，这一回是专门咒骂她余妹的。

老大媳妇第二次咒骂她，那是今年开秋的事情了。余妹至今还记得，那是她的银锁刚过了三岁生日。一天，公公买了一辆板车，帮助她收庄稼。由于她男人富贵为了挣钱养家，去了南方大城市打工，老大富强也已经分开单过，公公就跟着老二富贵过，所以地里的庄稼活就只有靠她和公公两人忙活了。公公见她一个女人家忙不过来，就买了那辆板车，拉运苞谷呀、大豆呀什么的，就不用看别人脸色、借人家的板车了。谁知这下可让老大媳妇看着不顺心了，板车买回来余妹还没有用，就被老大媳妇借去了。余妹想，借就借呗，公公又不是她余妹一个人的公公，人家老大媳妇也是媳妇。可是让余妹来气的是，老大媳妇借了板车就不想还，而且还藏在她家硬说找不见了，一藏就是大半年。如今地里庄稼熟了，金灿灿撒了一地，就等着余妹急急忙忙去收，可就是找不见板车。余妹找了个遍，最后在老大家后院麦秸垛里找到了，两人为此打起了嘴仗。余妹嘴笨说不过人家，结果被老大媳妇咒骂了一句：谁用了板车，让她的娃娃不得好死！余妹还算度量大，本来不想为这一句咒骂的话生气，也不想和老大媳妇那样的人再有来往，就没有放心上去。谁知，后来她的银锁竟然真的被那句咒语咒死了。更让余妹难以置信的是两个儿子都被咒得相继夭折，让余妹一下子对老大媳妇的魔咒产生了无比的恐惧。

银锁死后，公公也大病了一场，大半年都卧床不起。山村里人见了她，也在背后指指点点，议论纷纷。余妹也听到了一些背后的闲话，村西头的张婶说，余妹命硬，不是克死老人，就是克死儿子；村东边的李叔说，看来老天爷算计好了，富贵家的儿子都活不过四岁；更有说得玄乎的，是村里的巫婆说余妹身上有妖气，生的孩子会被妖气害死；也有好心的一些姐妹劝余妹，看来余妹要想养大孩子，只能抱养别人家的了。

这些话通过多种渠道传到余妹耳朵里时，余妹眼泪就止不住往下流。她把两个儿子的死都怪罪到自己头上了，怪只怪自己命硬，怪只怪自己身上有妖气，是自己害死了亲生儿子啊！对于好心姐妹的劝说，余妹心里挺委屈的，她不是不能生养孩子的女人，凭啥要抱养人家的？可是，两个儿子莫名其妙地死去，让她又对村里人的议论半信半疑。这一天，她终于想通了，给在南方跟随着老大富强一起打工的她男人富贵打了一个电话，告诉他男人她想抱养一个儿子。

她的男人富贵也为两个儿子的死去伤心不止，虽然他也对铁锁、银锁误食老鼠药的事产生过疑问，但是当余妹把村里人的议论给他说了后，他联想到两个儿子死相惊人的相似，心里也有了后怕。他不想看到自己生养的第三个孩子再走到这一悲惨的地步。所以，当余妹把她想抱养孩子的想法和村里人的议论告诉他时，他也就点头答应了。于是，他们抱养了北山里一个穷户人家的男孩，余妹给这个儿子起名叫金锁，意思是比金子更珍贵，还有一层意思就是要用金子做的锁子锁住儿子的命，不让妖气再来加害他。

三年后，金锁一天天长大了。在金锁过三岁生日的那天，公公从山外面的城里给金锁买了一个镀金的长命锁。那镀金长命锁在太阳光下金光闪闪。余妹专门买了一条大红毛线，把镀金长命锁穿起来，挂在金锁脖子上。

那一天，金锁吃过饭在屋子外面玩耍，遇到了老大媳妇。老大媳妇看到金锁脖子上挂着金光闪闪的长命锁，就问，金锁，给大妈说，谁给买的这个长命锁？金锁脸上挂着灿烂的笑容，把长命锁拿在手中炫耀一番，头一歪，说，爷爷买的，可好看啦。老大媳妇脸色顿时乌云突变，夺过金锁手中的长命锁，扯断红毛线，狠狠地摔在地上，凶狠地说，呸，谁稀罕！

余妹是听到金锁的哭声跑出来的，她看到金锁从地上捡起被摔坏的长命锁，眼泪汪汪的。老大媳妇对着她吐了一口痰，呸，断子绝孙的！扭着圆嘟嘟的屁股就走了。余妹的心像是被狠狠戳了一刀，两汪泪水在眼眶里直打转，她心里憋了很久的一团火气终于忍不住地发泄出来。她冲着远去的老大媳妇大声喊道，我断子绝孙都比不会下蛋的母鸡强！

铁锁和银锁都是在三岁上死的，金锁能不能逃过三岁这一年关，是余妹想得最多的事。村里的巫婆曾经给余妹算过命，也说今年是她的不吉之年，会有祸害在身。余妹偷偷从男人打工挣的几千元里像割自己身上的肉一样抽出一千元塞到巫婆手里，求她给个解法。巫婆在她家烧了纸，上了神，最后告诉她，要保住金锁的命，唯一的法子就是多到山上的菩萨庙里烧香磕头，菩萨会保佑金锁的。

余妹脸上终于露出了花一样的笑容，她从内心感谢巫婆对她的拯救。这一年，她是每天晚上都要去山上的庙里给菩萨上一支香，家里有了好吃好喝的都舍不得给金锁吃，都会供给菩萨大人，祈求菩萨保佑她的金锁能够活过四岁。

在盛夏一个狂风暴雨的晚上，余妹不顾公公的阻拦，一个人顶风冒雨来到隐藏在半山腰的娘娘庙里。一进门，她就“扑通”一声跪倒在菩萨面前，对着庙里那尊笑容可掬的菩萨塑像，恭恭敬敬磕了三个响头，磕得额头血流不止，她竟然一点也不感到疼。为了表示衷心，余妹双手合一，紧闭双眼，嘴里念念有词：菩萨娘娘，求您老人家行行好，可怜可怜我余妹，保佑保佑我的金锁，只要你保佑了我的金锁能好好活命，我余妹这辈子就是做牛做马都愿意……

在蜡烛上跳动着的微弱的火苗下，余妹的影子在烛光下就像一个披头散发的女鬼，但是她顾不了这些。虽然余妹再三向菩萨祈求保佑，但菩萨始终没有回声，总是保持着笑吟吟的样子。倒是一阵山风吹来，蜡烛被吹灭了，庙里如同地狱般漆黑，让余妹心里有了一种不祥的征兆。

秋冬季节，山里种的玉米、黄豆、高粱到了收获季节。北方的大山里一到这个季节，树叶就开始在秋风中变黄、凋谢、落根，给人一种凄凉悲壮的感觉。这些天余妹再忙再累都忘不了去半山的娘娘庙里为金锁烧香祈祷，即使从地里回家晚了，她都要摸黑上山去一趟。眼看金锁的三岁就快要平安度过了，她的心稍稍放松了一些。

这天，余妹和公公早早就来到山下的田地里收割黄豆。今年黄豆长得很喜人，看来今年会是个好收成。余妹和公公弯着腰，费了大半天时间才割完了地里的黄豆，装上板车。公公毕竟老了，而余妹力气大。眼看太阳偏西了，她就让公公在地里歇着，她一个人拉着一板车黄豆蔓子送回家，顺便回家给公公和金锁做好午饭。

半路上，天空竟然阴云密布，一会儿就刮起了冷飕飕的秋风。余妹心里一阵发慌，急急赶回家里，发现大门竟然打开着。她就顺便把板车拉进了院子，喊了一声金锁，却不见金锁回应。她顾不得卸下黄豆蔓子，径直走进正屋，眼前的一幕把她吓得半死，只见金锁躺在地上，口吐白沫，双眼紧闭，一手还拿着筷子，一手握着一只打碎了的瓷碗，浑身在抽搐，瓷碗旁撒了一地白花花的米饭。她几乎是哭着叫了一声金锁，就摸了摸金锁的鼻子，还有一点气息。她慌了，一边哭着喊着金锁金锁，一边抱起金锁竟发疯似的往山上的娘娘庙里奔去。

大山里的年轻人都出去打工了，只留下老人、妇女、小孩。就是留守在家的这些妇女，不是年龄偏大、身材臃肿，就是没有文化、出门两眼瞎的。余妹就是属于这两种兼顾的。她爹娘生养了四个丫头，一直没有生下一个儿子，所以最后生下余妹后就给她起了这个名字，意思是多余的妹子。因为家里穷，余妹从小就没有上过学。余妹嫁到这里十年了，都没有走出过这座大山，对山外面的世界几乎是一无所知，只晓得在家里忙里忙外，照顾好公公婆婆，抚养好儿子。

男人不在家，金锁出了这么大的事，余妹一时不知所措，像一只无头的苍蝇乱碰。她抱着金锁一边跑，一边发疯似的喊叫，老天爷，救救我的孩子，好心的菩萨，保佑我的金锁！

半路上，余妹碰到了从大山里走出的唯一的大学生明智。明智二十来岁，鼻梁上架着一副金丝眼镜，白皙的脸上散发着青春的朝气。当余妹从明智身边走过时，明智看到了口吐白沫的金锁软绵绵地横架在余妹的双臂上，就对余妹喊道，孩子中毒了，赶紧送卫生所啊。余妹好像没有听见似的，仍向山上奔去。明智几步追上，厉声说，大嫂，你疯了呀，孩子都成这样了，还不送卫生所？余妹只得停住脚步，却不知向哪个方向走。明智一把抱过金锁，飞也似的朝村卫生所奔去。余妹跟在后面一边追一边喊，还我金锁，还我金锁。

要不是余妹这么巧遇到了放假回家的大学生明智，还真的没有人给余妹出主意说，孩子出现这样症状要去村卫生所。在这大山深处的孤僻村庄，一家一户居住比较分散，村卫生所在余妹的脑子里很遥远，也很陌生。她自从嫁到这里就没去过一回，有点小病都是自己扛着，扛不过就用老一辈留传下的土方子服点山上的中草药。她只听村里人说过，村里的卫生所只管打针抓药，管不了命里的那些事，更管不了只有神灵和菩萨能管的事。

可是，金锁还是没有抢救过来，像前两个哥哥一样死了。

金锁尸骨未寒，公公伤心欲绝，当天夜里就咽气走了。

余妹脑袋里一片空白，感到浑身像散了架一样软绵无力。她倚在金锁的尸体旁，泪水再一次哗哗流下，打湿了她的衣襟。她失神地望着老天爷，感到天像塌下来一样。她对所有的一切几乎绝望了，不得不信服自己的命硬，克死了婆婆不说，还克死了公公，就连抱养的金锁在她身上也难逃厄运。

这一回余妹没有再抱着金锁上山找那个洞穴，她怕见到铁锁和银锁的尸骨，她的心已经承受不了这样的刺激。她是一边哭着一边给南方打工的富贵打电话，告诉他金锁和公公出事了。富贵听了半天没有说话，就在余妹就要放下电话的时候，她听到了男人杀猪般的一声嚎叫……

就在余妹苦等着她的男人回家料理儿子和公公的后事时，村里来了一辆闪着红蓝灯光、怪声怪气吼叫着的白色面包警车。余妹第一次见到这样的警车，警车停在了余妹家门口，从车上下来的是明智和三个穿着蓝衣服、戴着蓝色大盖帽的警察。在明智的引领下，三个警察走进余妹家的正屋。一个警察在屋子里啪啪啪地拍照；一个戴着白手套的年轻警察小心翼翼地拾起地上金锁丢下的瓷碗，还捡起几粒大米饭；一个问了余妹几句话，之后三人就坐上车子朝村卫生所走去。

就在金锁和公公死去的第二天早上，让余妹没有想到的事情发生了。老大媳妇被那些穿蓝衣服、戴蓝色大盖帽的警察押上警车带走了，这一走就再也没有回来……

第三天，老大富强一个人坐火车从南方回来，余妹没有看到她男人富贵的身影。老大富强告诉她富贵有点事，过一两天才能回来。余妹把金锁和公公死了和嫂子被警察带走的事情给老大富强说了，富强听了竟瞪大了牛铃般的双眼，像牲畜那样喘着粗气，大吼了一声：臭婆娘，老子非要宰了你不可！

余妹从来没有看到过富强这样吼过，她吓得打了个寒战。这时，老大富强突然“扑通”一声跌倒在地，泣不成声，对余妹哭着说，富贵死了，是从高空的脚手架上摔下来死的，都是这臭婆娘害得我们王家要断子绝孙了……

余妹心里咯噔一下，欲哭无泪，发疯似的仰天大吼，老天爷，你啥时候才能睁开眼啊！

黑女

一

黑女倒完最后一盆黄澄澄、臭烘烘的大便，终于压不住想呕吐的欲望，“哇——”地吐在了住院部卫生间的水槽里，胃里仅存的一点饭渣也排山倒海似的倾泻出来。

吐完了，黑女觉得浑身像被抽了筋似的，脚像踩在棉花团上一样，软绵绵的。她一手扶着走廊一侧下绿上白的墙壁，费了好大劲才走回到公公所住的病房，一进门，就一头倒在陪护病人的空床位上。连续七八个小时不停走动，让她感到太累了。

黑女长得确实黑。常年四季在太阳底下做农活，脸被晒得黑里透红。黑女的眼睛很小，一点也不漂亮，脸蛋很饱满，像两只蒸熟了的面包。又厚又大的嘴唇长得跟非洲黑人的一样，镶嵌在又黑又肥的脸上，愈显得粗笨，甚至丑陋。黑女的身材很臃肿，胸脯也很饱满，整个人走起路来就像一个肉团在滚动，不到三十岁的她看上去像四十多岁的女人。

黑女有一头又黑又亮又长的头发，特别引人注目。为了干活利索，她习惯把那浓密的黑发很随便地盘在头上，在后脑勺上挽了个大大的结，一只粗笨的、很过时的发夹紧紧夹住这个大结，像给它上了刑具一样，任凭她如何忙碌劳作，也不会散开。这乌黑而纤长的头发是黑女的骄傲，每当村里的妇女用羡慕的口气夸赞她的头发时，她心里都像吃了蜜一样甜。为了这头乌发，好几个收头发的游商都愿出高价钱买，有的甚至死皮赖脸地硬缠着她要买，她都拒绝了。她知道，她长得丑，只有这头黑发还能让她有点美的感觉。对她来说，头发是她立足于女人中并引以为豪的根本，是她身上唯一的宝。不管谁出多少钱，她都不会卖的。她平时梳头时都很小心，生怕扯断一根头发。每次梳完头看到梳子上挂的几根断发，她都要心疼一阵子的。

黑女虽然很困，却不敢入睡，她放心不下病中要照看的公公。

公公今年已七十六了，身板一直很硬朗，无论是地里活，还是家里活，都不亚于年轻人，村里人谁见了都夸老汉身体硬朗。最近公公得了前列腺肥大病，总感到尿不下，憋得他比死都难受。实在硬撑不下了，他才给儿子们说要到县医院检查。公公有三个儿子，大儿子金锁在村里办了个楼板厂，是有名的个体企业家；二儿子在县政府一个局当小科长；只有三儿子命苦，从小落下小儿麻痹症，虽然生活能自理，但走路一瘸一拐，根本干不了地里活。好在凭借两个哥哥的势力，他终于娶了媳妇。黑女知道自个儿长得黑，也不漂亮，嫁给瘸子丈夫也没啥不愿意的。

她嫁过来以后，村里妇女都喊她“黑女”，其实她的真名叫玉。

公公明天就要动手术了。今天上午，大哥、二哥都抽时间来病房看了公公。后来大哥扔下五千元，说楼板厂很忙，就走了。二哥刚坐到父亲身边，就有电话催他回单位，他只好离开了。黑女是三天前陪公公来县医院看病的，医生说要住院做手术，就一直没离开过医院和病房。大家一走，又只剩下她一人了。

护士说了，做前列腺摘除手术前，病人必须灌肠。灌肠是件很累、很脏的活，要把水从病人的肛门一次又一次注入大肠内，然后又让病人一遍又一遍将大便拉出来，直到大便像水一样没一点颜色。

公公因前列腺肥大，尿不出一滴尿，医生给他插了导尿管，才能比较顺畅地排出一点点尿。公公住院三天来没太吃东西，今天早上饿得撑不住了，就问黑女有什么吃的没有。黑女看公公浑身无力，觉得老人很可怜，就到街上端了一碗羊肉清汤，拿了一个烧饼。公公吃得很香，把羊肉吃完了，汤也喝了半碗，烧饼却只吃了三分之一。看到公公精神饱满的样子，黑女心里像阴沉了几天的天突然阳光四射般灿烂。

可是，让黑女后悔的却恰恰是那碗羊肉泡馍。由于上午吃了饭，公公到下午又没大便，肠子里挤满了食物，这样灌肠就得多灌几次，病人难受，操作的人也累。虽然每次都是黑女配合护士给公公灌肠的，但每次倒排泄物却是黑女的活。那粪便和水从公公肠子里一齐排出，听那响声，闻那臭味，黑女感到一阵又一阵恶心，胃里的食物总压不住地往喉咙上冒，几次都想吐。

不知灌了多少次肠，倒了多少盆粪便，黑女是一次次看着便盆里的排泄物由黄变淡，由稠变稀，又由稀变清，等到便盆里清澈如水时，住院部的楼道上已亮起了灯。从下午两点一直灌到晚上六点多，黑女确实累坏了。她刚打了一会儿盹，就听到公公在呻吟。她迷迷糊糊睁开眼，看到公公一脸的痛苦。

公公被十几次的灌肠折腾得浑身没劲了，每一次灌进一大量杯的水，肚子都会憋得像充足了气的篮球，肛门被软皮管插得火辣辣地疼。那种痛苦黑女是能想象到的，但公公始终没吭声。

公公能忍受这么大的痛苦，也实在不容易。黑女虽然累了点，但和公公受的难过相比，还算轻的。所以，只要公公稍有不适，她都要跑前跑后地忙一阵子，尽量让老人少受痛苦。

二

“5 号病床，准备做手术！”年轻的女护士匆匆地进来，对黑女打了个招呼，又急匆匆地往外走，高跟鞋在地板上“呱呱”直响。

黑女心里“咯噔”一下紧张起来，忙问：“不是说八点多才做吗？怎么现在就做？”

护士长扭过头，说：“本来轮 2 号病床，他现在灌肠还没灌好，就和你们轮换了。”黑女还想问什么，女护士已不见了人影。

做手术不是一般的小事，除了要交手术费，还要有几个壮劳力抬病人，最关键的是要病人家属在手术协议书上签名，哪一样不让她担心呢？这般时候，大哥大嫂、二哥二嫂都不在跟前，她感到了孤单无助。大哥、二哥只知道是晚上八点多做手术，两个小时后才来。可现在公公就要上手术台，让黑女真感到束手无策。

但是，手术还必须做！黑女知道这般时候再不能靠别人，一切都得靠自己跑前跑后忙碌。只要公公的手术成功，她苦点累点也没啥。

交了手术费后，黑女被护士长叫到医务办公室。

医务室里一群穿白长褂的医生坐在一条长长的办公桌前，黑女看了心里胆怯了。护士长把两份协议书摊到她面前，冷冷地说：“先签个协议吧，然后才能做手术。”

黑女还识几个字，她当年只念到小学毕业就停学了。她拿起协议书看了半天，也看不太懂。这时，一位四五十岁的中年男医生对她说：“你是病人的家属吧？有句话我们可给你说在前边。据我们检查，你父亲的心脏不太好，心率有点低，年纪也大了，做手术有一定的危险，手术可能成功，也可能引发心脏病，甚至会出现生命危险。所以，作为家属，你得有两种思想准备。不过，你放心，我们会尽一切努力使手术成功！”

听着中年男医生句句冷若冰霜的话，黑女双腿不由得直打战，心里像揣了个兔子似的咚咚直跳，浑身直冒冷汗。她没想到做手术有这么可怕。她不敢去握那只签字笔，好像那只笔就可以宣判公公是生是死一样。她不是老人的儿女，担不起这个责任，可时间紧迫，她不签字，公公的手术就做不成，后边要做手术的病人更急。

黑女头脑一片空白，她什么都不想了，稀里糊涂就在协议书上签了自己的名字。搁下那支签字笔，黑女的心依然在急促地跳，她还从来没一个人担过这么大的责任。

公公是第一次做手术，当他被抬上担架推向手术室时，心里也不由得恐惧起来，浑身不由得发抖。但是，他看到黑女比自己还恐慌的样子，特别是她本来黑黑透红的脸一下子变得煞白一片，两腿站在那里像在三九严冬冻得直打战一样，就给她说了句宽心话：“做手术有什么怕的，大不了一死，反正我也活到年头了。”

“爸，你咋能那样说呀？医生说了，手术不大，不会出啥事的。”黑女这样说着，却背过身去，偷偷抹了一把眼泪，一直看着公公被推进手术室大门，才转过身，瘫坐在了手术室外的椅子上。

不知过了多长时间，黑女在梦境中被一阵嘈杂声惊醒了。她揉了揉沉睡的双眼，从椅子上慢慢爬起来，随着一阵急促的脚步声，只见两位护士推着手术推车，急急忙忙出了手术室，一个护士高声喊道：“家属在吗？病人手术好了，快推到重症病房去。”

黑女这才完全清醒过来，一看身边就她一个人。她一时不知该怎么办，只好按护士的吩咐，推着推车慢慢朝重症病房走去。

公公刚做过手术，身子显得很虚，呼吸也比较微弱。中秋时节天还不算冷，可公公却冷得浑身像筛子一样打战。公公被安置到病床上后，黑女赶忙给公公身上再盖了一条被子。医生说病人要重点照顾六个小时，六个小时内不能喝，不能起身，不能翻身。医生给病人鼻孔里插好氧气，又在双脚、双手上安置好心电图测试仪器，叮咛了几句就出去了。

病房里只有一个重病号，旁边空着两个床位，正好可供守护人轮流歇息。黑女已连续三个夜晚没睡好觉了，她从公公进医院检查病情，到住院观察，连续三天三夜没离开过公公的病房。白天公公要打吊针，她就看着吊瓶里的药水一滴一滴往下掉，完了就跑到医务室喊护士换药。晚上公公的尿袋要每隔两三个小时倒一次，她只能打打盹，不敢睡死了。病人倒没觉得累，她却累得撑不住了，没事就在一边打瞌睡。这会儿，她不再为公公的手术担心了，就想躺到旁边小睡一会儿。

三

“水，水！”公公突然摆动着头，急促地叫了一声，灰白色的胡茬跟着上下抖动，两片嘴唇已裂出几道口子，像刀子刻过一样，口子边已脱皮了，像干涸的土地结出的一片片板块。

黑女条件反射似的坐起来，来到公公病床前。看着老人对水的渴望那么强烈的样子，就赶紧倒了一杯白开水。可她想起了护士的叮嘱，又不敢让公公喝，怕喝了会出现意外。

黑女把水杯始终握在了手里，但她犹豫不决。让公公喝吧，医生叮嘱过不让喝水，万一喝了水出现意外咋办？不让喝吧，看公公那干裂的嘴唇，想象着公公对水那种极度的渴望，她又于心不忍。

公公觉察到黑女在他身边，他挣扎着睁开眼睛，短暂地看了黑女一眼，又闭上了双眼，同时闭上了嘴唇。黑女知道公公在控制着喝水的欲望，她的心里有一种说不出的痛苦和伤感。她虽然不忍心看到公公倍受干渴的煎熬，但还是把水杯移走了。

日光灯下，黑女坐在公公病床前，强打着精神，一边微闭双眼静静养神，一边暗暗提醒自己别睡着了，记着要照顾病人。

朦朦胧胧中，黑女眼前突然出现了母亲。母亲仍穿着那件已穿了多年的灰色偏襟袄，苍白的头发一丝不乱地朝后梳理着，在后脑勺挽了个圆圆的结。母亲的笑容仍是那么亲切、那么慈爱，就像看着怀中婴儿一样看她。黑女对母亲的目光太熟悉了，每每看到母亲这柔和的目光，她都感到无比的温暖、无比的幸福。

母亲站在家门口那土崖的半坡上，注视着远方，看样子是在期盼看到亲人归来。黑女看到母亲后，不由得心跳加快了，眼眶潮湿了，她一路小跑，一阵风似的朝母亲奔去，边跑边张开双臂，母亲在远方也张开双臂，敞开胸怀迎接女儿的归来。

“娘——”黑女几乎哭喊着朝母亲怀里扑去，一声呼唤使她的双目禁不住热泪涌流。近了，近了，母亲那温暖的怀抱就在眼前了，当她激动万分地扑向母亲怀抱时，母亲突然消失了。

这时，她眼前看到的却是母亲的坟墓，坟墓上已长出半人高的杂草，墓口的砖头已倒塌了。母亲的坟墓孤零零堆在土山沟这旷野里。黑女顿时感到十分孤独和恐惧，任她千呼万唤，母亲也不能应她一声。于是，她一头扑倒在母亲的坟墓上，放声大哭起来，泪水模糊了眼前的一切……

“黑女，咋哭了？”公公突然低声问道。

黑女这才从梦中醒了过来。她慌忙用衣袖擦去两腮的泪珠，不好意思地说：“没啥，我刚才梦见我娘了，我娘朝我笑呢，我高兴啊！”

“你娘死得早，剩下你姐弟俩也怪可怜的。”公公叹了一口气。

看公公有点清醒了，黑女忙看了一眼墙上的钟表，离做手术后已过六个多小时。她真后悔自己一睡就是三个多小时，竟忘了照顾公公，也不知公公什么时候醒的。她再一看公公的尿袋，尿袋已快满了。她忙把便盆盛在下面，挤掉尿袋里的尿，却意外发现挤出的尿有点红。她也没在意，只是想起医生说过六个小时后公公就可以喝水了，就用热水瓶倒了一杯温开水，吹了几口，亲口尝了一下不烫，才端到公公跟前，说：“爸，喝点水，看你嘴干的。”

公公喝完水又睡了一觉，醒来时天已亮了。重症病房又开始忙碌起来，一个年轻女护士手端一个长方形医用托盘进了病房，托盘里面放着温度计、血压计、药棉等东西。年轻护士对黑女说："让病人坐起来，量量体温和血压。"

黑女忙帮公公挽起右胳膊的衣袖，又把体温表轻轻放在公公腋窝，眼盯着年轻护士给公公量血压。护士手中的橡皮球每捏一下，黑女的心都要颤一下，她也不知道自个儿咋就这么胆小。她关注着年轻护士的一举一动，紧张地等待着护士宣布检查结果。她感到自己的心在半空中悬着，生怕检查结果出现什么意外。她一刻也没忘记手术前签协议书时中年男医生说的话。

女年轻护士给公公量完血压，摸了脉搏，看了体温表，一句话也没说就走了。

大约五分钟之后，年轻护士领着给老人动手术的那个中年男医生进了病房，身后还跟着七八位护士和实习生。他看了看老人的脸色，又查看了一下尿袋，接着问病人的情况，好像觉察出什么不对劲，又问黑女病人有什么异常现象没有。黑女仔细回忆了一下，想起公公昨晚一个劲要喝水，尿袋里的尿液带有一点褐红色，就把这些告诉了中年男医生。中年男医生点了点头，便带着护士出去了。

半小时后，护士长把黑女叫到住院部医务室，小声告诉她："我们检查后发现，你父亲手术后出现一些异常情况，心率比较低，我们现在用最好的药尽量让病人恢复体力，到晚上万一恢复不过来，你们就要考虑转院了。"

黑女一听，浑身一下子软了，要不是女护士此时在身边，她立马会像一摊稀泥一样摊在地上。她记不清护士长后来再给她说了些什么，也记不清自己当时都问了些什么，甚至记不清是怎么从外边一步一挪地回到病房。她像木偶一样坐在公公病床前，脑子里一片空白，半天都在发呆。还是公公一声微弱的呻吟声把她从迷茫中唤回来。她不敢告诉公公真相，怕公公思想上受不了打击，更怕公公精神一下子垮了，那样等于放弃了生的希望啊！

四

偌大的病房里只剩下黑女和公公了。公公似醒非醒地昏睡着，布满皱纹的眼皮像被胶紧紧地粘在一起一样，呼吸也很微弱，半天才能听到一声短促的出气。黑女觉得自己仿佛被置身于一个冷酷的地窖里，四周死一样沉寂。她想攥住别人的手爬上来，却四处无援。

黑女不知所措，想给大哥、二哥打电话，可身边没有电话，出门到外边打吧，又丢不下公公。她心里急得像热锅上的蚂蚁，但却一时不知该咋办。

还是再问问医生吧，也许医生会给她说得更清楚。黑女轻手轻脚进了医务室。医务室里只有护士长一个人正趴在办公室桌上写什么，写得很认真，好像没听见她进来一样，连头也没抬一下。

“大夫。”黑女怯生生地叫了一句。

护士长抬起头，看了黑女一眼，又低下头写东西：“咋了？你爸现在神志清醒了吗？”黑女摇了摇头。护士长说：“那就准备转院吧，不敢再耽搁了，再耽搁病人就会有生命危险。”

黑女的心一下子像被拉到极限的橡皮筋，绷得紧紧的。她突然注意到护士长放在桌上的那个红色翻盖手机。那手机的翻盖已打开，可能是护士长刚才接了电话忘了关。

“大夫，麻烦用你的电话给我大哥打个电话，这事我们要商量商量。”

护士长点了点头，按她报的号码拨通电话后，把手机递给了她。黑女听到的是大嫂的声音，大嫂“喂”了几句，一声比一声高。黑女听得出大嫂身边声音很嘈杂，有四轮拖拉机的“嘟嘟”声，有男人的叫喊声，有机器的轰鸣声，就知道大嫂正在大哥的楼板厂帮忙干活。她大声叫了一声：“大嫂，你和大哥快到医院来吧！”她刚说出这一声，就看到身边的护士长两眼瞪了她一下。她这才意识到在医院里不能高声说话。听到大嫂在电话里一个劲问她咋了，她一时半会儿不知该咋说，也不能小声，声小了怕大嫂听不见。她又不由得瞅了护士长一眼，才用左手挡在嘴边，小声说：“爸的病又重了，医院说要转院，你和大哥快来啊！”

手机里只有嘈杂声，再没大嫂的声音了，黑女听不到大嫂的回音。黑女想给二哥二嫂打电话，可不知道他们的电话号码，就合上手机翻盖，递给护士长，连声“谢谢”都忘了说，就急急地折回公公的病房。看到公公还在昏睡，她的心七上八下的，跳个不停，盼着大哥大嫂和二哥二嫂马上到眼前，商量下一步转院做手术的事。

黑女从早一直盼到天快黑，也没等到大哥大嫂来。黑女心里很乱，她已四天三夜没好好睡了，本想等大嫂、二嫂来了换她一晚上。她想女儿了，女儿在村里的小学上学，这几天咋吃的饭？她也惦记着家里瘫痪的丈夫，他咋照顾自己？她还惦记着地里的庄稼，棉花地里是不是该喷农药了？她本打算今天回去到家里和地里看看，明天一早再来。可大嫂、二嫂到现在也没来，她也只好打消了回家的念头。

公公的病情更加严重了，尿袋里尿的颜色越来越红，由橘红色慢慢变成了枣红色。护士长专门叮嘱护士们给病人吊最好的消炎针，每隔一两个小时检查一下血压、体温和脉搏，以便随时监控病人的病情。

从早到晚就这样静静地在病房里度过了一天，黑女感到如同在黑夜中度过一天似的。她不忍心看公公，一看就会觉得心里被皮鞭抽打了一样疼，心里一疼，鼻子就忍不住一阵发酸，眼眶就不由得潮湿了。她的心本来就像豆腐一样软，实在经不住公公在死亡线上苦苦挣扎的煎熬。

孤独无助的黑女此时最想的是亲人，确切地说是死去的母亲和正在读书的弟弟——

十年前，苦命的母亲患肝硬化无钱医治，最终撇下她和未成年的弟弟，离开了人世。她至今也忘不了母亲那双充满悲哀又渴望生还的眼睛。那年，她不满十八岁；弟弟才十五岁，马上初中毕业。父亲也早先因车祸离开了母亲和儿女。黑女亲眼看着父亲、母亲相继离开她和弟弟，她感到天似乎要塌下来了。

母亲是仲夏时节病故的。母亲去世后的第三天，弟弟的高中录取通知书便寄到了家里。手捧着录取通知书，弟弟含泪说："姐姐，学我不上了，我已长大了，可以打工挣钱了。"她坚决摇头说："弟弟，学一定要上，姐姐就是再苦再累，也要供你上完高中、大学。"

给母亲办完丧事后，她连七天的守孝都没坚持完，就背着弟弟跟着村里几个大嫂骑自行车到三十多里外的田地里给人家做农活挣钱，一天从早到晚干下来能挣三十多块。那时她身材还单薄，干地里活还有点吃力，但她比别人能吃苦，和大嫂大姐们一块背着农药桶给棉花地里打药，连雇她干活的主人都夸她能干、能吃苦。

就这样，她一连干了二十多天，到弟弟开学时，她已给弟弟挣到近七百块钱的学费。

雇她干活的人家就是她现在的公公，当时婆婆还在世，只是身体有病。公公那时觉得她特别能吃苦，干活一点也不偷懒，又因为她年纪还小，就特别照顾她，给她的工钱比别人的多五块，后来打听到她的家庭情况，才托人给自己的小儿子提亲。

她还没见到未来丈夫的面，就点头同意了。她想早早地嫁人，然后再供弟弟上学。

黑女从回忆中醒过来。她看到公公的脸色像纸一样苍白，没有一点血色。她后悔昨晚手术前在协议上签字，要是公公真有个三长两短，大哥二哥不是就把责任推到我身上了吗?

五

日头西下，病房里渐渐暗下来。这时，黑女听到门外响起一阵急促的脚步声，只见大嫂急呼呼地推门进来。一进门，她就脱掉了身上的厚毛衣，把毛衣叠成长方形的一块，放在黑女坐的床上，红润的脸上还冒着热气。她胸脯一起一伏，大口大口地喘着粗气，一边用手向后拢头发，一边问："电话里听不清，爸现在咋样了？"

黑女见到大嫂，心里一下子亮堂了许多。她倒了一杯热开水，递到大嫂手里，说："爸心脏不好，尿里还带血，医生说要转到省城医院治，要是不赶紧转院，就会有危险。"

"那赶紧叫你二哥二嫂，大家商量商量看咋办？"

"我记不清二哥的电话号码。"

大嫂从腰间的小挎包里掏出手机，查出银锁的手机号码，拨通了银锁的电话："银锁，你赶快到县医院来，爸的病重了，要转院。"

大约一个小时之后，二嫂来到了病房。她手里提着大袋小袋的东西，进门后凑近公公一看，老人紧闭双眼，呼吸微弱。二嫂的眼神渐渐地凝重起来，连叫了几声“爸”，都没听到老人的应声。

黑女说：“别叫了，爸已昏迷了一整天。”

这下，二嫂傻眼了。她站在父亲身边，久久不动。她伸手从衣袋里摸出手机，看样子想给丈夫打个电话，但还是犹豫了。她沉默了一会儿，问黑女：“爸到底咋了？”

黑女说：“心脏不好，尿里带血，医生说手术没做好。”

“没做好？就一句话把咱打发了呀？没做好是他医生的责任，凭啥叫咱转院？不行，我们找他医院讨个说法去！”二嫂情绪突然很激动。

“是啊，凭啥不能找他医院？要是病人有个三长两短，操手术刀的可要担责任！医院想一推了事，没门！”大嫂也跟着大吵起来。

黑女没想到大嫂、二嫂会把问题看在医生身上。她这才想起公公做手术前，医生对公公的身体已经做了全面的检查，没查出什么大问题的，按说手术应该成功的。她还想起，公公从手术台上被推到重症病房时，医生进行了监护，当时也正常的，怎么过了一个晚上，到第二天早上就突然病重了？公公昨晚还和她说了两句话，今天却怎么一直昏睡不醒？

黑女央求大嫂、二嫂快给大哥、二哥打个电话，商量一下现在该咋办？

大嫂的怒气还没消完，非要找医生算账。二嫂倒是稍稍冷静了下来，她思索了一阵子，说：“和医院打官司咱要有证据，光靠嘴说那可不行。”

黑女突然想起了手术前她和医生签过一份协议书，医生可是把什么意外都告诉她了，医院已经申明手术后出现意外一概不负责任，那协议书上可是白纸黑字签了她黑女的名字啊！也就是说，人家医院在证据上已完全占了上方，咱还有啥可说的？想到这里，黑女说：“大嫂、二嫂，我看咱就别找医院的事了，还是先商量爸爸的病咋办？”

大嫂、二嫂同时问：“为啥不能？”

黑女低下了头，半晌才小声说：“手术前，咱和医院签过协议的，人家已事先给咱说了，手术后病人出现异常跟医院没责任。”

“放他妈的屁，天下哪有这样的道理？”大嫂突然高声骂开了。

“小声点，这是医院。”二嫂提醒大嫂。

“吃了哑巴亏还不让人说，要憋死人啊！好，我不说了，你说咋办？”

黑女说：“还是赶紧把大哥二哥叫来，大家一块商量咋办。”

病人危在旦夕，不宜再延误了。二嫂觉得黑女说得对，就掏出手机，拨通了丈夫的电话。

大嫂一看这阵势，也开始给丈夫打起电话。

大哥在电话里说，他很忙，好几家工地上催着要楼板，要和他亲自谈价格、谈质量、签供货合同。眼下正是农村人盖房的火热季节，加上县城的几个开发商也在盖住宅楼，他的楼板厂生意正是红火的时候，一年就靠春秋两季挣钱。他在厂子里忙前忙后，一个人恨不得当几个人使用，哪有时间到医院来。

大哥还说，父亲的病他心里清楚，不是啥大病，手术后慢慢恢复几天就好了，如果钱不够，让大嫂尽管从折子上取，让医院用最好的药，不要愁看病的钱。有大嫂在病房照看父亲，他就不用来了，至于转院嘛，要是非转不可的话那就转吧……

大哥一副很大方的样子，让谁听了都要伸大拇指，可惜他说得再多也不顶用，有大嫂掌柜的把关，给老父亲看病多掏一个子都不行。他刚才在电话里那样财大气粗地说，自然就招来大嫂的一顿臭骂：

“你有几个臭钱就烧得不知姓啥了？你爸是不是就生了你一个？你以为只有你有钱，人家都是叫花子？到省城医院看病可不是千儿八百能打发下的，你有多少钱啊？”

当然，大嫂是背过人，偷偷在住院部的过道里打的电话，虽然她开始还有意压低了声音，和丈夫在电话里说悄悄话似的密谈，可后来一气之下，又忍不住放开了她高八度的大嗓门。她的骂声不只是黑女、二嫂听得见，连整个住院部的人都能听到。

二嫂听出了弦外之音，她明白大嫂的意思。看来大哥是找借口不愿出面，自个儿故意装大方，却把半点亏都不想吃的大嫂往前推。她最讨厌那些挣几个钱就瞧不起别人的生意人，凑近他们都能闻出一股铜臭味。她好歹也是有文化、有教养的白领，虽然每天也与钞票打交道，但身上却很少有那种铜臭味。大哥躲着不闪面，她家银锁也不能带头。她稍稍思索了一下，就拨通了丈夫的电话：

“银锁，爸做手术后一直昏睡不醒，你赶快来医院看一下吧？啥？今晚组织上要约你谈话？噢，是张部长亲自要找你谈话，还非谈不可？那你说该咋办？”

二嫂显出一副很焦急、很无奈的样子，她看看大嫂，又看看黑女，说：“银锁能不能当上科长，就看今晚的谈话了，要是今晚他不能和组织部长谈话，这个科长可能就会泡汤啊！”说完，她故意停顿了一下，似乎在等另外两个女人的话。

黑女先接过了她的话茬：“二嫂，那就不要叫二哥来了，他的事要紧！”

大嫂也附和说：“那就甭让银锁来了，耽误了他当官，谁也担当不起。”

二嫂说：“你看这事情都往一块撵，早不谈话晚不谈话，偏偏会今晚要谈话，真是的……”

黑女盼星星、盼月亮似的把大嫂、二嫂盼来了，可没盼来能拿事的大哥二哥，她又失望了。她知道这会儿她没资格说话。丈夫不能干力气活，跟废人似的，家里的地靠她一人种。她累死骡子拖死马也挣不下几个钱来，一年四季和别人一样在地里流汗出力，可一年到头挣的钱只勉强够日常开支，有时生个病、行个门户还要靠公公给几个钱，家里大事小事几乎全靠大哥二哥支撑。黑女觉得在这个家里很渺小，自己的男人不行，自己也在人前抬不起头，说不起话。她自进这个家门，就一直生活在大嫂、二嫂的阴影下，总觉得她比起人家来要差一大截。她从来不敢在她俩面前大声说话，甚至连一点张扬的举动都不敢，怕招来她们的白眼和训斥。只有公公婆婆把她看得起，像护小崽一样处处护着她，不让她受一点委屈。黑女虽然嘴上不说什么，但心里却记着公公婆婆的好。她爹娘都已不在人世了，嫁到这里，她就把公公和婆婆当亲爹娘一样看待。

黑女这会儿关心的不是大哥生意和二哥的升官，那些都与她几乎没什么关系。她只关心公公的病情，唯一愿望是想让公公早点康复。她已经没有了婆婆，再不能没有公公了。公公跟着铜锁和她还没享一天清福呢？离开公公，她和病瘫的丈夫可就要受苦受难了。

想到这里，黑女的眼眶潮湿了，鼻子感到酸酸的。

公公依然在昏睡，已快两天没吃没喝了，靠吊瓶里的药液维持着生命，消瘦的脸庞像失去水分的果子，一块一块塌陷了下去。只有轻微的呼吸才表明老人还有生命。

黑女还是憋不住，流着泪说："大嫂、二嫂，我从来没拿过大主意，今个儿我不说不行了。咱还是先按医生说的办转院手续吧，我手头也没多少钱，只有准备买化肥的一千多块钱，虽说是少了许多，可我也就能出这点力。大嫂、二嫂，看在爸养育了两个儿子的份上，你们先想法子凑点钱，咱把爸先安顿到省城大医院，照料爸爸就全靠在我身上吧，你们看这样行吗？"

大嫂、二嫂分坐在病床两头，默不作声。

六

晚上十点多，值班护士进来给老人换上最后一瓶吊针。这是一小瓶淡黄色的消炎药，容量比刚才吊的大瓶药足足能小一半。护士换好药，特意把点滴的速度放得慢了些，瓶里的药半天才冒一下泡。那药液如同雨后房檐上的雨滴，一滴一滴往下滴。

黑女本想最后一小瓶药一会儿就吊完了，没想到护士却把下药的速度调得很慢，她有点不理解："药滴得太慢了，能稍快点吗？"

护士说："这个小瓶是好药，一瓶二百多块，放得太快了，病人身体吸收不了，就这速度，千万别动。"

护士走后，大嫂说："黑女，这样吧，我今晚回去把爸的病给你大哥说一下，再商量商量咋办，真正不行，那明天就转院。你今晚就先在这里照顾好爸，我和你大哥明天一早就来。"她一边说，一边把提包里的水果、食品往外掏，像堆小山一样堆在公公病床前的床头柜上。

二嫂对大嫂要走有意见，可不说出来。她帮大嫂把东西放好，说："你下午刚来，现在又要走啊？要是爸今晚有个意外，黑女一个人能顾得过来吗？"

"怕啥？不就是靠钱下场吗？你放心，钱有的是。"

“哟，有钱了说话就是不一样。尽管我不像你那么有钱，也说不起那样的硬话，可再穷也不会拿不出给爸看病的钱。你也放心，大嫂，我不会让你替我出份子的。可话又说回来，有时光有钱也不一定能办成事，人都说有钱不如有门路，如今办啥事都讲究拉关系，人熟了就能省大钱。我家银锁虽说不是什么大官，可省城医院里倒有一两个同学，我们可是出不起大钱，可有大门路啊！”

二嫂显得很得意，她说这番话是有针对性的。她在单位是个很要强的女人，什么事都不愿落下风，连平时和同事开玩笑都要非占上风不可。别看大哥大嫂这几年富得浑身流油，可在她眼里，大嫂大哥几乎是一文不值，只是掉进钱眼里的土包子，庸俗得让人恶心。她这几年之所以没攒下多少钱，并不是她穷得没钱，而是月钱买了单元楼，给丈夫跑了官，还把女儿送到省城重点中学上学，这哪样不花大钱？在她家正处于经济危机的当头，偏偏又遇到公公住院动手术，她一时难以拿出大钱。看到大嫂在公公面前一出手就是五千块，她心里很不是滋味。

大嫂对二嫂刚才那一番话也不舒坦，二嫂的话好像万把钢针，针针扎在她心上。她本想在她和黑女面前显摆显摆自己有钱，想用钱安顿黑女，自己好趁机回家。她觉得自己现在是有钱人了，伺候人的事不是她应该干的，那种药味和公公身上散发出的一种酸臭味熏得她难受死了，这会儿她是一刻也不想在这里待下去了。她觉得有黑女伺候公公，这里就用不着她了。她之所以今晚还来医院看公公，并不是真心关心公公的病，而是面子上好看些，别让旁人说自己不孝。她甚至希望公公的病不要治好，公公死了，她家金锁就可以以老大的身份办丧事。那样，既显得她是个孝敬老人的媳妇，又可以收回这么多年放出去的门户，甚至可以大赚一笔。她知道，她的每一点想法都逃不脱二嫂的火眼金睛，还是有文化的人厉害，她承认她害怕二嫂，害怕她揣摩透她的心思。

尽管二嫂那样说，大嫂这会儿已顾不上什么脸面，也不敢再显摆自己有钱了，红着脸溜出了病房。黑女在身后喊她，她也装着没听见。

二嫂有一种获胜的感觉，心里暗暗高兴。她本想挽留大嫂，可知道大嫂被她说到疼处了，是挽留不住的。可大嫂一走，她顿时觉得她在这里也是多余了，有黑女照顾公公，在这里根本没她插手的机会，可这会儿自己也不能走，她刚刚还劝说大嫂多待一会儿，现在她再也跟着走，岂不是自己扇自己耳光吗？何况，她还是大嫂打电话叫来的，所以，无论怎么说，她是应该留下来，至少要多留一会儿才能走。

病房里恢复了死一般的沉静。

黑女见二嫂坐立不安的样子，想起二哥今晚要提升当大官，这么大的事二嫂能不牵心，能安心在这里伺候公公？所以，她就顺水推舟，说道：

“二嫂，今晚二哥不是要搞啥谈话吗？我虽不懂二哥的事，可知道这事对他来说一定是很大的事。我看你这会儿心在二哥那儿，你还是回去吧。这里有我，你不用操心。”

“还是黑女理解人。那就多劳累劳累你了。黑女，你替我们照顾好爸，明天有空的话，我和你二哥再来。”

黑女点了点头，把二嫂送出了病房，一直看到二嫂从走廊里消失，听到下楼梯的脚步声远去。

七

半夜，公公突然说话了，他在一句一句叫着黑女。寂静、漆黑的夜晚里，公公的叫声虽然很虚弱，但还是能让人听得清楚，那叫声如幽灵，如地下传来的，把黑女从沉睡中惊醒。

黑女分明听到了公公的叫声。黑女对公公的叫声很敏感，只要听到公公叫她，即使声音再小，她都会触电般地马上有了感应。她知道，公公能叫她，就是有急事或有话要对她说。她仿佛有灵感，知道公公会叫她的。她在梦里也梦见了一个凶煞的死神伸出两只手。死神的面目是狰狞可怕的，他紧紧抓住公公两条腿，往一个深不可探的洞里拉，一边哈哈大笑，一边叫嚷：“来吧，跟我来吧！”公公一只手抓住黑女的手，不停地喊：“黑女，黑女……”

黑女醒过来，果然听到了公公在叫她，和她梦见的叫声一样紧迫。黑女既惊讶，又恐惧。她猛地坐起身子，几乎是跳下了病床，在黑暗中两只腿胡乱地找到鞋，拖沓着奔到墙边，先拉亮日光灯，然后跑到公公病床前，凑近公公脸部。她看到公公已睁开眼睛，像婴儿一样望着她，嘴唇在微微颤动。

“爸，你醒啦?”

公公的双眼睁得比刚才更大了，他注视着黑女，情绪突然激动起来，眼眶里已有两颗浊泪在打转。他仰躺着，眨了一下双眼，两行老泪就从眼角溢了出来，流到了耳根。

黑女的心被两行泪水也浇湿了，她是头一次看到公公流泪。在她眼里，公公是个很要强的老汉，再苦再难的时候，也没掉过一次眼泪。公公的泪水，让黑女明白了公公在伤心。

“爸，你不要伤心，你的病不要紧，会好起来的。”黑女说完这句又有点后悔，她知道，她越这样说，公公就越会怀疑她的话，越意识到自己的病很严重，哪个病人得了不治之症，家属不是这样安慰的？公公不是三岁小孩，虽然上了年纪，可心里一点也不糊涂，脑子清醒得像明镜一样。

公公用布满老茧的手擦去泪水，让黑女坐在旁边的病床上，说，“我好像做了一场梦，现在梦醒了，心里可难受。”

黑女没出声，静静地听着公公说。

“人老了，梦也多，没记性，醒来后就忘了。可我这回却忘不了梦里的事。”公公说得很慢，也很费劲，“其实，我那会儿是半梦半醒的，心里迷迷糊糊的。一会儿梦见老大撂下楼板厂的事来看我，可说话是老大媳妇；一会儿又梦见老二升官了，想听老二给我带来好消息，可说话的是老二媳妇。我一会儿觉得是真的，一会儿又觉得是梦……”

公公的话驱走了黑女的睡意，把她彻底从困乏中解救出来。黑女心里感到惊奇、疑惑，惊奇是公公的梦和今晚大嫂、二嫂的话出奇的吻合，疑惑的是公公当时到底是昏睡还是清醒。要是昏睡，他能知道大嫂说大哥楼板厂忙，知道二哥升官的事？要是清醒，他咋会说一会儿是大哥、二哥来了，一会儿又是大嫂、二嫂说话？

“黑女，我死不了，你不要怕，我的病我心里清楚，只是旁人不清楚。”

公公说这句话的时候，脸已扭向了一边，没有再看黑女，像是自言自语，又像是对黑女说，脸上还露出一丝不易觉察的笑容。虽然他的话很深沉，可在宁静的夜晚，在小小的病房，还是很清晰、很响亮的。特别是他说到动情处，还要加重语气，强调他表达的意思，一点也觉不出是一个重病中老人说的话。

黑女怕公公说话太多影响体力，想劝他少说点，可公公伸出一只手掌，给她作了一个“别打断”的手势，继续说：“人到老了，才知道自个儿的命好不好。爸这辈子的命难说好还是不好。七八岁时遇到日本人欺负，就跟着爹妈逃荒到这里，后来刚娶了媳妇成了家，生了儿子，我爹妈就在食堂化那阵子饿死了。为了让老大、老二能活下来，我和你娘舍不得吃舍不得穿，勒紧裤带，硬把他们拉扯大。到如今，爸也是儿孙满堂了，可总觉得心里空落落的。你婆婆死了后，爸也没啥奔头了，活一天算一天吧……”

公公说起自己的一生经历，显得津津有味。这话是黑女第一次听，她第一次听到公公向她诉说心中的酸甜苦辣，才明白自己以前对公公是多么的不了解。她没想到公公还吃了那么多苦，还有那么丰富的感情。她本以为公公是不信命的，一般只有女人爱信命，没想到公公到老了也开始信命了。

怕公公说话久了口舌会干燥，黑女倒了一杯温开水，用汤匙喂给公公喝。公公咂了几下嘴唇，那麦茬一样的灰白色胡子就跟着上下动了几下。公公摇了摇头，表示不想喝了，思索了一会儿，又开始说了起来：

“爸这场病也没白得啊！没病的时候啊，觉得谁对自个儿都好，原以为，自己两个儿子一个有钱一个有势，亲老子生病住院会无忧无愁的。可真有了病，才知道我想错了。黑女，爸是老了，可还没老糊涂。爸也想通了，如今的世道，有钱有权能咋，指靠不上啊！说心里话，黑女，爸活到这岁数上，不再看重钱和势，爸能这样硬撑着，还是牵挂你和老三，你们没钱，也没势，但有好心肠，这是拿钱买不来，拿权也换不来的啊！爸不想死，还要活下去，为你和老三活下去。”

黑女觉得双眼已热乎乎的，当听到公公要为她和残疾丈夫而活下去时，她的眼泪像开闸的洪水，终于涌流而下。她知道，公公的生命不会有危险了，他想活下去就会好好地治病的。虽然公公说他不看重钱和势，可这看病就是要钱下场的，没钱医院不会给你开药、打针、动手术的，而她黑女的确拿不出钱来，她和丈夫都是没能耐的。看来，这看病的大事还得大哥、二哥拿主意，出钱想办法，她只能靠体力干点苦活、累活、脏活。她觉得她伺候公公是应该的，也算是公平的。

“爸，这次看病还多亏我大哥、二哥出钱，不然手术都做不成。我大哥、二哥这些天都忙，看不成你，你也别往心上去。”

“黑女，你不要替他们说话了，你以为你大嫂、二嫂来我不知道？她们打电话说什么了我不知道？甭看那会儿我睡得很死，可你爸耳不聋，脑子也不糊涂。她们打什么算盘，怀什么心思，我心里一清二楚。”

黑女又是一惊。

公公这会儿神志特别清醒，精神也显得特别饱满，脸上的表情也丰富多了，一会儿愤怒，一会儿感慨，一会儿显露笑容，一点也看不出重病在身的样子。他也许是睡得太久了，扭动了几下身子就想挣扎着坐起来。黑女忙过去伸出一只胳膊，扶着公公的颈部，把他扶起来，又在公公身后垫了一床棉被，让他半靠半坐着。

“有啥吃的没有？爸好几天没吃东西了。”

“医生说，再过两天才能吃东西，你先忍忍吧！”

“爸病好多了，现在也不憋尿了，咱再住两三天就回去。”

“不行的，爸。这两天你一直昏睡不醒，把我都吓死了，医生说你心脏跳动慢，怕有生命危险，还要让你转到省城医院看病，我正熬煎咋转院。”

“爸以前心脏是有点不好，怕受气，现在爸不再生气了，病不也就好了？”

“那也要等医生说了才能出院。”

“不要尽听医生的，医生巴不得咱再多住几天，再多给医院送点钱。咱庄户人，有病要靠养，这里是狮子大张口，不是咱能受得了的。再说了，待在这里像坐牢一样，爸心里闷得慌，一天也待不下去。等这三天针打完，咱就回去，啊？”

黑女拗不过公公，只好点了点头：“嗯！我听爸的。”

八

黑女知道公公急于出院原来是心疼钱。尽管大哥、二哥给黑女留了几千块钱，可这几天连手术费带医药费、护理费什么的，估计也花得剩不下几个钱了。黑女也知道，公公的账算历来都很清楚的，这几天的看病费用虽然黑女没给他说，他从隐隐约约听到的一些情况，也计算得八九不离十。

手术后这三天，每天光打吊针就得五百多块钱，今天再打一天针，大哥和二哥留下的钱就完了，如果再算上住院费其他的费用，估计还不够。黑女这才理解了公公要出院的心思，看来公公也知道黑女手里剩不下多少钱了，他又不愿意再向两个儿子要。亲老子动手术这么大的事，两个儿子都叫不到现场，把两个媳妇推到人前你争我吵的，还能指望他们再给他花钱看病。看来，公公的心已经凉了。

出院还是转院，黑女心里一时没了主意。她出了病房，在住院部的走廊里徘徊了很久，最后还是走进了医务室。护士长正给几个护士安排今天的工作，顾不得问黑女进来有啥事。等几个年轻的护士一个一个都走了，黑女才鼓足勇气，对护士长说：

“医生，我爸他现在清醒过来了。他想今天出院，你看……”

“清醒了？”护士长有点不相信，不等黑女说完，就拿上几件医用器械往外走，“手术才三天就要出院，那怎么行？就是不转院，也至少要住够七天。”

护士长给公公量着体温、血压，测着脉搏，公公又恢复了平静，像昏睡过去一样。黑女在一旁看着护士长那专注的神情，心里像揣了个兔子一样跳个不停。护士长走出去的时候，表情是严肃的，这使黑女感到病房的气氛又陷入了沉闷之中。

护士长的神情告诉黑女，公公的病不太妙。黑女紧跟着护士长走进医务室。护士长闭上门，把手中的器械往桌子上一摊，坐在办公桌前，在一张印有医院文签的纸上匆匆写了起来，大约写了半页字，她站起身，把那张纸交给黑女，说：

“你爸的病还比较严重，这是我们对你爸病情检查的结果，这是我们的意见，老人心率不稳、血压高，现在尿液里还带点血，手术伤口还有点感染，我们建议还是尽快转院治疗。”

从医务室出来，黑女的心像灌了铅一样沉重。她从护士长那里还知道，公公昨晚到今早的精神状况是一时的假象，是公公自己硬支撑起来的。公公的病情很不稳定，时好时坏，千万不能掉以轻心。但是，要转院她黑女一个人也是无能为力，大哥、二哥本该拿主意，却双双叫不到场，公公又不让她再叫他们。公公说，他宁愿死在医院，也不愿再向他俩要一分钱。

从医务室到病房不足二十米的距离，黑女却走得异常艰难，她觉得自己的双腿每迈一步都要费好大的力气。她想赶紧回到病房照顾公公，却又怕进病房后，公公醒过来催她办出院手续，就一步一步慢慢往病房挪动。

“黑女，进来坐坐啊！”有人叫黑女。

黑女寻声望去，是隔壁病房的一位大娘。黑女想起了，她老伴和公公一样的病，一前一后动的手术。

黑女出乎礼貌，走进了隔壁的病房。这个病房住三个病人，四张病床只空一个床位，人也多，大家说说笑笑的显得很热闹。

大娘给黑女剥了一个香蕉，递到她手里。黑女看到大娘的老伴已能半坐起来喝水，又说又笑的，精神状态特好。

大娘给她在身边的床上让了一点空，让她坐下，说：“我看你照顾你爸也够辛苦的，家里其他人呢？你两个嫂子也不换换你？”

黑女摇了摇头，羡慕地说：“大伯的精神真好！”

大娘问：“你公公咋样了？”

“尿血，心脏也不好，病情不稳。医生说要转院，可我爸想出院。”黑女把心里的疙瘩给大娘说了，想让大娘给自己出出主意，“省城医院看病得花大钱，咱农村人看不起。”

“是啊！”大娘叹了口气，忽然眼睛一亮，拍着黑女的肩膀，说，“对了，我听说县城南大街有个老中医，看你公公这样的病看得好。我们村有个老汉和你公公一样，做了手术也尿血、精神不好，到省城医院看不起病，就买了那老中医的药品，吃了一个多月就全好了。”

“真的？”黑女也眼前一亮，像钻进死胡同后忽然找到出路一般惊喜。她连连点头，拉着大娘的手，高兴地说：“好，我试试也给我爸买那药。”

黑女办完出院手续后手里只剩下十几块钱了，她把钱揣进衫子口袋，默默地走出医院，一个人来到了县城南大街。

南大街是一个平民街，这里小吃小店、小商小贩满街都是，是平民老百姓聚集的地方，无论是食堂饭店，还是商店药铺，价钱都比较便宜，适合平民百姓消费。

黑女走了大半街，终于找到了大娘说的那个中药铺，一位白胡子老头坐铺。黑女把公公的病情说了，白胡子老头笑眯眯说：“这病好治，吃我的药，保管一个月后见好。”

“一个月得多少钱？”黑女最关心的是价格。

“女子，看样子你是乡下人，我知道穷人看病都不容易，对农村人我一律便宜，最低一百八。”

黑女知道自己的钱还差得很远，她无奈地摇了摇头，走出了药店。

一个推自行车的男人从她身边走过，突然引起了黑女的注意。黑女看到他的车后夹着一个包，包的拉链没拉严，露出一团黑黑的毛发，再听那人的喊叫声，黑女一下子有了主意，她赶紧追过去谈论起来。

太阳快下山时，黑女怀揣大包小包的几副中药，满头大汗地回到了公公的病房，把中药往床上一摊，高兴得像个孩子，说道：“爸，药买回来了，咱回家吧！”

这时，公公挣扎着坐起身来，他惊奇地看着黑女，几乎认不出黑女，以前那个留着乌黑辫子的黑女咋一下子变成了小伙头，再看看那几副中药，公公又似乎什么都明白了，半天才说：

“你把头发卖了？”

黑女笑着点了点头，似乎自己干了一件伟大的事。

公公想说什么没说出来，低下头用被单擦了擦眼眶里溢出的眼泪，说：“咱出院吧！”

推功

一

事故科长刘志清从大队长办公室出来，脸上洋溢着喜悦的笑容。当大队长把那份由中华人民共和国公安部制作的《个人奖励审批表》递到他手里时，他感觉就像奥运会颁奖一样心中充满荣耀，虽然这份报功表现在还是空白的，它的主人也不是他本人，但他清楚，无论是给他们事故科哪个民警，都有他这个当科长的一份光荣。

刘志清哼着《少年壮志不言愁》的曲调，径直往自己办公室走去。经过外勤组办公室门口时，他从虚掩的门缝里看见年轻民警陈阳正趴在桌子上埋头整理案卷。他蹑手蹑脚走进去，凑近陈阳身后，只见陈阳正把案卷里七零八落的材料按照顺序一一理顺。陈阳平日里给人的印象是一个毛里毛糙的小伙子，没想到一上了案子却这么细心，这么专心。刘志清在他身后看了好长时间，他也没有发觉，只顾自己忙手头上的活，一会儿抽出现场勘查图，一会儿挑出谈话笔录，检查有没有遗漏的内容，比如办案民警签字，比如询问笔录里的证人和当事人的签名。这些东西看起来细小，但是很关键，丝毫马虎不得。

刘志清看清陈阳整理的是刚刚破获的“12・18”肇事逃逸案卷，禁不住凑在他的耳边，神秘兮兮地说：“哎，机灵鬼，是不是该请客了？”

也许是精力太集中了，陈阳对刘志清那句神秘兮兮的话没往心上去，等整理好案卷，他这才昂起那张白皙的脸庞，瞪着一双乌黑的大眼睛，疑惑地看着刘志清：“你刚才说什么请客不请客的？不就是破了个案子嘛，值得请客？”

刘志清抿嘴一笑，继续卖起关子，说：“你小子平日里看起来挺机灵的，现在怎么倒犯起糊涂了？事故科的民警侦破案子天经地义，肯定不值得请客。能叫你请客，就是有大喜事喽。”

陈阳一听心里不由得一喜，眉毛立刻舒展开来，说：“真的？什么好事，赶紧说，别卖关子了。”说着，赶紧把自己屁股下的椅子端给刘志清，双手按着刘志清的肩膀让他坐下，自个儿倒站在刘志清面前毕恭毕敬听候喜讯。

刘志清见陈阳这样猴急的样子，这才把藏在身后的《个人奖励审批表》在他眼前扬了扬，说：“瞧这是啥？你说该不该请客？”

陈阳的嘴咧得像熟透了的石榴，一双大眼睛眯成一条线，正要伸手去抢审批表，刘志清却在空中一闪，正儿八经说道：“你先不用着急，等案子结案了再给你也不迟。不过，我可把话撂在这里，在案子还没有了结之前，什么事情还都是未知数。你小子还是好好把案卷整理好，快快把案子结了再找我领功吧！”

刘志清作为已进入不惑之年的一科之长，这点沉稳他还是应该有的。既然大队长没有指名道姓说这个三等功给谁，他就不能轻率地表态把报功表给陈阳，万一事情发生变化了，万一把大队长的意思领会错了，到时候自己抽自己嘴巴都来不及了。

陈阳目送刘志清出了办公室，心里暗暗喜悦，两个嘴角翘得老高，一时兴起嘴里还哼起小曲。他拿起整理好的案卷，兴冲冲向一楼的案卷审核办公室走去。

陈阳闯进案卷审核办公室时，将身后的单扇门敞得大开，一股寒气随即旋风般袭击进来，把正伏案审阅案卷的老民警穆安泽惊得打了个寒战。穆安泽今年五十三岁，长得高大魁梧，一张棱角分明的“国”字形脸，多年来一直留着板寸头，头发已经被沧桑的岁月染成灰白色。他是事故科现在唯一的老民警，以前仅在外勤组就干了十三年，无论是勘验现场，还是调查走访，侦破逃逸案件，对于在部队当过侦察兵、转业后在刑警队又搞过多年刑事侦查的他来说都是小菜一碟。虽然办案是行家里手，但年龄不饶人呀，上了五十岁后，与年轻人一起出警勘验事故现场，他就显得有点笨手笨脚，加上自己后来染上的老寒腿、气管炎、高血压，让他干外勤更是力不从心。出于对他的照顾，事故科三年前就把他从外勤组调到内勤，主要负责事故案卷的审查，他的责任是挑出每个案卷的毛病，凡是制作不规范、材料不完整、法律条文运用不当的案卷，只需他一句话就一律得打回去重新制作或者补办。

刘志清也在全科民警大会上放了话，凡是没有通过穆安泽的审查，到他这里一概过不了关，没有穆安泽签字的案卷就不能上队委会研究。可见，在案卷的审核上，穆安泽的权力仅次于科长刘志清，就连科长刘志清也说到做到，从不食言，从不越权行事。而穆安泽当然得不辜负刘志清的信任，他要求自己必须认认真真审查每一个案卷，丝毫不敢马虎。

打过寒战的穆安泽抬起头，透过两片厚厚的眼镜片子审视着眼前的陈阳。陈阳到底是年轻，火气大，不怕冷，一头飘逸的黑色长发三七分成，整整齐齐两边倒，发梢上挂着数不清的晨雾水珠，白皙的脸庞充满阳光，消瘦的身材穿着交警冬执勤服也显得挺拔笔直，让穆安泽暗暗惊叹了一阵子。

“老穆，这个案卷我已经整理好了，您抓紧时间审核一下，刘科长说周五要上队委会研究，要早点结案。”陈阳急急地说，为了达到早点结案的目的，不惜拉出科长这张虎皮吓唬穆安泽。

穆安泽知道陈阳说的是他最近办理的“12·18”交通肇事逃逸案件。这个案子昨天刚刚侦破，是陈阳和两名年轻民警经过三天三夜的连续奋战，采取了声东击西、虚张声势、迂回作战、政策攻心等策略，才逼迫肇事嫌疑人心理防线崩溃，投案自首的。对于这个案子，穆安泽虽然已经了解了一些案情，但他觉得还是需要细细审核后，才能给陈阳一个确切的答复。

看到陈阳双脚不停地跺着地板，双手不停地搓着，不知道是着急还是浑身发冷的样子，穆安泽指了指桌子上的一摞案卷，无奈地说：“最近案子太多，这些案卷也等着我审核，你要是急着上会，我就晚上加班看看，明天给你答复吧！”

陈阳从警服里面的兜里摸出一盒好猫牌香烟，“啪”地撂在办公桌上，说：“那就辛苦你了，这个算老弟犒劳犒劳你的。”然后右手拇指和食指打了一个响指，吹着口哨就要离开案卷审核室。

穆安泽忙起身拉住他，把那盒香烟硬塞到陈阳手里，说：“我气管炎你不知道？这个我早就戒了。”

二

第二天一大早，陈阳风风火火再次来到案卷审核办公室，向穆安泽问起“12·18”肇事逃逸案卷的审核情况。穆安泽坐在办公桌前，摊开“12·18”肇事逃逸案卷，不急不慢地说：“案卷我昨晚看了，还没有看出什么大的问题，不过对这个案子我还是有疑点的，要是不着急的话，先在我这里放一放，我今天再细细看看。”

陈阳对于自己所办理的这起案子很自信，没想到，到了穆安泽这里给卡住了。先放一放？这得放到猴年马月呀？穆安泽这般反反复复、磨磨蹭蹭的样子，让他心里很上火，陈阳说：“这个案子应该没有什么问题吧？现在，肇事者已经投案自首，也亲口承认了肇事逃逸的事实，还主动拿出了13万元给受害者家属赔偿，民事赔偿双方已达成了协议。只要周五上队委会研究通过，这个案子就可以结案了，怎么还有疑点？”

“肇事嫌疑人是已经投案自首了，一切看起来也合情合理，可是我总觉得投案者的举动有点不正常，具体有什么不正常我一时还说不准。不过，我要劝告你的是，办案子不能想当然，千万不要忽视细节，越是轻而易举侦破的案子，越要慎重。”

“你的意思是……”陈阳感觉穆安泽的话有点模棱两可，搞不清他是什么意思，心里有点急了，说话的声音也高了，“现在人证物证都能证实事故发生的一切，案卷我也一项一项检查过了，我觉得已经够慎重的了。”

“我看未必。”穆安泽语调不高，但说话的分量不轻，“依我的办案经验来看，我总感觉这个投案自首的人有点异常，他身上疑点不少。我的意思是，有疑点就不要放过，我们多想一点也不会错。你们年轻人，遇事要沉着，要慎重为好。”

陈阳觉得穆安泽是鸡蛋里挑骨头，有点有意找茬的意思，对穆安泽最后一句话也有点反感，觉得穆安泽是在他面前倚老卖老，戴着有色眼镜看人，老是说我们年轻人怎么怎么的，明显是看不起他。他脸色突然晴转阴，心里也暗暗升起一股无名火：你这分明是在有意卡我？没想到，你穆安泽其他本事没有，卡起自己人还真行。他本想当面和穆安泽争吵一番，但一想吵了案子更难过他这一关，没办法，只好先忍一忍，就没有再争论什么。他一扭头，气冲冲地走了出去，出门后心里还很不服气地自言自语了一句：哼，不就是有这点权吗，有什么了不起？

对陈阳趾高气扬、牛气哄哄的样子，穆安泽是不会往心里去的，对于年轻人窝火闹情绪，他也是能理解的，自己都活了大半辈子了，再和年轻人一般见识就让人见笑了。他可以想象得到，一个傍晚时分发生在僻静乡村小道上的肇事逃逸案，在无重大线索、无碰撞痕迹的情况下，一帮年轻民警经过几天几夜鏖战，使一起死亡交通肇事逃逸案件由原来的无线索、无头绪的“山重水复疑无路”，最终转到了肇事者投案自首、经济赔偿全额到位、当事双方皆大欢喜的“柳暗花明又一村”，能不感到欣喜、自豪，甚至狂妄吗？想想当年自己侦破疑难案件后，又是领导伸大拇指夸赞的，又是受害者家属痛哭流涕地送感谢信的，他不也是这样神气十足吗？

年轻人追求进步，做出点成绩，当然是好事，穆安泽本应该感到高兴，最起码应该鼓励鼓励一下陈阳。可是，凭着多年处理事故案子和侦破逃逸案件的经验，他总觉得这个案子有点蹊跷，案子这么迅速、这么顺利地侦破并不奇怪，奇怪的是肇事嫌疑人不是一开始投案自首的，而是在办案民警经过四五天的摸排，眼看着案子就要破获时突然投案的。更奇怪的是作为一个老实巴交的普通农民，并没有像其他肇事者那样在经济赔偿上讨价还价，而是一反常态，竟然顺从地一口答应了死者十几万元的死亡补偿费和丧葬费，这不能不让人觉得有点意外。

穆安泽觉得自己要慎重对待这个案子，真正尽好自己的责任，替刘志清把好这个关。所以，看完案卷后，他并没有急着在审核人意见一栏签上自己的姓名。

三

下午下班前，刘志清的手机铃声突然响起。他刷开手机屏幕，看到是一个老战友打来的：

“志清，还没下班吧？”电话那头在试探着问。

“哦，王书记呀，好久不见了，有什么指示？”刘志清对老战友的突然来电显得很兴奋。

“我哪敢对警察下指示呀？长时间不见了，找你随便聊一聊呀。这会儿说话方便吗？”

刘志清知道老战友是无事不登三宝殿，肯定有什么要紧的事，说道：“我一个人在办公室，有什么事尽管说。”

电话那边先是哈哈大笑，然后压低了声音，“说正经事吧！是我一个弟兄遇到点麻烦，找你帮帮忙。听说上周六王家村西边发生一起交通事故，肇事者已经投案了，肇事车还在你们交警队扣押着。这个事故现在处理得怎么样了，快到头了吧？”

电话那边一提起投案自首，刘志清马上想起“12·18”肇事逃逸案件，想起那个投案自首的四十多岁胖胖的农民。刚才老战友一开口他就猜想到他要问事故方面的事，没想到他会问起“12·18”这个案子。老战友在电话里告诉他，肇事逃逸者是他的一个堂弟，星期六开着他的车去县城办了点事，回来时发生了事故。起初堂弟没有告诉他，后来他知道后就劝堂弟投案自首了，他知道这样可以减轻处罚，才来求他看在他老战友的面子上能不能先把车放了，再照顾照顾一下堂弟。老战友还说，如果民事赔偿上有问题可以找他，钱不是问题，只是希望事故双方能和解，尽快结案。

一个高中时期关系最要好的老同学，也是同年入伍、在部队一同生活、训练了七八年的老战友，平时不轻易求人，如今就这点小事找到自己门上，自己能不帮吗？何况他从县电视台近期播出的干部任职公示新闻中看到，这位老战友就要从镇党委副书记走上县委组织部副部长的官位上了，说不定在随后进行的大队人事调整中，自己还得求人家办事呢。

“老战友，这个案子我清楚。只是事故是手下一个民警办的，我不知道车子是你的，也不认识你这个堂弟呀。不过你放心，肇事车已经检验完了，你今天就可以开走，至于你堂弟的事，我会看着办的。”老战友说的这两件事对于刘志清来说都有回旋的余地，所以他没有多想什么，回答得很干脆。

“那好，晚上银河宾馆我请客，带上你手下那位弟兄一起来吧！”对方显得很热情。

陈阳从穆安泽办公室出来，一整天心里都闷闷不乐，直到下午下班前，他一个人还坐在办公室点燃了香烟，仔细回忆了着“12·18”交通肇事逃逸案件案卷的每一份文书材料，觉得应该是没有什么问题的。这三年来自己也独立办了至少一百多个案子了，在询问笔录的制作上、证据的搜寻与补充上、法律条文的使用上都已经算是轻车熟路了，对这个案子的案卷他还特别每一页都慎重检查了几遍，现在怎么还会出现纰漏呢？

陈阳嘴里吐着烟雾，闭上双眼，像过电影一样又把“12·18”重大交通肇事逃逸案件的整个过程回忆了一遍。

那是上周六的傍晚，他带领两名年轻民警值班，接到群众报警说，东阳镇王家村西的小路上发生一起交通事故，一位骑自行车的老汉被一辆黑色小轿车撞倒，满脸是血，小轿车司机下来看了一下，就开车跑了。报警的是一位路旁种大棚蔬菜的大嫂，当陈阳在电话里再问一些情况时，这位大嫂只是说事故就是在她前面不远处发生的，出事时天也擦黑，小轿车的牌照和司机的模样没看清楚。

陈阳带着两名民警赶赴事故现场。事故现场处在前不着村后不着店的乡村道路上，道路一边是一片蔬菜大棚，一边是苹果园。苹果园中间有一条通往村子的小路，肇事地点就在交叉路口处。经过仔细勘查，现场没有发现肇事车辆的遗留物或者其他什么碰撞痕迹，只看到被撞倒的老汉及倒在一旁的自行车，经仔细勘验，自行车没有明显的碰撞痕迹。120随后赶到时，发现老汉已经死亡。陈阳随即给刘志清报告了案情。

后来，陈阳先后两次找到报警的那位大嫂询问有关情况，两次询问都作了详细的笔录。第一次询问时这位大嫂都没有提到新的情况与线索，当询问她看到的肇事司机有什么特点时，第一次大嫂摇头说天色昏暗，她没看清楚；第二次再问时她仔细回忆了一下，断断续续说她只看清小车下来的司机戴着眼镜，看上去四十多岁，身体胖胖的。

由于现场勘查没有发现任何碰撞痕迹，所在乡村小路也远离国道省道，也没有监控，陈阳只好按照报警大嫂提供的一点线索，深入附近村子走访群众，寻找黑色小轿车。在他们连续几天几夜摸查和走访仍然无果的情况下，陈阳采取政策攻心的策略，在附近村庄大造声势，给肇事逃逸者施加心理压力。没想到事故发生后的第三天晚上，就有一个四十多岁的、胖胖身材的中年农民开着一辆黑色桑塔纳小轿车来事故科投案自首，体貌、年龄特征和目击者说的基本吻合，肇事车的右后轮内侧也检出留有死者的一点血迹。为了确保不会出错，他还特意拿着与投案者长相接近的十个人的照片让目击者辨认，目击者也一下子就指出了投案者，承认他就是她那天看到的肇事者。后来再经讯问，投案者对自己肇事逃逸的违法事实供认不讳，这才让陈阳长长地出了口气。

这样一个自认为办得天衣无缝的铁案，到了穆安泽那里却成了问题案子，这让年轻气盛的陈阳怎么也想不通。不过，对于穆安泽这个老民警陈阳内心还是很佩服的，因为这个老民警在办事故案子上很老到，以前许多有疑点有争执的案子，最终都证实他是正确的，这一点不光是他陈阳，就连事故科长刘志清不服都不行。要不是对自己办的这起案子心里有绝对的把握，今天他是不敢和穆安泽唱对台戏的。

陈阳正要锁上办公室门回家，手机铃声响起，是科长刘志清打来的，叫他到银河酒店去喝酒。

陈阳知道刘志清有胃病，不敢喝酒，经常叫上他陪酒。这会儿他心里正有点烦乱，喝点酒解解愁不是正好？再说了，现在已到了下班时间，喝点酒也不违反禁令，何况是科长亲自打电话邀请他。

他急急忙忙赶到银河酒店约定的包间房里，看到里面已经坐了七个人，刘志清站起来，急忙向旁边一位体态白胖、带着金丝框架眼镜、穿着黑色呢子大衣的中年男子介绍："老战友，这就是我们科里年轻有为的干将陈阳。"然后又向陈阳介绍那位白胖的王书记道："小陈，这位是东阳镇的王书记，我的老战友。"

陈阳刚坐下，就见旁边在座的几位和他年龄差不多的小伙子开始给他和刘志清敬酒。刘志清自然谢绝了几位的敬酒，对陈阳说："小陈，王书记马上就要调到县委组织部了，你小子今晚得好好陪王书记多喝几杯。”

陈阳心里暗喜，倒了满满一杯酒，端到王书记面前，说：“王书记，小弟先敬您三杯，以后还请王书记多提携。”

王书记哈哈大笑，端起面前桌子上的一满杯酒，站起来与他碰杯，说：“早就听志清说起过你，今晚一见，小伙子果然精明过人，眼头亮！不过，今晚是我做东，爱吃什么菜尽管点，十五年西凤酒尽管喝，只是我酒量不行，让这几位小弟兄好好陪陪你。”

陈阳干脆放开了酒量，端起酒杯和王书记干了后，又和身边的几个兄弟一一碰杯。就这样酒杯你来我去，陈阳不知不觉就感到有点头晕，说话也吐字含糊起来，对于王书记为啥请客，刘志清为啥非要叫自己来，酒桌上他们都谈了些什么，一点也不清楚，最后还是坐着刘志清的车子回到家。

四

第二天一上班，刘志清就给穆安泽打电话，询问“12·18”案子的审核情况。穆安泽接完电话后就上了二楼，敲了门进了刘志清办公室，手里拿着“12·18”案卷。刘志清问：“老穆，陈阳手头上那个案子审得怎么样了？听陈阳说案子被你卡住了，是怎么回事？”

穆安泽说：“这个案子陈阳是催得很急，还说明天要上队委会研究。我前天晚上细细看了案卷，发现了点问题，昨天琢磨了一天，今早正想过来跟你商量一下。”说着，摊开案卷，指着一份询问笔录给刘志清看，“你仔细看看这里，看看这句话，是不是能看出点什么问题？”

刘志清以最快速度看了这份询问笔录，又反复看了目击者描述肇事者长相神态特点那句话，然后放下案卷。他在细细琢磨那句话的意思，意识到了穆安泽指出的问题的确是个问题，如果严格追究起来，案子肯定说不过去，但是这个问题也不是什么大问题，要解决也容易。想到自己昨天答应老战友的两件事，想到自己以后会有求于老战友，他不得不想到采取补救措施了。在片刻的沉思之后，他说：“老穆呀，你看案子已经办到这个地步了，如果为了这点小问题再折腾回去太麻烦了。再说了，这个周五如果不上队委会，就会拖到元旦之后，科里还等着案子结了后给陈阳报功，大队长把报功表已经给我了。还有，听说受害者家属下周一还要来大队送锦旗，所以，依我看事不宜迟，最好还是采取补救的办法，让陈阳对投案者补充一份谈话笔录，把那个漏洞补上不更好吗？你说呢？”

“恐怕这……不行吧？”穆安泽没有想到一向办事认真的刘志清会想到这样投机的办法，他不得不佩服刘志清的小聪明，但还是不放心。

刘志清没有再犹豫，回答说：“你放心，不会有事的，我一会儿就安排陈阳补充笔录，然后放进案卷里，你不就可以放心签字了吗？”

穆安泽心里清楚，雪地里是埋不住死人的，刘志清这样表面上掩盖问题的做法，终究会露馅的。他回想起自己前天晚上翻开案卷审核时，在一份询问笔录里发现的破绽：现场唯一的目击者、一位菜农妇女第二次谈话笔录显示，事故发生后，她正在蔬菜大棚外的地头，看到黑色小轿车向前开了几十米后停住了，车上下来一位戴着眼镜、四十多岁、身材胖胖的男人，那男人回头看了看地上的死者，就赶紧上了车，开着车子走了。目击者的证言里一句“戴着眼镜”的话成了案件的疑点，也让穆安泽对这个案子产生了一种欲罢不能的疑虑。他想，戴着眼镜是什么人？投案自首的倒是四十多岁、胖胖的身材，可是一个普普通通的农民开车还需要戴眼镜吗？当然，有近视眼的农民戴眼镜开车不是没有。如果一个四十多岁的农民眼睛视力不好，戴上眼镜开车也正常。问题是，那个投案自首者穆安泽倒是见过一面，却没有看到他戴眼镜。

昨天下午，他带着这个疑问，与办案组一名民警专门去了拘留所，经过与投案者短暂的接触和谈话，投案者不经意间说的一句话让他对这个疑问有了确切的判断。当时，他手里拿着一张《农技信息报》让投案者读一条信息，投案者在光线不是很好的情况下竟然读得很流利。他趁机夸赞了一句：“你的眼睛真好，不用戴眼镜也能看得清楚。”投案者无意间回答了一句：“是，我眼睛还好，看书不用戴眼镜的。”他接着问：“开车戴眼镜吗？”投案者神情突然慌张起来，好像意识到了什么，马上纠正道：“有时戴的。”当再问他平时戴多少度的眼镜时，投案者显然慌了神，支支吾吾答不上来。

穆安泽回到自己办公室，回想着刘志清交代的事情，突然感觉到自己肩上的担子沉重了许多。他摊开案卷，手中的笔尖停顿在审核签字一栏上，久久下不了笔，一直在为该不该签上自己的姓名犹豫不决，同时反复掂量着签这个字的分量。

签吧，可这个案子的疑点不少。第一，案卷中的证人的两次谈话明显自相矛盾，如果说第二次说的是真，那么就说明投案自首的并非真正的肇事者，意味着有人替肇事者顶替罪名。第二，投案自首的肇事者称自己是一位农民，按照当地农村的一般家庭经济收入，一个农民当面临着十几万的经济赔偿，会这样爽快答应对方一次性赔偿到位，让人不太信。第三，那位戴眼镜的人到底在哪里，还是个谜，如果就这样糊里糊涂结案，造成冤假错案的可能性不是没有啊！他心中既然有这么多的疑点和未知数，如果还昧着良心签上自己的名字，那简直就是对自己灵魂的玷污，就是对自己刚正不阿、秉公执法名誉的毁灭。如果签了这个字，他就是在为真凶开脱，为邪恶洗白呀！如果这一笔真的签下去，他的心里会永久不平静的，也永远不会得到良知的原谅。他内心有一个声音在告诫他，你穆安泽认真了一辈子，总不能在这道小小的坎上跌倒吧，更不能让法律和道德的天平倾斜向罪恶与黑暗的一方吧！

可是，不签吧，自己胳膊能拧过大腿？人家刘志清作为一科之长都没有提出什么异议，自己一个小小的案件审核员能卡得住？再说了，就这起案子来说，表面上来看也没什么问题，一方面，肇事一方已投案自首，民事赔偿也到位了，另一方面，受害一方家属也如愿以偿拿到了赔偿款，对办案民警的办案过程和结果不仅没有意见，还要给办案民警送锦旗表示感谢，这样鱼安水安，皆大欢喜不是很好吗？就是从案卷审核上看，如果按照刘志清说的再补上一份投案者供认自己开车戴眼镜的询问笔录，一般人谁还会追究那个“戴眼镜”的问题？再说了，刘志清作为科长，这几年对自己也不错，陈阳虽然爱闹点情绪，但也是为了工作和办案，何况他以前还是自己手下的学徒，自己为啥非要不讲人情，铁着脸与刘志清和陈阳过意不去？退一步说，就是案子将来出了问题，天塌下来也有大个子顶着，自己只不过是个小小的审案员，最终负责任的还是科长刘志清，到时就是追究责任也不会直接追到自己头上。自己已经是年过半百的人了，在交警大队也干不了几年，得罪刘志清和陈阳这两个同壕战友值得吗?

反反复复想来想去，穆安泽手心都出了汗，却仍然难以下笔……

五

星期五早上刚上班，县公安局政工科长就给刘志清打来电话，催报功表格和材料，说下周周一就要给市公安局上报。刘志清心里一下子急了，这个三等功现在还在他手中攥着没放，他不得不马上为它找到合适的下落。

对于这个三等功，刘志清开始的思路很清晰，按照大队长的意思办就行了，既然大队长的意思是把这个三等功给陈阳，那就给他不就得了，即使案子将来出了什么问题，也有大队长顶着。其实，陈阳在刘志清眼里表现得挺不错。小伙子从省警校毕业后考入交警大队，因为公安业务知识扎实，四年前被大队从一个农村交警中队调到事故科，担任外勤组民警，一开始就和他、穆安泽分到一个组。小伙子眼头亮，会来事，嘴也甜，对刘志清一口一个“刘科长”，对穆安泽一口一个“师傅”，早上总是第一个到办公室，扫地、抹桌子、打开水、倒垃圾、整理办公桌上杂物，样样干得井井有条。每次出现场或者外出走访群众，陈阳都会提前洗净警车，给他的茶杯泡好茶，甚至时不时按他的喜好给他买些营养快线、绿茶、香烟之类的东西，也不忘给穆安泽一些小恩小惠。这样浑身都长着眼睛的年轻人，谁不喜欢呀?

陈阳不仅擅长看眼色行事，适应新工作也快。到底是年轻人，脑瓜子灵活，学什么都快。刘志清至今还清楚地记得，陈阳最初一两次跟着他和老穆出事故现场，看到死人就躲得远远的，要不就捂着嘴和鼻子作出一副恶心状，对现场勘查也比较胆怯。之后，这小子慢慢见得多了，也就习惯了，不仅不躲了，还主动协助120医生抬尸体，至于在勘查现场拉尺子量距离、绘制事故现场图、现场制作询问笔录、寻找证据、走访群众那些业务，不到一个月就学到手了，不用别人说也知道到了现场该怎么办，很快就成了刘志清办案的得力助手。这次办理“12·18”案子不就办得很漂亮嘛！要不是穆安泽鸡蛋里挑骨头一样找出点问题，还有谁敢说这个案子办得有问题?

可是，即使陈阳有这么多优点，也不能掩盖“12·18”案子隐藏的问题。虽然今天他不得不采取了补救措施，但心里并不踏实，在穆安泽的暗示和提醒下，他已经意识到了问题的严重性。事情到了这一步是他没有想到的。他陷入了左右为难的境地，上会研究吧，案子明显有疑点，即使采取了补救措施，也难以保证日后不被追究，自己签了字是要终身负责的，到时候万一上级倒查起责任了该怎么办？不上会研究吧，肇事者已投案，受害者家属已得到了经济赔偿，如果案子重新侦查起来，拖的时间长不说，万一真正的肇事者抓不到怎么办？怎么给受害者家属交代？怎么给领导交代？这出戏该怎么收场？后果不堪设想呀！自己如果再把三等功给了陈阳，将来这个案子万一出了问题，或者到了检察院那里蒙混过不了关，那不就会成了天大的笑话？但是，这个三等功是大队长从县公安局给事故科争取到的，即使不合适给陈阳，也不能旁落其他科室，更不能自行作废。

在这种情况下，他突然想到了穆安泽。

老穆这个人什么都好，就是有点倔，用年轻人露骨一点的话说叫翘，或者老翘杆。他认定的理，十匹马都拉不回，谁反对他就跟谁顶牛，好几次在科里同志面前都给自己下不来台。刘志清觉得自己已过不惑之年了，虽然比老穆年轻了十来岁，但业务技能比老穆也差不了多少，上了案子也能陪他老穆几天几夜不合眼，更何况他刘志清好赖也是科里的一把手啊，他平时对老穆可是像师傅一样尊着。可老穆呢？不敢说他倚老卖老，摆老资格，最起码他在众人面前不太尊重他，特别是在科里开会研究事故时，老是喜欢当面与他顶牛，好几次他定的责任都被老穆推翻了。按说业务上的争辩本也正常，他坚持他的观点刘志清也不反对，可让刘志清最难以接受的是老穆竟然会当着科里许多民警的面，与他对面鼓、当面锣地唱对台戏，非要反驳他的观点，让他一个堂堂正正的科长下不来台，也让年轻民警看他笑话。

老穆虽然性子直，脾气倔，但也不是一点优点没有。刘志清最欣赏的就是老穆的认真劲，错就是错，对就是对，不偏不倚，不随风摇摆，在皇上老子面前也是如此，这一点在办理交通事故案子上尤为凸显。

记得四年前那个寒冬腊月的风雪夜，当时还是副科长的他带领老穆和陈阳处理一起发生在108国道赵张路口的交通事故，县局110报警说，一辆大货车把一个骑摩托车的小伙子撞倒，当场逃逸。他们赶到现场一看，骑摩托车的小伙子没有戴头盔，躺在雪地上满脸血污，一摸鼻孔，已经没有气息。当时，西北风裹着鹅毛大雪漫天飞舞，像刀子似的西北风迎面狂扑，地面上的事故现场很快就被大雪覆盖。半夜三更在这荒郊野外，面对死亡、寒冷、困乏，以及国道上过往车辆车轮打滑、前行艰难的险境，刚刚上岗的年轻民警陈阳畏缩不前、战战兢兢，他心里也打起了退堂鼓，而穆安泽却神情镇定，提着勘探灯，撇开他俩独自在现场走来走去，一会儿弯下腰瞪大双眼瞅瞅，一会儿用手指刨着积雪寻找蛛丝马迹，一会儿从交叉路口沿着乡村小路走了很远。这一切在年轻民警陈阳眼里好像是个谜，可他心里很清楚老穆这些举动的意图，心里不由得佩服起这个倔老头，很快就打消了收兵回营的念头，让陈阳看护好现场，协助120一会儿处理尸体，自己也开始搜寻物证。清理完事故现场后，他把老穆和陈阳叫到一起，提出初步意见：从死者的倒地现状以及地面上的轮胎痕印分析，肇事嫌疑车辆一定是沿着国道朝西逃逸，前面不远处正好有一个超限检查站，他们可通过检查站的监控录像找到嫌疑车辆。穆安泽却摇了摇头，把一只叠起来的警用白色手套打开，指着手套里的半截烟头，说这是他刚才在小路旁捡到的，这半截烟头当时还冒着火星，再往前走，路边还有撒落的煤屑。这说明什么？说明肇事嫌疑车应该是沿着这条小路逃走的，他明知前面有检查站，不会笨到自己去送死。随后，在穆安泽的建议下，他们三人开着警车沿着那条乡村小路一路追踪，结果不到天明就在赵家村村头将一辆拉煤的大车抓获，又是细心老道的穆安泽在拉煤车的右后轮上发现了一小块血迹。把拉煤车司机带回大队连夜一审，在铁证面前肇事嫌疑人不得不如实交代。

就是这个案子的成功侦破，给刘志清带来了意想不到的惊喜。案子侦破后，首先是死者家属含着泪给刘志清送来感谢信和锦旗，称赞他“神速破案，伸张正义”，之后就是省市主流新闻媒体接踵而至纷纷宣传报道，有的把刘志清称赞为“破案神探”，有的称赞为“交通肇事逃逸者的天敌”。刘志清一夜之间声名鹊起。再后来，就是第二年春节过以后，刘志清就因破案有功，被提拔为事故科科长。这在刘志清的一生也算是一个里程碑。他心里清楚，这一切都与穆安泽的功劳分不开。从这一点来说，刘志清把这个三等功让给穆安泽是在情理之中的。

在刘志清看来，把这个三等功给穆安泽还有一个更重要的理由。他心里很清楚，穆安泽这个人是个好面子的人，把个人荣誉看得很重，只可惜在事故科辛辛苦苦干了十几年，顶多只得过大队和县局的先进，三等功还从来没有得到过，虽然说他现在已经到了快退休的年龄，但是这个三等功现在对他来说也是很珍贵的。如果穆安泽能得到这个三等功，肯定会顺顺利利在案卷上签了字，这个案子不仅能圆满得以结案，而且老战友交代的事情也就顺理成章，迎刃而解了。如果没有这个三等功垫着，穆安泽要是扛着不签字，日后翻起旧账来就后患无穷了。

刘志清在为自己的如意算盘打得很精的同时，也不得不考虑他这样做的负面效应。他想过，如果把三等功让给穆安泽，肯定会得罪陈阳，也明显违背了大队长的初衷。谁都能看出来，这个三等功是大队长专门为成功破获“12·18”重大交通肇事逃逸案件的陈阳定制的，这样随随便便就把大队长赐给陈阳的功劳转让给一个即将退休的老民警，难道他刘志清不怕大队长找他麻烦，陈阳不会寻他的事？陈阳并没有做过什么对不起他的事，他这样硬生生剥夺了他弥足珍贵的荣誉，在年轻人的进步道路上挖了一个深坑，或者是堵上一堵墙，年轻气盛的陈阳日后该会怎样敌视他呢？

刘志清最终还是决定把这个三等功让给穆安泽。

穆安泽正坐在办公室前为下午上会研究“12·18”案子犯愁，刘志清几乎是悄无声息地进来，趴在他耳边说了那句话。当时穆安泽心里想着事，对刘志清的悄悄话就没放在心上。当刘志清再一次说起这个事时，他才如梦初醒，摘掉老花镜，盯着刘志清看了半天，心里半信半疑：莫非天上真的会掉下馅饼？他仔细审视着刘志清的神情——庄重、沉稳、认真，丝毫没有逗他乐的意思。这让他不得不重新重视起这个问题来。

“志清，你不是开玩笑吧？”穆安泽没有称呼刘志清科长，在他眼里，这个科长含金量不足，不足以让他整天挂在嘴上。自从刘志清当上交警大队事故科科长之后，他就没有认真地称呼过他几次科长，唯有的几次，也只是在科里召开的民警会议上和处置交通事故现场有群众围观的场合下，才不得已叫出口的。今天刘志清给他透漏的消息，说有价值也有价值，说没价值也没什么价值。怎么说呢？一个在事故处理一线辛辛苦苦干了十几年的普通民警，破获的疑难重大案子数不清，收到群众的锦旗感谢信不计其数，可十几年来就是连个三等功的边都没沾上过，如今眼看就要退休了，科长却突然把这个期盼多年的功劳送上门来，是什么意思？穆安泽承认，这一辈子他把荣誉看得很重，家里几十本各种荣誉证书、当年在部队获得的几个立功奖章都被他小心翼翼收藏在一个箱子里，唯一遗憾的就是缺少一枚在警察生涯里获得的立功勋章，哪怕是个三等功。就是那些各种证书，他也视为珍贵的遗产，为了保险起见他给箱子上了锁，钥匙挂在腰间随身不离，这个箱子被他称为“百宝箱”，打开“百宝箱”就可以见证他一生的辉煌，他觉得这也许就是以后临终前可以给子女留下的最大财富了。说心里话，要是自己年轻十几岁，这个三等功对他来说还是弥足珍贵的，可是现在他已经没有当年的那种激情了，对这个三等功也就无所谓了。

刘志清显得很认真，一屁股坐在他对面的椅子上，拍了拍胸膛说：“我说老穆，你见我啥时跟你开玩笑了？实话给你说吧，这个三等功现在只有给你最合适。”

穆安泽苦笑了一下，摇了摇头，没有说话。他心里很清楚，这个三等功应该是陈阳的，刘志清现在突然把它转让给他，让他觉得有点可笑。老穆虽然平时话很少，那双老眼却很贼，科里甚至大队机关大院里发生的一些事都能被他看得很透，他只是拾掇在心里轻易不说出口罢了。如果哪个轻俏的后生以为这个年过半百、头发灰白、有点暮气的老民警啥也不知、啥也不懂，那他就大错特错了。看刘志清在发呆，穆安泽说：“把别人的功劳这样让给我，你这是何苦呢？”他把“让”字强调得很重。

刘志清诡秘地笑了一下，这个笑容很不自然，嘴角虽然向上翘着，脸上的肌肉看起来却很僵，好像是强迫自己摆出这副样子。刘志清说："这你就别管了，给你就说明你应该得到。我也是经过再三考虑才这样决定的。这几天就配合政工科赶紧准备自己的报功材料吧！"说着，把一份报功表格留给穆安泽，就离开了。

刘志清把这个包袱卸下又推给了穆安泽，一身轻松地走了，却把困惑和犹豫塞到穆安泽心里，让穆安泽的内心陷入深深的不安与自责之中。

穆安泽看着眼前那张《个人奖励审核表》，心里有说不出的滋味。说实话，这个三等功可是自己盼了十多年的东西呀，虽嘴里说不稀罕了，但真正摆在自己面前时，又着了魔似的充满了诱惑力。他一页一页翻开表格，心里五味杂陈，有说不出的滋味。这个刘志清也真是的，既然大队要给陈阳申报这个三等功，你给他不就得了，干吗非要推给我？我一个即将退下来的老头子与年轻人抢功，不觉得可笑吗？别人不说什么，自己不觉得害臊吗？要是让其他民警知道这个三等功是自己争来的，那时候让我这老脸往哪里搁呀？叫人家年轻人怎么看待我？

想到这里，穆安泽摇了摇头，自嘲地笑出声来。

七

眼看下午大队队委会就要开会研究近期的重大交通事故了，"12·18"肇事逃逸案卷还没通过老穆和刘科长的审核，让陈阳心里像火燎一样焦急。昨天，事故受害者家属还特意给他打电话，说下周一早上要来大队给他敲锣打鼓、鸣炮送锦旗，如果今天下午这个案子上不了队委会，那就要等到下周五了，这一拖就过了元旦了，加上元旦三天假期，再上会研究又得拖上十天半个月的，送锦旗的事往后拖拖倒没什么，最让他后怕的是案子这样一拖会夜长梦多。

陈阳也知道自己人生的关键时刻也到来了。他已经打听到一点消息，大队年底就要动一批中层干部了，自从三年前刘志清从副科长升上科长后，事故科副科长的位子一直空着。纵观事故科几名民警，老的老、小的小，就数他陈阳正值干事年头，论业务已经硬邦邦了；论学历，省警校大专学历也硬梆梆；论人缘，上到大队领导，下到事故科普通民警，哪个不夸他精明能干，心眼多，眼头亮。他猜想这次大队长把全大队唯一的一个三等功给了事故科也是有用意的，如果不想提拔他怎么会急着给他申请这个功呢？“12·18”案子从发案到破案不到一周时间，在现场无任何物证、沿途道路无任何电子监控设备，事故现场又处在荒郊野外的县乡道路上的情况下，经过自己和两位战友几天几夜的鏖战，能最终成功侦破，而且处理得事故双方和谐了结此事，民事赔偿一次性到位，在全大队近几年来所有办理的交通肇事逃逸案件中，都是少有的。按理说，如果“12·18”案子能早早平平安安、顺顺当当结案，这个个人三等功对他来说也受之无愧，日后的前途更是无量。

案子的侦破本来让陈阳感到很自豪，没想到在穆安泽那里却卡了壳。陈阳对穆安泽有意见归有意见，但冷静下来想一想，穆安泽的提醒也不是没有道理，他不得不考虑穆安泽提出的疑点了。是呀，那个报警大嫂的两次询问笔录上说的话有自相矛盾的地方，一开始说天黑没有看到肇事者的模样，第二次又说看清了肇事司机的长相特征。对了，她好像还提到了下车的男子还戴着眼镜。这一点他差点忘了，而前天他看到的那个投案的中年男子明显没有戴眼镜，从穿着一看就是十足的庄稼汉子。难道这个投案自首者忘了戴眼镜？还是仅仅在开车时戴眼镜？自己对投案者讯问时怎么就没有问到这一点？想到这里，陈阳不由得倒吸了一口冷气，浑身冒出了冷汗。

其实，自那天穆安泽告诉他案卷里看出了问题后，陈阳心里就悬起一把剑，第六感觉也告诉他，那晚上的酒宴很可能就是一场鸿门宴。他心里开始发虚，他开始意识到，自己处理的这起重大交通肇事逃逸事故很可能经不起考验了。他的脑子里升起一串串问号：难道这个投案自首者是只替罪羊？难道真正的肇事逃逸者仍躲在幕后？那个王书记本与自己素不相识，为什么偏偏这个时候请他喝酒？仅仅是因为他和刘志清是战友吗？仅仅是因为他要高升了？就算是他要高升了，按常理请客也只需请老战友刘志清，为什么还要把他请到现场？他替自己的堂兄说情也在情理之中，可为什么还要过问案子的进展情况，催着刘志清和自己快快结案？这一切看似清楚，实则在迷雾之中。陈阳知道，现在摆在他面前有两条路：一条是自欺欺人，顺着这条路子走到底，只要事故当事人不翻起浪，案子这样结了也能息事宁人；另一条路就要冒很大风险了，对已经了结的案子彻底否定，重新侦查，重新定案，最重要的是要抓住真正的肇事嫌疑者。其实，事情已经明摆在那里，如果不出大的意外，肇事逃逸嫌疑者做贼心虚，已经悄悄浮出水面。问题是他陈阳一个小小的办案民警敢不敢真查，敢不敢真抓，敢不敢碰硬？想来想去，陈阳最终决定再催催穆安泽快把案卷的字签了，好按照原计划顺利结案。

他推开穆安泽办公室的门，发现办公室空无一人，办公桌上堆满了案卷，想必穆安泽肯定没走远。他走到办公桌前，顺手翻看那一堆案卷，想找找“12·18”案卷，找来找去也没有找到，急得他额头上渗出了密密的一片汗珠子。

正在陈阳翻找“12·18”案卷时，门外响起一阵脚步声。进来的是穆安泽，后面跟着刘志清。陈阳看到穆安泽手中拿着“12·18”案卷，一边跟刘志清交谈，一边走进办公室。两人发现了陈阳后，对他点了点头，示意他坐下，说：

“你来了正好，我们坐在一起说说这个案子吧。”刘志清一屁股坐到旁边的单人沙发上，从口袋掏出一盒好猫香烟，给陈阳和穆安泽各散了一支，自己点燃香烟就美美地吸了一口。穆安泽双手挡过。

陈阳接过香烟并没有点燃，只是把它放在桌子上，看了穆安泽和刘志清一眼，问：“刘科长，这个案子下午能上会吗？”

穆安泽把案卷摊开在陈阳眼前，指着询问笔录问：“你自己先看看吧，看这个问题该怎么解决？你要多动动脑子，千万不要让假象迷住了双眼。”

陈阳看了一眼摊开的案卷，发现第二张的询问笔录上一句话下面划了一道横线，旁边还打了个问号，他就知道问题会出在那里。陈阳低下头，没有吭声，合起案卷，拔腿要走，看到案卷下面还放着一份《个人奖励审批表》。他不解地望了望刘志清和穆安泽，两人微笑着对他点了点头。陈阳垂下头，躲过两人的目光，撇下那份《个人奖励审批表》，只拿起案卷默默地走了出去。

生活平静如水

一

许志安在村头下了公交车，迎着橘红色的晚霞朝家走去，只是脚步比往常迈得慢了点。

村头公交站点到家并不近，要穿过两条巷子，拐三个弯。平常从县城回来下了公交车回家他都是快步如飞，类似于健步走的样子，这样才有利于减掉他肚子上的赘肉。这几年农村的巷道拓宽硬化之后，不知不觉中汽车和电动车就多了起来，由于走得急，他好几次都险些与小轿车和电摩相撞，经历了这几次惊险之后，他就自觉放慢了脚步，尽量走在巷道的边沿。

许志安像蜗牛一样在巷道边沿挪动着脚步，脑子里在盘算着回家后怎样给老婆儿子交代今天这笔买卖。在一番抓耳挠腮与苦思冥想之后，他赶在到家之前终于想出了主意。

冬季的天黑得早。回到家时，天色已全黑。推开小屋的门，老婆已经给他做了一桌子好菜，有他最爱吃的宫保鸡丁、麻婆豆腐，还有下酒用的陈醋花生、凉拌三丝，一瓶十五年西凤酒已放在桌子上。儿子看他回来了，就打开了酒瓶子，取出三个大酒杯放在三人座位前，就等她妈从厨房把煮好的酸辣鱼端出来，一家人就可以举杯祝贺他马到成功。

许志安心里有点紧张，他没来得及洗脸洗手就走到饭桌前，望着一桌子好吃的，才感到肚子饿了。这时老婆已经将酸辣鱼端上桌子，就等他开口发话。许志安极力掩饰着心里的失落与不安，爽朗一笑。呵，这么多好吃的，咋还不动筷子啊！老婆脸上也绽放了花朵，看样子今天的买卖该不错了。来，亮子，端起酒杯，咱跟你爸干杯！许志安顿觉一家人欢聚一堂的幸福与温暖，举起满满一杯酒，头一昂，一杯酒就下肚了。好，为咱家的苹果卖出好价钱干杯！

儿子兴奋地给父亲的酒杯续满酒，给出一个惊吓的表情。哇！老爸这一回成功了，咱就多喝几杯！

此时此刻，家里洋溢着一派喜庆祥和的气氛。

一家人在一起吃饭喝酒的时光就是好，只可惜太短了，还没享受够，就匆匆而过。一桌美餐终于被三人席卷而空，那瓶西凤酒也喝下去三分之二，这当然是父子俩的功劳。清扫完桌上残局，老婆把许志安叫进他们的卧室，开始审问起来。

掌柜的，咱家苹果到底卖了多少钱？

嗯……和你想的差不多。许志安含含糊糊说。

差不多到底是差多少？老婆显然不满意他的含糊其辞。

不到五万。就四万六七吧，我没有细算。钱已经打到咱的银行卡上，你放心吧。

啥？一大车苹果给人了，才卖了这点点钱？你不会是让人骗了？老婆眉头紧皱，脸上立马晴转阴。

不会的，你可以打听打听，今年的苹果行情就那样，咱能卖这么多钱已经不容易了？你就知足吧！许志安确实一脸的高兴，声音也扬得老高。怕老婆再刨根问底唠叨个没完，他就走到客厅打开电视看起电视剧。女人嘛，头发长见识短，受不得惊吓，要是有一点意外就会唠唠叨叨问个没完。老婆知道许志安厌烦自己问这问那，也就懒得再问，不过心里还是在想，卖得少一点就少一点，总比卖不出去烂在树上强多了。

其实，许志安根本就没有心思看电视，只是装装样子而已。他坐在沙发上双眼盯着电视屏幕，耳旁响着剧情里的音乐，脑子里想着今天菜市场上的事情。一大早，县城菜市场瓜果代办站的杜老板就带着南方客商来到他家果库，在客商的一番挑挑拣拣和跟杜老板的一番讨价还价之后，把昨天从自家果园里摘下并装好箱子的苹果装了一车。装完车后杜老板把他叫到一边偷偷说，客商对刚才的价格不满意，说今年南方的苹果市场不太景气，希望在价格上再能让一点点。许志安有点不高兴了，不是都谈好价钱了吗？咋这么快就变卦？不诚心买我的苹果就算了。杜老板听后又去做客商的工作，那南方客商就是坚决不让步。杜老板与南方客商商量了一番，又给他讲南方的市场行情，什么市场价降了，运费涨了，一个萝卜两头切，这样算下来还就只剩下三万多一点。没法子，费了大半天、动了十人五马好不容易装好的车总不能再卸了。许志安最终还是做了让步，以客商最后给的每公斤少一块钱的价钱成交了。许志安昨天和老婆也算过，按当前市场价这一车苹果至少能卖五万。现在这样子，这一车十吨多的苹果就比他和老婆计算的钱少了一万多块，虽然心疼，却没法子，一言既出，驷马难追。

事后，许志安越想越觉得这是一个圈套，心里骂杜老板这些二道贩子心太贪，硬是从中间空手套白狼套取他一半的钱，弄得落到他手里的剩不下几个钱了。一大果园子的苹果就卖了这几个钱，要是给老婆实说了，那还不翻了天？可是，他在菜市场听了南方的市场行情，真的就那个价啊，他也是没法子，不答应那个价钱也不行。可是，让他不能接受的是，就是以这么低的价钱卖了七亩地的苹果，当时还拿不到全部的现钱，到手的只是两万块现金和一张签了杜老板名字、盖了代办点章子的欠条。杜老板当场拍着胸脯说，不就剩下一万两千块钱了嘛？客商一到家就把钱打过来，放心吧，老乡，我有店铺在，不是走户跑户，怕啥？就这样，许志安老老实实揣着那张欠条回了家。

事到如今，对代办商杜老板信也得信，不信也得信。虽说市场有风险，人心不可测，可是他还是强迫自己用一家人一年的庄稼收成作抵押，进行一次战战兢兢的豪赌。

二

按照白条子上说的，那剩余的一万二千块钱三天之内就能给他。许志安就耐心等待着，他什么事情都不想做，第二天就从早上太阳升起等到晚上夕阳西下，这让平时在地里忙活惯了的他还很不习惯，自己这样魂不守舍的样子万一让老婆发觉了，岂不露馅？好在儿子今天一大早就到县城工业园区的电子厂上班去了，不会看穿他的心情。许志安心里还是不安，觉得自己还是找点事做做，好让家庭恢复平常的安稳状态，家和万事兴嘛。要是老婆发现自己在骗她，那不是捅破了天？整个家肯定会弄得地动山摇。

晚上，老婆在许志安身边翻来覆去睡不着觉，还不时发出吁吁的叹气声，让许志安心里也越发不安起来。难道老婆看出了什么破绽？不会的，老婆半文盲一个，从不过问他银行卡里的钱，不会知道代办商打白条的事。难道她知道了真正卖了多少钱？也不会吧，这个钱数只有他和代办商知道，村里人应该不会有人打听这事的。那就是老婆从自己这一天惴惴不安的神态里看出了什么？这倒有可能。许志安毕竟心虚，他不敢直接问，只好拐着弯问老婆：

哎，老婆子，你翻来翻去睡不着是咋了？哪里不舒服？不舒服了就赶紧去医院看看，可别自个儿折腾自个儿。

我没啥毛病，你净瞎操心。老婆冷冷地说。

没毛病那你翻来翻去是咋了？平日里可没见你这样子？

掌柜的，你没看出亮子这回回来有点不正常吗？老婆突然提起儿子许亮来。许志安悬在半空的心一下子落了地。

亮子咋了？没看出有啥反常啊？许志安仔细回忆刚才亮子开酒瓶、斟酒、举杯的动作，觉得和平常没有啥两样。就连那孩子般的高兴劲，也和小时候那种调皮样子一样。

老婆说，你们大男人的心都像大绳一样粗。你没看到亮子吃饭时的眼神，可不像往常那样随意自然，只顾他一个人又吃又喝的，也不拿正眼看我们，总让人觉得心里有鬼似的。

许志安觉得老婆这纯属没事找事，反正他看到儿子一举一动都很正常，从没有往心上去。儿子许亮大了，大学毕业了，也有自己的主见了，有啥事也不会主动跟父母说，就连毕业后与电子厂签合同的事也没跟他们商量。如今的大学生大部分都是毕业后不好找工作，儿子能找到一份工作就不错了。再说了，家里有苹果园，一年也能收入个五六万元，也不用再供他上大学了，这样的日子在农村还算悠闲的。

老婆转过身子去，给了他一个冰凉凉的脊背。从她的呼吸和小动静里可以知道，她没有睡着，脑子里还在盘算着儿子的事情。女人嘛，整天都有操不完的心，浑身好像都戴着铜铃，稍一碰就响个没完。

许志安也转过身，与老婆背靠背。黑暗中，他也在筹划着明天自己该干点啥，反正这样惴惴不安待在家里总不是事。最终，他决定明天还是偷偷去一趟县城里，暗中打听一下杜老板葫芦里到底卖的什么药。

第二天一大早，许志安给老婆说今天去果园里看看，就在浓浓的大雾中出了家门，在村头乘上公交车朝县城慢悠悠而去。车子进到城里时大雾已经消退，暖暖的太阳也升起在半空中。他在菜市场门口下了车，喝了一碗稀饭，夹了两个肉夹馍，一边吃一边在瓜果批发区转悠，这问问，那问问，行情和昨天的一样不见起色。转累了，腿脚也走疼了，他打算去儿子厂子里转转，一来看看儿子在厂子里都干啥事，二来顺便问问儿子最近有没有啥事，也能了却老婆的心事。

电子厂离菜市场不是很远，沿着工业大道走过去也就是十来分钟时间。反正许志安的时间充足，他也就不用打出租。到了电子厂门口，正赶上厂子里吃午饭。亮子说过，电子厂和城里人一样一天吃三顿饭。他一看手表，现在已经十二点了。他看电子厂的大门打开，里面许多年轻人都拿着碗筷朝北边一栋大楼走去。他刚进去就被一个穿灰色制服、戴灰色大盖帽的保安拦住，问他找谁。他说出了儿子的名字，保安一听就放他进去了。他不好意思去人家职工食堂，就在一旁等着看能不能碰到儿子。这时，正好等到了村里的黄伟。黄伟告诉他这几天没有看到亮子，有可能出去跑推销业务了。

没见着儿子，许志安只好打道回府。坐在回村子的公交车上，他叹息了一声，今天等于白来了一趟。让他有点意外的是，今天看到的电子厂并不像他想象的那样大，员工也没有他想象的那么多，说是工业园区引进的一个大企业，可那景象一点也不像正规厂子那样繁忙。可能自己思想跟不上形势吧，如今的厂子都是电脑办公，根本用不了那么多人。亮子学的是电子技术专业，正好专业对口，在这个厂子里也该算个业务骨干，说不定再干几年就能升个一官半职。

这样想着，许志安心里就一阵暗喜。一抬头，车子竟然停到村头了，咋就这么快！

三

一回到家，许志安就感到肚子饿了，才想起自己半天没吃东西了。他一进门就朝老婆喊，老婆子，快做饭啊，我都饿昏了。喊了半天也不见老婆应声，他就到厨房里去找，也没见人。见鬼了，这死老婆子去哪里了？

正当他四处寻找时，老婆从外面急匆匆回了家。她是低着头走的，差点与许志安碰个面对面。许志安有点生气了。你跑到哪里去了，四处找你找不见。我从地里回来都快饿死了，还不快点做饭！老婆没有顶嘴，避过他悄悄去了厨房。一边走还一边捂着胸部，许志安发觉老婆有点不对劲，心里一惊，问，老婆子，你咋了？哪里不舒服？老婆没有吭声，自顾自进了厨房，不一会儿厨房里就传来切菜和煤气灶烧水声。

老婆是从邻村嫁过来的，小许志安三岁半，当年两人还是通过媒人介绍成婚的。她没念过几年书，平时脾气还算温顺，可就是遇到看不过眼的事了，犟脾气就会上来，稍不顺心就与他吵。比如钱的事，是老婆最敏感最关心的事情，以前家里穷的时候，她一分钱恨不得掰成两半花，最看不惯许志安大手大脚花钱买档次高一点的烟，一看到就跟他急了。你那烟少抽点，少花点钱，省着给家里买菜。这一回卖苹果的钱，他只能先用谎话哄着她，等白条子变现了再从银行卡上取出一万多亲自交到老婆手里，这事就算鱼安水安地过去了。本来他心里还发慌着，怕老婆今天突然会催着向他要钱，没想到老婆问也不问他一声，就钻进厨房乖乖给他做饭去了，这让许志安感到有点意外。

一支烟工夫，饭就做好了。老婆把满满一大碗葱花面放在许志安眼前的桌子上，然后折回厨房取来酱油、醋、盐、味精和油泼辣子，又折回去端来一大碗面汤，一句话没说，就坐在电视机前看起电视来。许志安心里有点不安，吃饭应该是两个人一块吃，这样一个吃一个坐在一旁看别的，哪有家的味道啊？于是，他就喊了一声，老婆子，今天你是咋了，闷闷不乐的，好像谁欠了你几万块钱似的。

老婆把电视机声音放小了，说，没啥，就是今个一大早，我就看到一只乌鸦在咱门前的树上叫唤，叫得我心里发慌，不知道咱家又要出啥事了，我就担心亮子——

你呀，疑神疑鬼的，净是自己折腾自己。亮子能有啥事啊，实话给你说吧，我今天还真去亮子的厂子，听咱村的黄伟说，亮子外出搞推销了，比在车间里强多了，你想啊，搞推销既能外出见大世面，又能捏点外快，这里面的油水大着呢！

真的？老婆喜出望外，脸上露出了花一样笑容，放下遥控器，就朝厨房奔去。

许志安问，你这急急忙忙的又干啥去？

吃面去，我也饿了。老婆像孩子一样应承着，看得出她的心病被许志安一句话就解除了。

许志安这下可以安心考虑那张白条子的事情了。他知道，老婆对钱就像她的命一样看重，平时一毛两毛的都和卖菜的争个没完，要是让她知道了家里卖苹果的钱少了一万多，还是个赊账，这张白头条子万一到明天再兑现不了，老婆还不气疯了？所以，无论如何，自己都要赶明天要回那一万两千块钱。这样自己心里才踏实。这样想着，他又开始盘算起明天去县城要账的事情。

晚上，老婆在床上表现得很热乎，好些日子没有在一个被窝睡了，今晚竟然主动钻到他被窝里抱着他问，你说，你今个儿去亮子厂子里了，那厂子大吗？办公楼房高吗？有几层？黄伟说没说亮子去哪里搞推销了？是北京，还是上海？最不行也会是西安吧？

老婆的热情让许志安有点不自然。这女人，就像地瓜一样，三句话就把她烤得热乎乎、软乎乎的。看来她的心里只有那宝贝儿子，也难怪，如今的独生子女哪个不是爹妈的心肝宝贝，况且儿子也到了谈对象结婚的年龄了，工作体面了，媳妇自然就好找。可是，老婆的一连串问话如同炸弹一样扔了过来，炸得他心烦意乱。他该咋说呢？能说厂子不大，楼不高，人也不多吗？那样不就又让她心里不安起来？

许志安想了想还是决定一哄到底。呵呵，你想啊，咱亮子所在的是县里引进外地的电子厂，能不大吗？占地好几百亩呢！再说那厂房，没有一百米至少也有八十米长，三栋，白晃晃的瓷片从房顶贴到底。还有那办公楼，至少十几层吧，里面有电梯，可气派啦。还有那看门的保安，穿的都是清一色的制服，头戴大盖帽，一般人是进不去的。你想，咱亮子在这样的厂子里干事，还干的是让人眼红的推销员，能不美吗？

许志安一番想象加夸张，把老婆说得心里像喝了蜜一样，把他的光身子搂得更紧了。

四

天刚麻麻亮，许志安就早早起床了。在这之前，他已经睁着双眼在被窝里苦思冥想了一个多钟头，在寻思着今天咋样才能顺利用白条子换回那一万两千块现钱。他甚至也想碰碰运气，看一出门是听到喜鹊叫，还是乌鸦叫。

让老婆煎了两个荷包鸡蛋，夹了两个油泼辣子热馒头后，他就去了村头的公交车站。

临出门，老婆问，你起得这么早，干啥去？

听黄伟说，亮子今天就出差回来，我想去看看他干得到底咋样？他回答。

老婆兴冲冲说，快去吧，早去早回。

出了家门许志安总算长长出了口气，给老婆接二连三撒谎，差点把他憋坏了，再不出来怕一不小心会露馅了。

一路上，许志安在车上都在想两件事：一个是今天杜老板能不能兑现白条子，这可是眼下最最要紧的事了。要是再不能把钱拿到手，恐怕就不好给老婆交代了，而且最怕杜老板今推明、明推后，推个没完，指不准哪天才能拿到钱。另一件事是他才想起的，就是儿子到底是不是出差了，看黄伟昨天说话结结巴巴的样子总让人不太放心，说不准是在用假话哄他开心。亮子学的可是电子专业，怎么能丢掉专业去跑推销呢？亮子可不善言谈，咋会搞推销呢？再就是前几天亮子回家确实有点闷闷不乐，喝酒那阵子有可能是在装样子。想到这里，他的心一下子沉到了井底。

菜市场今天有点冷静，没有往常的车水马龙景象。许志安径直来到农产品交易诚信代办处，门刚开了一半，一个姑娘坐在桌子前在扫地抹桌子。许志安怯怯问，姑娘，杜老板在吗？姑娘头也没抬说，不在，去外地还没回来。

许志安心里一怔，又问，那他今天能回来吗？姑娘冷冷回答，不知道，你给他打电话问问吧，外面招牌上有他的电话。许志安照着上面的手机号码拨出去，里面传来一个女人的声音：你拨打的电话已关机。

许志安心里凉了半截，感到天快要塌下来了。

看来今天头一件事就出师不利，也许儿子的事情能给自己带来点好运吧！

早上的气温已经降到了零下三度，老天还呼呼地刮着西北风，像刀子似的一片一片割在他脸上、手上。许志安迎着凛冽寒风朝电子厂走去。这一回看大门的保安认出了他，问他干啥，他说看儿子许亮回没回来。保安一思索，才说，你家许亮已经一个多星期不在厂子里干了，你这当爸的还不知道？

许志安脑袋嗡地一响，仿佛听到一声晴天霹雳。亮子早就不在这里了？看来老婆的预感还是有点对头。他又想起黄伟说起的话，问保安，昨天还听我们村黄伟说我儿子不是给厂里搞推销去了？咋会没上班呢？

保安摇摇头，厂子里只生产电子元件，都是大厂子来拉货，哪里还要推销？给谁推销啊？你们村那小子十有八九是骗你的。厂子里现在只剩下四十来个人，哪个人的情况我不清楚？

许志安几乎绝望了，他神情恍惚走出了电子厂，掏出手机再次给亮子打电话。亮子的电话好些天都在关机，不知这小子咋搞的。他还没拨完十一个数字，亮子那边突然来电话了。爸，我是亮子。

亮子，你在哪里呀？这两天是咋搞的，手机老是关机。我刚从你们厂子出来，听说你不在厂子里干了，这不正要给你打电话，你正好来电话了。许志安喜出望外，激动地说话声调都变了。

亮子说，爸，我现在在深圳一家大电子厂上班，工资很高，一切都好，你就不要替我操心。对了，家里苹果卖了多少钱？钱给我妈没有？

许志安心里一沉，这小子，哪壶不开提哪壶。可他还是毫不思索地说，你妈没给你说呀？卖了四万七千多块，钱在我这里。你放心，你妈知道的。

那好吧，我挂了，爸。手机里响起嘟嘟嘟的忙音。

许志安回到家一直垂着头，不敢看老婆一眼，生怕她问起卖苹果的钱。让他感到意外的是老婆不拿正眼看他一下，低着头，捂着胸口，见他回来了就到厨房里做饭去了。

生活平静如水，一切还是原来的样子。

吃饭的时候，许志安忍不住问了她一句，你今个儿又是咋了？咋脸色不对劲啊？

老婆说，没事。就是亮子刚才打电话过来，说他不在电子厂上班了。

许志安心里一放松，哈哈一笑，说，这事我知道，亮子给我说了。他这不是很好嘛，应该高兴才是，你咋愁眉苦脸的？

老婆说，亮子打电话问我要钱了。说他们在南方厂子要入股，干大事，挣大钱。

哦，有这事？他咋不问我要钱？提到钱，许志安心里又是一沉，怪不得亮子在电话里问他苹果卖了多少钱？原来是给他妈来突然袭击。他顿了顿，问，要多少钱？

大数目，四万。老婆盯了他一眼，你看这钱给还是不给？咱们家苹果不是正好卖了四万多吗？要不给咱留下零头，把整数给娃打过去，亮子出门在外不容易。

许志安没有说行，也没有说不行，陷入了沉思。

五

这几天，许志安和老婆轮番给儿子打电话，都没有打通，儿子的手机始终处于关机状态。老婆埋怨了他一句，我叫你打钱，你就是舍不得，看亮子不理咱了不是？许志安觉得有点窝火，白条子没有兑现，手头哪有那么多钱，拿什么给亮子打钱？再说了，这小子也是惯出毛病来了，不给打钱就关机，还给你爸妈怄气？你不看庄稼人挣那四万块钱容易吗？真是，都二十好几的人了，也不知道体谅体谅家里。但是，窝火归窝火，这些话却是万万不能给老婆说的，一切都只能藏在自己心里。

老婆子，不是我舍不得这钱，是咱还没搞清楚亮子入股到底是咋回事，我就感到奇怪了，不是说一个月能挣五六千吗，咋还向家里要钱？是这样，咱先缓一缓，等下次电话打通了再问清楚，要是亮子真的不入股不行，咱再打钱也不迟，你说是吧？

说的也是，四万块钱可不是个小数目，那可是咱一年的血汗钱。老婆点了点头。

半个月过去了，许志安一连给菜市场的杜老板打了好几个电话，对方都说老板还没回来。眼看离春节不到一个月了，进入腊月后年味就慢慢浓了，乡下人也就忙着打扫房子，准备年货。有的还要给家里置办一点新家具，给家里人买几件新衣服，这些都需要钱。所以，许志安心里越来越急了。他不再打电话了，知道电话里说事不稳妥，人家杜老板就是回来了，也跟你说没回来，反正你不在跟前也不知道，所以还不如多跑跑腿，眼见为实。第二天，他一大早就来到县城菜市场，顾不得在小摊子上吃早饭，直接来到代办商的店门口。

可是，他来早了，店门关着。许志安就坐在店门前的一块石墩子上等。石墩子像冰一样冷，隔着棉裤透着冷气。许志安摸了摸冰凉的屁股，站起身来。店门还关着，眼看快九点半了，其他门店早就开门了。他敲了敲铝合金卷闸门，里面没动静。旁边一位卖蔬菜的中年妇女看他在敲门，说，别敲了，老板好些天都不在了。

许志安忙问，你知道他去哪里了？

这就不清楚了。听说去了南方卖苹果去了，可能是今年市场行情不好，看样子还没出手。卖菜妇女一边吆喝着卖菜，一边跟他搭讪。

前几天来时，店里还有个小姑娘。那该不会是他女儿吧？

哪里是啊，是他临时雇用看店的，听说还是一个大学生。不知道是搞社会调查还是实习，前两天那女孩就关门走了。

你知道这几天还有没有人来找店老板？

好几个哩，算上你就有五个了，你们都是要账的吧？看样子你们的钱不好要啊，谁知道那老板会不会出啥事？

许志安说，我给他打电话老是关机。店里电话前些天还有人接，最近就没人接了，这不才从家里赶来了。许志安越说，心里越没底了。但是，他心里的那一丝希望还没破灭。他想有白条子在，白纸黑字，有名有姓，还有店在，老板不会成跑户。

卖菜妇女开始忙着卖菜了，顾不上搭理他了。许志安一看今天要钱的事没希望了，只好悻悻离开了菜市场。

这几天，许志安发觉老婆有点情绪低落，往常他回家总能看到她做家务像一阵风一样轻快，在厨房炒菜做饭嘴里也哼哼几句秦腔或者流行歌曲，把饭菜端上桌后也不忘打开电视机，让电视里面唱歌或者唱戏，伴着他们吃饭，那样的日子过得有滋有味，乐乐呵呵。自从这苹果卖了之后日子就全变了，老婆的笑声和唱秦腔的声就少了，时不时还能看到她一手捂着胸部，一手在后面捶背，问她咋了也不说。要不是这些天急着要钱，他早就陪着她去医院看看到底咋了。

今天，当老婆再一次捂着胸口愁眉苦脸时，他忍不住说，你是不是胸闷？咱去医院看看吧，别把病耽搁了。

老婆摇摇头，小声说，没事，老毛病。亮子这些天有消息吗？他不会出啥事吧？我总觉得这几天眼皮老跳，晚上睡觉也做噩梦。

看来老婆是为儿子担心成心病了。要不是老婆提醒，他早就忘了亮子要钱的事。是呀，亮子就打来那一回电话，张口就给他妈要钱，不给钱就关机，这些天这小子该消消气了吧？他觉得儿子的事情也是大事，不管咋样先联系上他再说，只要事情说清楚了，就是手头现在没有钱，他都会想办法借钱给他打过去的。毕竟在家千般好，出门一时难啊！他拨了儿子的手机号码，依然关机。他是在老婆跟前拨的电话，电话里那个女人的声音老婆显然能听清楚：对不起，你拨打的电话已关机！

许志安说，可能是亮子手机没电了，要不是手机换号了，没顾得上给咱说。你放心好了，亮子都二十好几了，不会出啥事的，说不定人家南方电子厂管理严，上班时间不允许开手机。

老婆点点头说，你说的也是，只要亮子没事就好。我这就给你做饭去，对了，今天想吃啥饭？葱花面，还是萝卜馅饺子？

六

老婆的心事解开之后，许志安心里也稍微轻松了一下。他吃完老婆做的葱花臊子面，点燃一支好猫香烟吸了两口，在烟雾缭绕中他仿佛看到了儿子愁眉不展的脸庞。这孩子也真是的，好好的电子厂不待，却偏偏要去南方，离家远不说，进人家厂子还要自己掏钱入股，虽说挣的钱比这里多，可出门在外，吃喝拉撒哪样不要钱。听说那边租房很贵，职工宿舍又怕他住不惯，平时还没感到儿子需要照顾，这会儿他这个当父亲的才突然有了十几年前那种怜惜的感觉。

昨天他还问了村子里从南方打工回来的老马家老二，他和亮子年龄不差上下，他说那边进厂子打工没听说过要入股，工资当月开，一般不会拖着。除了上班时间，其他时间可以接打电话的，也不会像你家亮子那样一连十多天不开机。最后，还是见过世面的老马家老二提醒了他一句，让他心里一惊。

老马家老二说，有可能你家亮子陷入传销里面，手机被没收，不能随便出去，只会打电话给家里和朋友要钱。

许志安问，那我家亮子咋样才能出来？

老马家老二说，没别的办法，给了钱就会放人，或者他自己叫来一个下线，就可以把他换出来。

许志安这下就不得不考虑儿子的事情了。他觉得老马家老二说的这事很有可能，不然亮子不会这么长时间不再给家里打电话。亮子的脾气性格他是清楚的，不会因为父母没有给他打钱而和他们怄气的。他也是念过大学的，老大不小了，应该知道四万块钱对农村人来说不是小数目，咋能说给就给。看来亮子是真的被传销团伙控制了，他在电视上也看到那些聚集在一个小房间整天喊口号被洗脑的年轻人，听说有的孩子为了逃脱竟然从二楼窗户上跳下，有的把双腿摔断了，有的孩子上厕所吃饭都被人看着，亮子说不定这些天就是这样过着。想到这里，许志安心里就像被火烤一样，在房间里坐立不宁，怕老婆发觉他不安的样子。他干脆出了门，一个人在巷道里走走。实在没法子，他想到了去派出所报案。

从派出所出来，许志安的心情稍稍好了一些，刚才在值班室接待他的那个副所长已经把他儿子的具体情况记录在案，临走时还安慰了他几句。老乡，不要太着急，我们会想办法与那边公安机关取得联系，调查清楚你儿子的具体情况。如果真是陷入了传销组织，公安机关也会依法取缔这些组织，把你儿子解救出来。您放心好了，一有消息，我们立马就电话通知你。许志安留下自己的手机号码，便离开了派出所。

儿子有可能陷入传销组织的事情，包括他去派出所报案的情况，许志安回到家都没敢告诉老婆。女人的心小得就像针尖，儿子稍有不祥征兆，她就会感觉天会塌下来似的。老婆从许志安的神情没看出什么异常，就恢复了以前嘴里哼着秦腔，走路一阵风，吃饭也要打开电视机听唱歌或唱戏的习惯。

就在老婆心情舒畅、又唱又笑的时候，许志安的手机铃声突然响起来。他打开手机一看，是个陌生电话号码。他走出屋子，来到后院接听手机。

喂，是老许吗？我是杜老板，我在南宁。不好意思，老许，我是亲眼看着客商在这边处理苹果，今年这边的苹果确实不好卖，价钱一个劲往下跌。半个月前，客商在电话里说苹果卖不了，钱也打不过来。我就不相信，担心事情坏了，第二天就坐火车赶到了这里，看情况到底咋样。不瞒你说，都待了快一个月了，一车苹果还没卖完，本来想早点卖了给你们还钱，可眼下卖的钱连运费成本都不够。我知道你很着急，听说你到菜市场找我好多次了，真不好意思啊。不过，您放心，只要客商把剩下的苹果处理完我就回来，一定想办法把你的钱凑够数给你，你再等几天，最迟春节前我就回来。好吧？

当听出电话里是代办商那一刻，许志安真想在电话里狠狠骂他几句，骂他说话不算数，让他揣着白条子三番五次进城找他，老是见不着他。他不是没有想到自己会被他骗了，可他还是强迫自己再相信他一回，心里一直保留着最后一丝希望。现在看来这丝希望已经像早上的太阳照射进他黑暗的心底，让他再一次看到了黎明前的曙光。

他有点激动，说，杜老板，你总算有了回音。你知道不，这些天没你的音信，我担心得要死。可是，不管咋样我还是相信你的，相信那白纸黑字的条子不至于成了一张废纸吧！我知道你们跑生意的不容易，你为了我的事大老远跑到南宁，也辛苦你了。现在啥也不说了，你忙着帮他们卖苹果吧，我就再等几天。你回来了就给我打个电话，我就进城见你，好吧？

许志安怕对方听不清楚，在电话里声音就提高了一点，他原以为自己躲在后院的柴房里通电话会很隐蔽，老婆在厨房正在洗锅洗碗筷，这时候是不会来后院的。可是，事情却出乎他的意料，就在他与代办商在电话里说得正热火时，老婆却突然轻轻打开后院小门，到后院上茅房去。老婆听到他与人在电话里说着卖苹果的事，就不由得停止脚步，在柴房门口倾听着。他说完最后一句话，一抬头，才看到老婆走出后院的背影。他心里一阵乱跳，慌忙关了手机，装着从茅房回来的样子跟着老婆回到小屋。

然而，老婆却表现得异常平静。她已经把厨房收拾完了，在小屋里忙着扫地、拖地、抹桌子。看到他进来了，也没问什么，忙完手里的活就坐在沙发上拿起遥控器，静静地看起戏曲频道的戏剧节目来。

许志安长长出了一口气，坐在一旁掏出半盒好猫香烟，抽出一支点燃，悠闲地吸了一口。

生活又像往常一样平静如水。

七

时间如河水静静流过，转眼间就到了农历小年腊月二十三。

这天，许志安戴上草帽，穿上在苹果地里打药疏枝穿的蓝大褂，给一根竹竿上绑好扫帚，全副武装走进灶房，准备打扫厨房。这时，老婆突然兴奋地跑进厨房对他喊，掌柜的，亮子来电话了，亮子来电话了！

许志安又惊又喜，真的？他说啥了？

老婆很激动，亮子说，他用自己挣的工资入了一万块的股，就没有从家里要钱。他还说，过几天他就回来过年了。这下，我这心就彻底放下了！

许志安心里也轻松了一下，可是他心里还是有点不踏实，亮子真的是在电子厂挣高工资，而不是在搞传销？他不是在用谎话安慰他妈？如果儿子真的可以平平安安回来，那更是好事啊！眼看着有一件心事就要了结了，他也哼着孩子们唱的哼哼哈哈双节棍，攀上梯子在厨房的黑墙壁上刷起了扫帚。

扫完厨房和小屋已经日头偏西。许志安虽然累得够呛，但心里还是很舒坦。老婆把厨房收拾好后就开始擀起菠菜面，这也是犒劳他这半天的辛勤劳动。许志安喝了口老婆泡的热茶，点上一支香烟，拿出手机，拨通了儿子的电话号码。忙音响了半天，终于传来儿子的声音，爸，你还好吧？今天是小年，该打扫家里了吧？

许志安一阵心热，亮子，你给你妈说的都是真的吗？这些天咋就打不通你的电话呀？都快急死我们了。

爸，你放心吧，我说的都是实话。前一段时间我出差了，换了当地手机号码，就没用那个手机号。昨天回来后，才想起你和我妈会给我打电话，我又把原来的手机号用上，跟我妈通了话。爸，我最迟腊月三十就到家了，这些天还要忙一阵子。你和我妈都注意身体啊！

你看你，手机号码换了也不告诉我们一声，害得我和你妈整天提心吊胆，为你操心。好了，不说了，我和你妈等着你回来。

和儿子通完电话，许志安又想起一件事。他顾不上等到吃菠菜面，就骑上电动摩托车朝镇上派出所驶去。

很巧，还是上次那个副所长值班。他刚跨进派出所值班室，副所长就站起身，朝他哈哈一笑，说，正说曹操呢曹操就到。你不来，我还要找你去，来了正好，先请坐！说着，就从旁边拉了一把椅子递过来。

许志安没有坐，心里在纳闷，派出所这么快就知道儿子没搞传销？他这样一想，就笑了笑说，所长，我儿子的事你们已经搞清楚了？

副所长依然笑着说，是呀，要不咋能去找你呀？不过呀，我可提前告诉你，你儿子的事可是喜忧参半啊！

咋了？是不是我儿子把工资全入股了，没钱回来了？放心，万一是这样的话，我们给儿子打钱，反正坐火车也花不了几个钱的。许志安也陪着副所长呵呵一笑，显得心情很轻松。

副所长收住微笑，沉静下来说，老乡，你误会了。我们得到的确切情况是，你儿子刚刚被深圳公安从传销窝点解救出来，这应该是好消息。可是，我们要提醒你的是，你儿子曾几次试图逃离传销窝点，都被抓了回去，有一次还从二楼窗户上跳下楼，一只腿摔断了，这算是万幸中的不幸。你可要做好思想准备啊！

许志安突然受到惊吓，张着嘴半天合不拢。他眼前仿佛浮现出亮子被人抓回去一阵毒打的情景，然后是亮子跳下楼腿摔断后，抱着双腿痛苦惨叫的情景。他额头上渗出了一层密密的汗珠子，好像自己经历了一次过山车的情景。他从惊吓中清醒过来后，问了一句，所长，我儿子现在咋样了？

所长说，当地公安已经把你儿子送到医院做了治疗，听说右腿大腿粉碎性骨折，前两天已经做过手术，不过年轻人体质好，恢复起来也快，现在拄着双拐已经能下地活动了。要是你们不放心，最好去那里照顾照顾。

走出副所长办公室，许志安双腿就像灌满了铅一样沉重。出了派出所，他骑上电摩慢悠悠朝家里驶去，心里头却盘算着该怎样给老婆说实话，才能不让老婆受到惊吓。快到村头时，他碰到了村卫生所的赵大夫。赵大夫是村子里多年行医的老医生，许志安和老婆已经找他看了二十多年的病，自然跟他熟悉得就像一家人一样。赵大夫看样子是要回家吃午饭了，他锁好卫生所的大门，推着那辆漆皮脱落的自行车刚要骑上，一抬头就看到了许志安。

许老弟，你这愁眉苦脸的是咋了？

许志安觉得赵大夫的眼力就是毒，一眼就能看出他心里有事。可是亮子出的这种事能给人说吗？许志安赶忙摇摇头，掩饰着说，没有没有，今天扫屋子忙了半天累了，五十多岁的人了，一累就显得无精打采。

赵大夫笑了笑说，别瞒我了，你家的事我都知道。

你都知道？知道啥？这赵大夫真是越来越神了，许志安忍不住想问个清楚。

实话给你说吧，这一个多月里你老婆来我这里看过好多回病，她心脏本来就不好，听她说你把家里果园里的苹果卖了三万多块钱不说，还没拿到现钱，恐怕是让人骗了，她好些天都吃不好饭睡不好觉，还不想让你看出来。是吧？

许志安又一次惊讶了，他不得不点点头。

还有，你儿子给你老婆打电话从家里要钱，你老婆就觉得不对劲。她背着你把村子里外出打工的年轻人都打听遍了，知道儿子十有八九陷进传销里了。她的心脏病就更加加重了，隔几天就要来我这里买药，还不让我告诉你。今天是碰到你了，我觉得还是给你说一下好，不然你老婆心里会承受不起的，万一情绪一紧张就会发生心肌梗死，所以你千万不要忽视。

许志安匆匆与赵大夫告别，骑上电摩加大速度朝家里奔去。一进门，他看到老婆正在和儿子手机视频。视频里，儿子西装革履，身后是一间办公室，儿子坐在办公桌前，精神状态很好，笑着和她妈妈聊一些家里事。儿子在视频里说，由于厂子里临时有事，他这个春节回不了家了，让两位老人保重身体，别替他担心。老婆都一一答应着，不停地叮嘱着儿子多照顾好自己。

视频只持续了不到三分钟，那边就关了。老婆手里还拿着手机，一抬头看到他，连忙擦去眼眶里充盈的泪水。

咋哭了？见到儿子该高兴才对呀？许志安问。

我看见了亮子身后靠着的双拐了。老婆说，对了，刚才我在床上看到这张纸条，你把它收好，别再弄丢了。

许志安展开一看，脸上一丝惊慌。他把那张白条子揣进怀里对老婆说，对了，刚才菜市场代办点的杜老板来电话了，要咱明天就去菜市场领钱。

这是一片神奇的热土

一

深夜，一阵急促的电话铃声把年轻民警秦红军从睡梦中惊醒，他一把掀掉身上的两层棉被，摸黑找到一件警用棉执勤服披在身上，哆哆嗦嗦打开台灯，一看窑洞里对面墙上的石英钟，才夜里一点多。

走出窑洞，秦红军不由得打了个寒战。他才想起县电视台预报今天县城里最低气温零下二十九摄氏度，而这深处陕宁边区大山深处的白湾子一般要比县城气温低两到三摄氏度。

响起铃声的是值班室那台电话，秦红军自从来到这个窑洞派出所就已经听了三年这样的铃声，那铃声对他来说太熟悉不过了。他知道铃声一响就肯定会有警情，特别是这深更半夜里响起，更不是一般的事情。

报警的是一位外地司机，他开的一辆大货车在离白湾子镇 10 公里远的半山上打不着火，车上两人被困在半山上，冻得受不了。

秦红军心里暗叹一声：糟了，弄不好会出人命的。在往常零下二十多度的冬天，半夜山上也会冻僵人，今夜遇到这零下三十多度的极端低温天气，那外地人更会冻僵的。不容迟疑，他赶紧向所长作了汇报。所长姓孙，叫孙守望，五十来岁，在这里一蹲就是十年，对这里的地形地貌闭着眼睛都能摸清楚。孙守望赶紧叫起另一名值班民警小赵，再带着秦红军，安顿好门卫老张看守电话后，开着警车朝半山上赶去。

黑夜里，警车的两束灯光把山路照得雪白一片，桑塔纳警车的前挡风玻璃上已经结了厚厚一层冰。

在大山里的一处弯道上，孙所长带着两名民警终于找到了报警人。报警的那位大叔双手捂着耳朵，双脚不停地在地上跺着。一问才知道，是汽车的柴油被冻住了。其实也难怪，一般的大货车都是用的 10 号柴油，遇到这极冷天气柴油肯定会被冻住，有经验的司机在这里开车都会用 20 号柴油才不会被冻住。

车是暂时没法动了，救人要紧。

在孙守望的指示下，秦红军和小赵赶紧把两位中年夫妇叫上警车，回到派出所开启电暖气给两人取暖。司机大叔一进值班室，像看到救星一样就紧紧抱着电暖气不放。想起这两位外地人一晚上开车赶路，一定又冷又饿了，孙所长就在自己办公室煮了两包方便面，让夫妻俩吃了之后，然后把秦红军叫来，让他安排夫妻俩到镇上一家旅社住下，等天亮后再帮他们给车换上防冻的20号柴油。

在秦红军到这个派出所长达三年的时间里，如此艰苦恶劣的环境大大出乎他来这里前的想象，像这样的事情多如繁星。他也记不清孙所长带领民警在这里救助过多少人，受尽了多少磨难。

记得去年腊月的一天早上，派出所辖区一位青年小伙驾驶自己的皮卡车，带着父亲、妹妹和女儿上山，在冲上一处接近九十度的急转弯上坡路段，由于路面结冰打滑，车速太快，车子直接头朝下掉进三十多米的雪坑里。小伙子忍着伤痛从驾驶室挣脱出来，艰难爬上深沟，跑到一公里之外的派出所报警。接到报警后，孙所长立即带着他和另外三名民警赶赴现场展开施救。

沟深，坡陡，雪滑，下不去。孙守望就找来一条大绳，一头拴在警车上，自己抓着大绳先下到沟底。随后秦红军和另一名民警也抓住大绳下到沟里。现场令人惊怵：皮卡车头朝下插进一米深的雪坑里，车体已经严重变形；车内一个六十多岁的老头被卡在副驾驶座位上不能动；一个六岁多的小女孩卡在车窗口出不来，疼得大声哭叫；一个二十多岁的女子腰部受伤不能动。

险情远远超乎秦红军的意料。山沟里雪厚、风大、寒冷，若不及时把人救出来，车上的老人小孩很可能会被冻死。在进行了一番救援尝试失败之后，孙守望拨通了镇政府和119队电话请求支援，随后，和秦红军他们踩着深沟里一米厚的积雪，协助消防队员把事故车辆吊正，然后打开车门，救出三名伤员，又把三名伤者用绳子固定在木板上吊了上来。

当三个伤者被救出车送到医院时，孙守望和两名民警在深沟的雪坑里已经足足坚守了六个多小时。这六个小时里，他们忍冻挨饿，滴水未进。

二

眼看就要过元旦新年了，孙守望却显得心事重重，一连好几天都吃不好饭，睡不着觉，原因就是最近辖区出现的一个新情况。

入冬，白湾子镇年轻人买二手摩托车的越来越多，短短两个多月附近村子里就突然冒出二十多辆半旧不新的摩托车。这一反常现象不仅引起当地群众的议论，更引起了所长孙守望的关注。就在前几天，孙守望得到一条线索：辖区无业人员王平有盗窃贩卖摩托车嫌疑。

孙守望对王平这个人再熟悉不过了。今年三十七岁的王平光棍一条，家中只有一个七十多岁的老母，曾因盗窃罪被拘留过，释放后常年在外游荡，出没无常，行踪诡秘。获得这一重要线索之后，这几天孙守望几次到王平家里都没见到人，让他老母亲给他打电话，但他手机关机，联系不到人。

从王平家里出来，孙守望驾车去了一趟一百多公里之外的县城，想在县城打听一下王平的下落。在县公安局他无意中看到一份警情通报：入冬以来全县城区摩托车被盗案接连发生，群众报警不断，初步确定有一个摩托车偷盗团伙在疯狂作案。孙守望这下心里更沉重了，王平不是一个人作案，不打掉这一盗窃团伙，群众就时刻得不到安宁。

然而，侦破工作的进展并不顺利。王平这伙人已经听到了风声，像冬眠一样把自己隐藏起来，不敢轻易出头露面。看着群众对公安民警期盼的目光，孙守望感到了肩上责任的沉重。

元旦前一天，孙守望踏着厚厚的积雪，再一次来到王平家里。王平的老母亲病重下不来床，一天也没有吃到一口热乎乎的饭菜。孙守望悄悄走到街上买了一碗小米粥和一碗清汤面，端在老人面前，说：“大妈，赶紧趁热吃吧，别饿坏了。”老人吃着孙守望端来的热饭，眼里闪着泪花，说：“孙所长，平儿的事你就不用再跑了，我这就让亲戚给他打电话，让他明天就回来。”

老人的心情孙守望当然理解。可是，想到王平如果被抓入狱后，老人将会孤独一人生活，无人照料时，孙守望就暗暗下了决心，他要替王平履行好孝敬老母亲的义务。元旦那天，王平如约回家看老母亲，被蹲守在村口的民警一举抓获。

讯问室里，王平一问三不知。面对负隅顽抗的王平，孙守望走到他面前，拍了拍他肩膀说："王平，你放心，你老妈有我照顾，就不要再牵心了。"

孙守望一句话就把顽固不化的王平的心理防线说崩溃了，这个三十好几的汉子顿时眼泪汪汪，"扑通"一声跪在孙守望面前，说："有孙所长这句话，我啥都交代。"

王平如实把自己合伙偷盗摩托车的事情全部交代了，还主动供出另一个同伙刘某。孙守望安排秦红军和一名民警按照王平供述的线索，成功追回被盗摩托车 27 辆，刑事拘留 2 人。

王平被刑事拘留之后，孙守望自觉履行了自己的诺言，和秦红军几位民警主动承担起照料王平母亲的义务。

目睹所长孙守望破了这个疑难案子，秦红军不由得对孙所长伸出了大拇指：看来，姜还是老的辣！原来，秦红军一直很要强，走出警校大门的那一刻，他就发誓要干一番大事业，不敢说能侦破多少起刑事大案，至少那些偷偷摸摸打打抢抢的小案件，在他手下应该不成问题。可是，他最初接手这起派出所辖区最大的摩托车偷盗案头就很疼了，几乎用尽全身力气，一个月也没有弄出个头绪，要不是孙所长接手，这个案子恐怕还会迷雾重重。

三

过了春节，一开春，就有一个好消息传到秦红军耳里：县公安局马上要调整一批年轻民警到副所长和所长位置工作。

这下，起初那个想离开这鬼地方的念头再次在秦红军脑海中复苏。他从警校毕业时就曾梦想着当一名刑警，在大城市里侦破一起起疑难案件，或者像缉毒警那样，奋战在与毒贩周旋搏斗的一线，用机智和勇敢书写光彩的青春。没想到，自己会被分到这荒芜偏僻的大山沟的派出所里，而且住在几十年前修建的破旧窑洞里。这三年来，他不止一次想到离开这里，离开这人烟稀少、远离繁华都市的深山沟沟，去城市里实现自己的梦想。然而，现实是一把无情的利剑，一下子斩断了他与理想的连线，把他孤单单搁在这里，任黄土弥漫，风沙狂吹。

就在这时，外县一个公安局刑警队长带领民警来到白湾子，抓获一名入室抢劫犯罪嫌疑人。孙守望就把协助抓获犯罪嫌疑人的任务交给了秦红军。

刑警队长是开着警车、沿着黄土高原的小路风尘仆仆连夜赶到这里的。当刑警队长说他们是连续跑了三百多公里的山路赶来时，秦红军有点惊呆了：天呀，三百多公里的小路开车要走多少小时啊？没有六七个小时是不行的。那天，他们到达派出所后已经是晚上十点多了。秦红军本想让他们好好休息一下，明天吃过早饭再谈工作。可是，刑警队长给他连连摆手说：“抓人的事哪能过夜？等天亮了，犯罪嫌疑人早就跑掉了。我们必须抓紧时间，连夜行动！”当晚，刑警队长和三名民警顾不得休整，就召集秦红军和派出所另两名民警一起在会议室研究起抓捕方案。经讨论研究，最好的办法是夜晚在山里的一个村口蹲守。

蹲守也是侦查的一种，对于刑警队长来说，是再平常不过的事情了。十多年的刑事侦查和破案经历，也让他深深体会到，蹲守需要的是一份耐心、一股韧劲、一种智慧。可是，对于秦红军他们几个派出所民警来说，可是一个不小的挑战。因为，在他们的办案履历中，像这样半夜在野外蹲守还是头一遭。

初春的陕北大山里，夜晚温度还在零下十多度。秦红军和几个民警在刑警队长的带领下，蹲守在一个还留有残雪的半山沟里。夜很深了，山里刮起冷飕飕的野风，脸和手像被刀片割着一样疼痛。秦红军远远地盯住犯罪嫌疑人的家门口，冻得不行了，就跺跺脚搓搓手，想解手冻得尿不出来。然而，直到鸡叫头遍，他们也没有守到犯罪嫌疑人。

随行的一名派出所民警趴在秦红军耳边悄悄说：“咱们是不是暴露了？要不就是犯罪嫌疑人根本就不在这里？是不是该换换思路，返回派出所？”

秦红军没有作声，扭头看了看刑警队长。刑警队长摇了摇头，也没有吭声。他心里明白，越是最艰难的时候越是最接近成功的时候，决不能放弃。

又一个小时过去了，还是没有发现情况，刑警队长仍一动不动坚守阵地。

两个小时过去了，依然没情况。刑警队长仍然要秦红军继续蹲守，天色开始麻麻亮时，狐狸的尾巴终于露了出来，犯罪嫌疑人终于憋不住了，抱着侥幸的心理从巷子另一头偷偷往家走，一边走还一边四处张望，打探情况，发现有情况随时做好了逃跑的准备。就在犯罪嫌疑人刚刚进屋后，刑警队长一挥手，几个民警就迅速靠近犯罪嫌疑人家门口。刑警队长按照刚才的部署敲门，秦红军开始用本地口音叫门，其余民警做好了抓捕的准备。当犯罪嫌疑人被秦红军一声“狗蛋”的小名吸引过来之后，刚把门打开一条缝隙，就被守在两边的民警一举擒获。

事后，当秦红军打电话询问刑警队长案情时，刑警队长就像变了一个人似的，十分善谈。他在电话里高兴地给秦红军讲道：

案子破了后的一天早上，他刚坐到办公室上班，就听到楼下院子里传来一阵喜庆的唢呐声。他感到有点奇怪，在本县一般过红白喜事，乐队不会这么早吹唢呐，更不会吹到公安局的院子里。他怀着好奇的心情走下楼，眼前的情景他还是第一次看到。只见一位三十多岁的汉子带着乐队走到他跟前，双手端着一个木盘子，高高举过头顶，盘子里放着一个用红布包裹着的砖块一样的东西。他这才看清对方是县城一个金店的老板，当他还在迟疑时，汉子竟然“扑通”一声跪倒在地，激动地说：“吴警官，感谢你们为我追回一百多万元的黄金，这五万元是我的一片心意，你就收下吧！”他心里一热，赶紧扶起他，说：“你这是干啥呢，快起来。你的心意我们领了，可这钱决不能收。”

原来，这位老板的金店在国庆节期间被人盗了，损失达到上百万元。为了破获这起特大盗窃案件，给受害人尽快追回被盗财物，他带领民警转战陕北四个县市，熬了三个夜晚排查嫌疑人上万人，几番周折，连续奋战一个多月，冒着被群众围攻的危险，在婚礼宴席上将一名主犯擒获，从而顺藤摸瓜将盗窃团伙的另外一人底细查到。之后，他马不停蹄远赴三百多公里的大山深处将最后一个犯罪嫌疑人抓获。

听着这个故事，秦红军感动得快要掉眼泪了。他感慨地说了一句：“看来老百姓还是信任我们公安民警的啊！”

刑警队长爽朗一笑，给他讲了一段历史：1935 年 10 月 19 日，毛主席率领中央红军到达我们县，与陕北红军会师，结束了二万五千里长征。当时我们这里地广人稀，十里八里一个庄子，镇上仅住十一户人家。老百姓看到红军战士虽然服装破旧，脸色憔悴，可和国民党军队大不相同，虽然人那么多，但决不住民房，不吃老百姓的一碗饭，还帮助老百姓担水、打扫院子，一举一动都很有秩序，让人感到非常和气。当群众知道是毛主席领导的红军来了时，在山上躲藏的老百姓也都陆续回来了。很快，一传十，十传百，洛河川上下沸腾起来了："咱们的红军来了！我们盼望的救星来了！"人们奔走相告，开始迎接中央红军。正如陕北民歌中唱到的："千家万户把门开，快把咱亲人迎进来。"不一样的年代，一样的爱民情结啊！这样的好传统在我们这里一直流传，承传至今，才会有前面说的那种感人场面。

今昔连在一起，秦红军只觉得浑身上下热血沸腾。

四

三月的陕北高原依然春寒料峭。这天，正在省城一家医院给妻子看病的孙守望接到秦红军的电话：他将随教导员来西安抓获一持刀伤人嫌疑人刘汉。

孙守望心里又惊又喜，惊的是这家伙竟然跑到自己的眼皮子底下，喜的是费尽周折的疑难案子有望告破。刘汉是本县城有名的地痞，此人体形魁梧，性情残忍冷酷，经常打架斗殴，和人三句话说得不对劲就动刀子。就在他来西安给妻子看病前一天，这个刘汉就在派出所辖区一家信用社门前一辆停放的小车里盗窃了5000元现金。案发后，派出所一名民警在调查案子时，被他用刀子捅伤。捅伤民警后，刘汉仓皇逃窜到银川。当办案民警一路追至银川时，他突然又折回到西安。得到刘汉躲在西安一个小区里的线索后，所里民警又马不停蹄追至西安。

放下电话，孙守望犹豫了。妻子刚做了手术住院治疗，只有他一人在陪护，怎能走开？可是，如此凶残的犯罪嫌疑人就在眼皮子底下，自己作为所长怎能无动于衷？一贯硬朗的这个陕北汉子看着吸着氧气、挂着吊针的妻子，他鼻子一酸，找到护士说："护士同志，拜托你了，我有急事，不能陪病人了，请多关照。"

那位年轻的护士有点惊讶，说："哪有你这样的男人，自己的老婆也顾不上管，到底有多大的事情？"

孙守望顾不上多说了，只是一再请求护士多照顾，然后安慰了一句妻子，说："有案子，我要走了，有事就摁报警器，护士会过来的。"说完，就匆匆离开了病房。

妻子早已经习惯了他的工作规律。在她眼里，丈夫就是一个不顾家的男人。连女儿都说，爸爸是一个没有礼拜天的警察，像这样匆匆离别，甚至不辞而别的事情也不是一回两回了。身为教师的她理解丈夫，也爱丈夫，她默默地点了点头。

然而，刘汉藏身地方的小区很多，每个小区都住着上千人，住的人也很杂，要想在这里找到犯罪嫌疑人刘汉，那可是大海捞针。从孙守望妻子住院的医院到刘汉躲藏的小区搭乘公交车需要将近两个小时。孙守望一下公交车就给队友陈亮发了短信，取得联系后，他们决定采取蹲守方法，守株待兔。

然而，这一次蹲守，孙守望又遇到了新情况：白天他要赶到四十多里远的地方与战友一起蹲守，晚上又要返回医院陪护住院的妻子。来回折腾让他身体受得了吗？何况不知道要蹲守多少天才能抓获嫌疑人。对此，孙守望没有露出半点为难情绪，对妻子的病情也一概不提。

熙熙攘攘的西安郊区一个小区外面，静静地埋伏着三名民警。他们心里清楚，西安市可不比他们那山沟沟，如果凶犯真的藏在这人员复杂的小区里，每一个平民百姓时刻都会受到生命威胁。刘汉持刀捅伤派出所民警的一幕反复在孙守望的头脑中浮现，这一幕像一道无声的命令驱使他们与凶手坚持周旋与对峙。

一连三天四夜的连轴转让孙守望有点吃不消了。在这三天四夜里，他每天上午八点准时从医院出发，坐公交车到西郊这个小区，下午六七点又会返回医院照顾妻子。有时，大白天他靠在路边的大树上，竟会不由得进入梦乡。秦红军看到他眼睛红肿，身体消瘦，心疼地劝道："孙所长，你太累了，就到租的房间休息吧。这里有我们守着，有情况我们会立即报告给你。"

"这哪行？对方这么凶残，万一再持刀杀人抢劫怎么办？要是因为我们有一丝疏忽，让凶犯从我们眼皮子底下溜走咋办？我不能眼看着战友被砍伤，却让凶手逃脱法网。听着，我要是再打盹了，你们就要立即叫醒我。"孙守望打起精神来，一边与疲劳困顿斗争，一边与狡猾的凶犯进行较量。陕北汉子那种不低头、不服输、不泄气的劲头在他身上集中体现出来。他坚信，只要坚持下去，再凶残狡猾的犯罪分子，都难以逃脱法网，再难破的案子在他手里都会水落石出。

在孙守望的记忆里，蹲守抓捕凶残的犯罪嫌疑人的经历已记不清有多少次了。记得十年前他在刑警队还是普通民警的时候，在不到20天的时间里，县城连续发生两起蒙面人深夜持刀和斧头盗窃小卖部名贵烟酒的案件，一时间县城人心惶惶。据受害人称，实施盗窃的有四个人，都是蒙着脸，在凌晨两三点用氧气割枪割开卷闸门，用管钳撬开玻璃门上的铁锁。两个人手拿斧头、砍刀威胁店主不许喊叫，另两个往一辆无牌小轿车上搬运名贵烟酒，损失五千多元。

接到群众报案后，孙守望和战友们连续半个月在深夜开着便车在易发案件路段巡逻蹲守，通过现代化侦查手段对上千辆嫌疑车辆展开一一排查，终于锁定了嫌疑车辆。经过一个多月的侦查追击，终于在阎良、三原抓获了四名犯罪嫌疑人。事后四名犯罪嫌疑人的供述让孙守望和民警们倒吸一口冷气：这个犯罪团伙已经在甘肃、山西、内蒙古、宁夏连续作案十多起，没想到最终会栽倒在孙守望的手里。

历历往事给孙守望增添了一份自信和决心。当疲惫困倦再一次袭来时，他就掐着自己的大腿、拍着自己的脑袋让自己始终保持清醒。然而，让孙守望难以忍受的并不是身体的疲倦和困乏，而是对妻子的一份内疚和亏欠。十年了，他就像把自己卖给了派出所一样，家只好交给了妻子料理。结婚二十几年来，自己没有陪伴过妻子外出旅游过，没有参加过女儿的一次家长会，没有给妻子买过一件像样的衣服和首饰。多年的一线公安工作，长年累月在外奔波，生活无规律，高难度、高强度、高风险的侦破工作使他无法顾及父母和妻儿。每次出差回家带给父母和妻子的“礼物”都是一大包脏衣服；每次回家都给女儿一个承诺，但每次的承诺都会成泡影；他安慰妻子的唯一办法就是每到一地给妻子打个电话，让她放心；给老人最大的安慰就是完成好任务，让老人高兴。想到这些，这位七尺硬汉就会掩饰不住自己的情感，眼眶发热。

这一次，是孙守望第一次向局领导正式请假带着妻子到省城看病，也是他最心酸的一次长假。妻子因劳累过度，终于积劳成疾，患了卵巢囊肿，被送上了手术台，躺在了省城医院的病床上。当他把做完手术的妻子推出手术室那一刻，他石头一样硬的心像泡进了醋缸里一样，眼泪止不住悄悄掉了下来。

三天的蹲守，孙守望不能不想着病床上的妻子，牵心妻子的吃饭，牵心妻子的检查，牵心妻子打吊瓶换药。然而，一旦队员汇报有新情况，他又会习惯性全神贯注地蹲守，分析研判案情，默默计划着下一步的行动方案。

第四天，狡猾的刘汉终于出现在民警的视野中。孙守望和三名战友以迅雷不及掩耳之势把刘某擒获后，一颗悬着的心才“咚”的一声掉了下来。

秦红军和另一名民警押走刘汉后，教导员还在和孙守望交谈着什么。然而，最终还是教导员摇着头，依依不舍地与孙守望告辞。秦红军坐在警车里，透过车窗玻璃看到，孙守望招手拦了一辆出租车坐上，急急忙忙朝妻子住院的医院方向赶去。

五

时间不知不觉就到了六月下旬。每年这时候也是基层派出所工作繁忙期，县公安局各个业务口都要对上半年进行总结检查和考核。县公安局党委还要发展一批新的党员，评选一批先进集体和先进个人。对于后面这两项工作，年轻民警可是在暗中较劲。是啊，谁不想早日入党，谁不想争个先进，给领导留点好印象，以便早点提拔？

一天，孙守望把秦红军叫到办公室，当着教导员的面把一张表格递到他面前，说：“我和教导员刚才碰了个头，都同意把今年全市人民满意民警的名额给你，这说明你这一年来进步不小，表现不差啊！好小子，加把劲，好好干，前途无量！”随后教导员告诉他，这次县公安局要向上级推荐的先进名额只有三个，分别是刑警队、交警队和看守所各一名。秦红军可是全局十二个派出所一百五十多名民警中的一员，不简单，要珍惜啊！

七月中旬，秦红军就代表全县所有基层派出所民警，坐在全市公安机关人民满意集体和民警表彰大会的前排，在来自全市各个警种的几百人参加的大会上，作为受表彰的十五名先进个人中的一员，胸前佩戴者大红花，走上主席台，从市公安局局长手中接过那缀着“获奖证书”四个烫金大字的鲜红的荣誉证书。那一刻是他人生中最幸福、最辉煌的时刻。

然而，领过奖后，重新坐在前排位置上聆听先进个人代表作事迹报告时，他的心里泛起了一丝愧疚，脸上也露出一点红晕。

在一阵热烈的掌声中，一位个头不高、硬朗精悍的刑警大队大队长走上主席台，啪地对台下敬了个礼，然后讲述起自己冒着生命危险抓获罪犯那惊心动魄的一幕：

“那是去年夏季的一天。我带领两名民警到郊区一个农户家抓获犯有盗窃强奸罪的兄弟俩。天快黑时，我们瞅准时机闯进兄弟俩所住的屋子，我一个猛扑，闪电般将躺在炕上的哥哥压在身下。就在另两名民警给挣扎着的哥哥上铐子时，弟弟从另一间屋子突然出来，怀里抱着一个煤气罐，一手拿着打火机，威胁道：‘你们不放人，我就点煤气罐了。’这时被压在身下的哥哥趁我一分神，狠狠地在我腿上咬一口，鲜血顿时流了出来。在这危急时刻，我忍着疼痛，拔出手枪朝弟弟腿上连开两枪。弟弟倒下了，哥哥顿时被吓得不敢动弹，只好束手就擒。”

这一幕秦红军在警匪片里经常可以看到，可是现在近距离听这位刑警队长讲述他们当时抓人的细节，让他不由得倒吸一口冷气。

这位刑警队长下面讲述的事情更让他佩服不已。“由于长期的高负荷工作，2014 年 7 月份，我突感身体不适，胸闷难受，喘气困难，瞬间衣服被汗水浸透。为了能使其他同志工作不分心，我强忍着病痛，独自一人去医院检查，被确诊为心肌梗死，医生建议立即手术治疗。但考虑到多起案件侦破都到关键时刻，我要求医院保守治疗。最后，在多人的劝说下才做了手术。出院后，医生建议我静养休息三个月，我却在出院后的第三天，就回到了工作岗位，投入到这次惊心动魄的抓获罪犯的战斗之中。”

不知不觉中，秦红军感到自己的眼泪不争气地涌了出来。

接下来的一位与他有着同样经历的派出所民警开始了他的事迹：

"走进我们派出所，映入人们眼帘的是一排贴着白瓷片的陕北窑洞，这就是我们派出所民警办公的地方。其实，这看起来装修一新的窑洞是几十年前建的陈旧窑洞。虽然设施简陋，院子也不大，但干净整洁。就在一周之前，这里还是汪洋一片。由于排水不畅，一场大雨就让山上下来的洪水把派出所淹了。当时，窑洞顶部渗水，地面上积水达半米，民警只好连夜起来排水。"

"虽然环境很艰苦，但抵挡不住我们火热的工作激情，更抵不住民警亲民为民的那份情感。一次，一个智障患者跑进派出所竟然偷报纸。民警觉得不可思议，再一问，才知道这个智障患者是个单身，平时生活没有着落，到哪里都是见东西就拿。我当时觉得这个智障患者很可怜，没有简单粗暴地赶他走，而是从身上掏出50元给了他，让他买东西吃。后来，这个智障患者就成为所里的一个常客，经常主动来所里帮民警打扫卫生，收拾垃圾，把派出所当成了自己的家，把民警当成了自己的亲人。我们派出所处于大山深处，辖区群众居住分散，年轻人进城打工后，留守的空巢和孤寡老人没人照顾，生活十分艰难。我了解到这一情况后，和民警隔三岔五去辖区18个空巢孤寡老人家里走访。一位六十多岁老汉的儿子因交通事故四年前去世，智障的女儿远嫁县城很少回来，自己又因病生活不能自理。我和民警就买了电饭锅和米面油来到他家里。一进门，民警就帮老人收拾破旧窑洞里的卫生。女民警还给老人洗干净了床单、衣服。离开老人的家，我还是不放心这个空巢老人，又来到离老人住地不远的一位老太太家，叮咛她平时多照看一下老人，然后又找到村主任，协调村上给老人办理了低保。"

"要问我们为啥会这样做，其中一个很重要的原因就是这里曾是一片红色根据地，几十年来遗留下的光荣传统在激励着我们一代又一代公安民警，踏踏实实为老百姓做点实事好事。在离我们派出所不远的地方就是南泥湾了。如果你来到南泥湾，站在国道旁一眼望去，眼前就是一片地势相对平坦的稻田，这就是当年三五九旅红军开垦的一片示范田。自力更生，丰衣足食，毛主席一个指示，边区军民就以战天斗地的精神，让荒无人烟的南泥湾变成了陕北的好江南。正是有南泥湾精神在延安、在陕北的世代传承，我们派出所民警才能克服种种困难，在这样简陋的环境里默默坚守着为民服务的职责，创造了亲民爱民的辉煌业绩。”

这个派出所同样住着窑洞，同样在大山深处。这位民警和自己同样年轻，却在这深山里一待就是八年。秦红军想起自己以前闹着要离开派出所的情景，突然感到自己是那么渺小。

六

参加完先进表彰大会，秦红军在回家的车上一直闷闷不乐。自己那段时间闹着要离开窑洞派出所的一幕像放电影一样在脑海里再现起来。

那是两年前的春节前夕，秦红军终于下定决心收拾好铺盖卷要离开这破窑洞派出所。他私下里与县公安局法制大队长联系好了，先去那里帮一段时间的忙，然后再找局领导慢慢把自己留在法制大队。一切谈妥之后，他在腊月二十七那天叫了一辆出租车，到宿舍把自己的铺盖行李装上车，想一声不吭偷着溜走。谁知，车子刚要出大门，就被孙守望挡住了。他一把将秦红军的铺盖卷从车上拽出来，扔进值班室里，只说了一句话：“要走，也得明天走！”

毕竟是相处了两年多的兄弟战友啊，说没有感情那是假的。可是，感情归感情，前途是前途，两者相比起来，后者对自己来说更重要。他咬咬牙，狠下心说：“孙所长，你不要拦我了，我决心已下，一定要离开这深山沟沟。我不想在这里耽误自己的青春。”

孙守望没有和秦红军争辩，给了出租车司机十几元钱，对他挥挥手，让车开走了。吃完晚饭，孙守望把秦红军叫到办公室，给他烫了一杯热茶，拉了一把椅子坐在他身边，拍着他的肩膀说：“红军呀，你就准备这样像逃兵一样溜走啊？你真是枉叫了这么好的名字。”然后，给他讲起一段遥远的历史：“你知道吗？咱派出所所处的这片地方是什么地方？咱们这块地方可是当年红军长征入陕第一县。1935 年 10 月 16 日，中央红军左路和右路顺利进入咱们县，由彭德怀率领的右路军到关口，18 日中共中央在定边县铁边城召开政治局会议。19 日上午，中央红军左路军同当地红色政权和武装力量接上头，下午离开定边县，进抵赤安县吴起镇。18 日，彭德怀、叶剑英率领中国工农红军陕甘支队第二和第三支队北上抗日，行至白马崾岘乡二道峁贺梁村大路塘时，遭到国民党飞机轰炸。三名红军战士壮烈牺牲；一名红军战士受伤，后被地方恶势力杀害。至今，在定边县还竖立着一个烈士陵园纪念碑，就是纪念光荣牺牲的四名红军战士。”

“几十年来，具有革命光荣传统的这片热土孕育了一批又一批吃苦耐劳、不畏艰难困苦的公安民警。咱们这个派出所以前至少有五任所长都在这里坚守了八年以上啊，后来个个都成了英雄和骨干。十年前我初来这里，第一件事就是站在红军烈士纪念碑下缅怀革命先烈，接受红军战士英雄事迹和长征精神的洗礼。在白湾子派出所工作这些年来，我就是用红军长征精神激励和鞭策着自己坚守着自己的工作岗位。”

秦红军如梦初醒。他感到奇怪的是，所长怎么和那些作报告的先进人物还有邻县那个刑警队长说的都相似，他们一说起自己坚守阵地的精神支柱都要提起红军长征的历史。他渐渐醒悟了，原来，长征精神竟然有那么大的感召力和激励力。

他也知道，坚守，是要付出常人难以想象的代价。

白湾子派出所处在陕北西北边陲海拔 2900 多米的魏良山下，这里是陕北最贫困的山区之一，而且常年缺水。派出所民警日常吃的是所里地窖里的雨水。一到夏天这里就干旱少雨，尘土飞扬，地窖里的水根本不够，民警吃水就要到三十多公里外的县城花钱拉水，800 多块钱的一车水只能吃一个月。所里的民警平时惜水如金，十几年来从来没有人在派出所洗过澡。

一次，教导员告诉他，今年夏天，孙所长出警回来身上的警服都湿透了，他舍不得用买来的水洗衣服，脱下警服拧干汗水重新穿上。孙所长本想这个礼拜天回家洗一次澡，可是又恰恰逢镇上有集会。他知道每逢镇上集会就会有群众报警，这一周他又值班，根本离不开。想到所里一些年轻民警有好些日子没回家洗澡了，他只好打消了回家的念头，将机会让给了年轻民警。

在秦红军的眼里，孙所长就像一家之长，总是操心着所里的大小事情。晚上睡在床上，他会操心派出所门口的报警灯箱里面灯泡亮不亮，晚上群众会不会看到灯箱里面的报警电话号码；早上起来，他要操心民警有没有地方锻炼身体，在镇上的篮球场建立起来之前，他就经常带领民警爬山和跑步，一来锻炼身体，二来和民警谈谈心、增进感情；冬天，他会操心民警有没有新鲜的蔬菜吃，能不能保证民警出警回来取暖。春节前，他甚至不忘记叮咛值班民警贴好对联，挂好红灯笼，放好鞭炮。

白湾子派出所是全县唯一一个还住在窑洞里的派出所。由于窑洞年久失修，没有窗户，民警住在里面夏天不通风，冬天怕煤气中毒。但是，孙所长和民警一起硬是将就着住，不通风就自己在后墙上打个小洞，夏天通风，冬天作蜂窝煤烟筒口。

有一年的春天，孙所长看到民警灶上吃的是炊事员从街上买的人家卖剩下的发芽土豆，他心里一阵酸楚。一问炊事员，才知道是为了给所里节省经费。第二天，他就召集我们几个年轻民警扒开所里后院地面上铺的砖块，开垦出六七平方米的菜园子，施上厕所里刨出来的农家肥，种上了黄瓜、茄子、西红柿、辣椒。到了夏天，菜园子一派丰收的景象。民警们吃着自己种的蔬菜，心里充满了成功的喜悦。秋季，所里将菜园子产的大白菜储存起来，冬季民警的餐桌上再也不是以前清一色的土豆了。

长年累月的坚守，让秦红军感受到了孙所长如同父亲一样的慈爱，感受到了与所里民警那份亲密的弟兄情谊，也感受到了坚守这片红色土地的光荣与自豪。如今，秦红军与所长孙守望一样，已经离不开这片充满战斗激情和浓厚人情味的红色土地，他这棵幼苗注定要在这片热土上深深扎根。

翻过一座座大山，下到了绿茵覆盖的山沟里，派出所一排白色的窑洞就在眼前了，秦红军的心里就像胸前的这一朵大红花一样，充满了战斗的激情。

倔老头

除夕之夜，窗外，零零星星飘起了雪花。

倔老头的腿一遇阴雨下雪天就疼，这会儿又一阵一阵钻心地疼起来。他禁不住摸了一下衬衣口袋，真想让老婆子到村卫生所买些止疼药，可想了想还是舍不得。老婆子三三次催他去卫生所看看，他就是不动弹。

倔老头今年六十来岁，十八岁当了兵，三年后回到家里就参加了村里组织的治安队，干了几年就接替了老治保主任，干了大半辈子农村治安保卫工作。虽说报酬微薄，但他干得起劲，多次协助派出所民警抓小偷，破案子。就在他快从治保主任的位子上退下来时，有一个冬天的夜晚，他在村上值班巡逻，发现一辆外村的三轮车停在村口，两个小伙子正往车上装几只羊。想起最近老是有村民反映自家羊圈里的羊晚上被人偷了，他马上警惕起来。等两个小伙子装好五六只羊准备开车黑灯瞎火地溜走时，他大喝一声，快步走到三轮车前面，用手电筒照着驾驶员的脸问："你们干啥呢？快把车上的羊放下，不然我给派出所报警了！"车上两个小伙子怕行迹暴露，恼羞成怒，驾车的怒冲冲喊了句："你老不死的少管闲事，小心撞死你！"倔老头的倔脾气就上来了，站在三轮车前就是不离开，掏出手机就给派出所打电话。两个小伙子一看急了，加大油门绕过倔老头朝前开去。倔老头一把抓住开车小伙子的棉衣，被小伙子猛地推倒在地，三轮车一侧的轮胎从倔老头右腿上碾压过去。倔老头忍着剧疼，拨通了派车所的电话。两个偷羊贼当晚终于被迅速赶来的派出所民警抓获。

老婆子见倔老头没动，摇摇头叹息说："你这倔脾气，不让抓药，又不去卫生所看看，就一个人在这里受恓惶吧！"说完，就转身要去厨房包饺子去了。

恓惶？不提这话也罢，提起来叫倔老头又想起一桩事来。咱恓惶？还有比咱更恓惶的！他赶忙叫住刚跨出门槛的老婆子，说道："老婆子，快给我下饺子吧，我饿了。"

“咱不是刚刚吃了中午饭？咋这么快就饿了？”老婆子嘟嘟囔囔，扭头要去厨房。

“甭急，老婆子。你到隔壁她王婶家看看去，她家的年货准备得咋样了？”

“你这死老头子，哪壶不开提哪壶。人家儿子死了还没过百天，就剩下她王婶一个人孤苦伶仃的，咱去了不是让她更难受？”老婆子用怨恨的目光剜了倔老头一下，然后动情地说，“哎，说起来她王婶也够可怜的，老头子得病才走了两三年，当警察的儿子又让偷车贼用刀子捅死了，虽说早上县公安局的领导来慰问过了，可是她王婶一个人的年可咋过呀？”

倔老头“呼”的一下从炕上坐起来，脸上一阵抽搐，骂道：“死老婆子，叫你去你就去，唠叨完了没？不去算了，我这老腿还能支撑到隔壁。”

“老东西，就你知道可怜她？实话给你说吧，我刚从她王婶家过来，县公安局、派出所，还有村上已经给她家送了一些年货，你就不用操心了。只是我刚一进门，就看到她王婶手里端着男人和儿子的照片在哭，两个眼睛都哭得红肿了，我这心里呀就跟刀割一样……”老婆子说着，撩起衣襟擦着湿漉漉的双眼。

“那你还不赶紧包饺子？”倔老头催促着。

热腾腾的韭菜大肉饺子出锅了，老婆子舀了满满一大碗，精心调好油盐酱醋，端到倔老头面前，顺便递上一双筷子：“赶紧趁热吃吧”。

倔老头没有接，努了努嘴，说：“你真以为我饿啊？快给她王婶端过去，让她早早品品年味。”老婆子会心一笑，端起饺子就要走，刚掀开门帘，又被倔老头叫住了。倔老头从内衣口袋里摸出早上镇民政干事给他的一百元抚恤慰问金，递给老婆子：“这钱给她王婶送过去，让她过个好年。”

老婆子走后，倔老头脸上才露出难得的笑容。他这么一笑，心里就奇怪起来：咦，这腿咋就不疼了呢？

舞后

她长得并不漂亮，个子还比较矮，站在跳舞的人群中几乎消失了。可是，她出奇地喜欢跳舞，一跳就连续两个小时，如饥似渴，从不间断。她刚来时还不会跳舞，甚至连基本的动作都不会，一举一动都显得很生硬。很简单的广场舞被她跳得动作僵硬，活像动画片里的小木偶。

她第一次来到广场，走近广场舞人群，用羡慕的眼光看着那些中年妇女扭着臃肿的身躯在欢快地跳舞，眼里直闪着亮光。她已步入中年，身材却很消瘦。那时已经深秋，她还穿着很单薄的衣衫，一个人静静的立在旁边，秋风吹拂着她的长发和衣衫，仿佛吹拂着一株干枯的苞谷秆，摇摇欲倒。跳舞者都在尽情享受着音乐与舞动的快乐，没有人关注她，她就一个人悄悄地走到队伍后边，跟在他们后面学着跳，没人阻挡，也没人欢迎她。

谁也不会相信，看起来不起眼的她竟然学得很专心，很执着，虽然动作不太规范标准，但她在坚持中不断改进。渐渐地，她跳得和大家一样好了，一样熟练了。一个月后，她一举一动都和队伍里的领舞者一模一样。有人开始注意她了，身边有人主动问她姓什么，叫什么，家住哪里，甚至有人问她是不是舞蹈学校毕业的。她总是笑而不答，或笑着摇摇头。

她总是每天晚上八点按时到广场，然后跳到十点就走。三个多月来，风雨不避，雷打不动，一分钟也不迟到，一分钟也不晚走。伙伴们被她的痴迷劲头感动了，送她一个雅号：舞后。能称得上舞后者，必须是舞跳得最好，同时对跳舞最痴迷。

看到她这般痴迷跳舞，跳起舞来兴高采烈、无忧无虑，大伙儿都很羡慕。别看队伍里那些大妈、大婶、大姐、大妹们个个穿着时尚，裙子转得像开放的花，她们的脸上却多多少少写着内心的忧愁、烦恼、苦闷。唯独舞后跳舞时脸上总是挂着灿烂的笑容，仿佛一天到晚都有享受不完的快乐。

快过春节时，有一天晚上舞后突然没来，大家都感到很意外，缺少了舞后的示范和带动，大家总觉得跳得不带劲。有人说，舞后可能回老家了，看她那风姿翩翩的风度，就知道老家不在省城就在市里，小县城是绝对容不下她的。有人说，从舞后的衣着看起来，她更像个乡下人，不会是大城市的，可能是快过年了，家里大扫除、准备年货忙起来了。也有人说，舞后这几天精神不振，是不是身体有病了，否则不会不来的。于是，有人提议去找舞后，看看她到底出了啥事。

拨通舞后的手机，听得出舞后说自己已躺在医院的病床上。问清楚具体病房后，十几个姐妹提着水果、鲜奶来到舞后的病房里，看到舞后静静地躺在床上，头顶吊着吊瓶。一问医生才知道，舞后本身就有高血压，最近累得晕倒了。大家纳闷了，平时总是笑呵呵、无忧无虑的舞后怎么会累病了？跳舞虽然累，也不至于累出病来。

舞后住了三天院就匆匆出院了。出院那天，正赶上舞伴们又来看她。拗不过大家的一再要求，舞后被舞伴们搀扶着来到家里。舞后的家在一个偏僻幽暗的小巷子里，大家像走迷宫一样费了好大劲才来到她家。

这是一个二十世纪末修建的老平房，屋子里家具陈旧破烂，凌乱不堪。在昏暗的小房间里，躺着两位七八十岁的老人，床下放着一个便盆，屋子里散发着阵阵恶臭。另一个房间里，坐着一个患有小儿麻痹症的小伙子，大概二十多岁，在静静地看一台老式电视机。客厅的墙上挂着两个相框，一个是年轻漂亮的舞后，脸上洋溢着青春的光彩和喜悦的笑容；另一个镶着黑色绸带、挽着黑色花朵的相框里，是一位三十岁左右的英俊青年。英俊青年头上戴着一顶绿色大盖帽，大盖帽上嵌着一枚金色警徽，身上穿着挂有一级警司警衔的绿色警服。

“他走了多少年了？”一位大姐红着眼眶问。

“二十年。”舞后说。

“两个老人呢？”

“在床上躺了十年。”舞后说。

“儿子呢？”

“从小就落下这病。”舞后说，看了那边孩子一眼，又低下头。

“你干什么工作？”

“十五年前就下岗了。”舞后说。

“晚上你出去跳舞，他们怎么办？”

“那两个小时老人不用管，儿子看电视，已成习惯了。”舞后说，目光依然坚毅。

“为什么想起跳舞？”

“心里闷得慌，实在受不了，想出去透透气。”舞后的双眼里闪烁出点点泪光……

曝光

正是下午下班的时间，街上车流涌动，人来人往。夏日的天气闷热，没事的人就露胳膊露腿地在街上树荫下乘凉、闲聊。

十字街头的红绿灯在繁忙地交替闪烁，忠实地维护着街头的交通秩序。忽然，一辆外地牌照的黑色雪佛兰小轿车迎着红灯迅速朝前闯去，差点与左右方向的车辆撞上。

“挡住他！”执勤交警班长一声令下，对面几个民警立即调转巡逻警车。黑色雪佛兰刚过了十字路口中心，就被横在前方的一辆桑塔纳警车挡住了去路，戛然而止。三名执勤民警立即围过来，班长给车里驾驶员下达指令：“请出示驾照！”

车窗依然严严实实，反光玻璃内看不清驾驶员面目。

班长敲了敲车窗玻璃，重复指令。副驾驶一方车窗玻璃缓缓摇下一条缝，露出半张青春美少女的脸：“喊啥呀？不就是要证吗，凶什么？”车窗玻璃又摇上。

“请出示证件，下车接受检查。”班长声音高了一点。车里人仍没有反应。有民警忍不住用拳头砸车窗玻璃，咚咚咚直响。还有民警用脚蹬了一下车身，被班长瞪了一眼。

围观的人越来越多，手机、照相机啪啪啪响起，闪光灯也闪个不停。人群中有人一边发微信，一边喊:“如此粗暴执法，简直是土匪！”有人跟着起哄：“赶快拍照，发到网上，曝光这几个土匪！”

手机的按键声响成一片。立刻，有人的手机微信上就收到了现场拳砸玻璃、脚蹬车身的照片，配有不同内容的文字，最有代表性的是这样一条：一群禽兽执法，大家传死他！

现场也开始有人喊叫起来，为车内司机打抱不平。一年轻小伙子质问执勤交警：“凭啥砸车？有没有人性？”起哄声越来越大，围观人越来越多，各种质疑、风凉、声讨的声音交杂在一起，让班长和两个民警没法正常执法。尽管班长挥手让围观人群散开，可没有人听，大家依然面带笑容看热闹，手持手机的依然拍个不停。

一阵警笛急剧拉响，从身后传来，警笛声越来越大，一辆防暴警车越来越近。突然，黑色雪佛兰启动了发动机，车子开始动起来，绕过横在眼前的警车，从左边道路欲绕过前行。班长一个箭步跨到车前，一把推开前方围观群众，挡在了黑色雪佛兰车头前。

“啪！”一声枪响，班长中弹倒下，人群惊慌消散。

晚上，县电视台播放一条新闻：今天下午，一贩毒团伙驾车闯红灯，被十字路口执勤交警拦截。贩毒分子凶相毕露，开枪射击，致一名执勤民警当场牺牲，后贩毒团伙仓皇而逃。目前，贩毒团伙已被我公安缉毒民警擒获，在车上当场缴获毒品五千克和手枪一把。

命根子

宏伟下班后回到家，发现老爸不见了。他到每个房间喊了几句，仍不见老爸的身影，心里一慌：老爸又跑丢了！

这是老爸第几次跑丢了，宏伟已经记不确切了。这些天，让他头疼的事就是老爸一个劲跑丢。第一次跑丢是在一个星期天的早上。老爸早早起床，坐在床沿上发呆。因为刚从乡下来到城里，在他家装修一新的单元楼里还不习惯，可能是怕宏伟和媳妇瞪白眼，他不敢吸烟。要是往常在家，他每天早上起来都要吧嗒吧嗒美美地吸一锅子旱烟，几十年的习惯突然一改，让他很不适应，就像关进笼子里的鸟，不准乱飞，也不准乱叫，老爸能不憋屈吗？所以，那天早上老爸没给任何人打招呼，悄悄走出自己房间，蹑手蹑脚走过客厅，下了电梯，从十七层高楼落到了地面上。他心里才踏实了，好像在儿子家里就是在万米高空的飞机上，随时都有掉下来摔得粉身碎骨的可能。

那天，宏伟上班前就发现老爸的房间没人了，以为老爸下楼去公园锻炼了，就没在意。中午吃饭时还没见老爸，问媳妇，也不知道。这下他急了，顾不得吃午饭，和媳妇分头去公园、广场、商店来回找，几经周折，还是在火车站广场找到的。宏伟满头大汗，气喘吁吁跑到老爸跟前说，爸，你走了也不说声，让我们都快找遍了。老爸脸色阴沉，情绪很平静。我要回家，城里不适应。你给我买张回家的车票吧！

第二次，老爸是跑丢在长途公共汽车站，眼看着拿着车票上长途汽车了，让宏伟看见了。这次宏伟生气了，说，爸，人家都往城里跑，你却偏要回乡下，乡下有啥好的，你干吗非要回去？老爸没有吭声，坐在车上不下来，也不理儿子，任宏伟和媳妇一番好劝，就是不听。

那次，老爸在乡下还没待几天，就被宏伟再次请到城里。他实在不放心把一个快七十岁的老头孤零零丢在家里。这一次，宏伟满足了老爸一个条件：

不干涉老爸任何行为，包括早上起来坐在床上吸烟。

老爸能够再次进城，还有一大诱惑，那就是宏伟把送儿子贝贝上幼儿园的差事交给了老爸，这下可把老爸高兴死了。每天接送小孙子时，一路上都能听小孙子用稚嫩的童音给他说幼儿园里的新鲜事，今天是老师表扬他听话，昨天是老师让那个叫狼毫的小捣蛋鬼罚站了，每天都有听不完的新鲜事，让老爷子听得两眼一眯，胡子直往上翘。按说，有了小孙子的诱惑，老爸应该不会再想着回乡下了。这次跑丢，十有八九又会旧技重演。

第二天是个星期天。宏伟一大早开着私家车，带着儿子回一百多公里外的乡下。

宏伟的老家在黄土沟壑里，以前村边那条细细的河流如今早已干涸，吃水都要去几里外的小河里拉水。村子里的年轻人都外出打工或者进城做生意了，留下的都是些老人、小孩和不识字的妇女。车子开到村头，宏伟看到往日绿油油的坡地如今只剩下裸露的黄土，就连挣扎在半坡上的几棵树木也孤零零干枯了。正是春夏之交的春播时节，却难以发现往日家乡男女老少忙着播种的情景。

管他呢，反正自己开着小厂子，他和媳妇一年收入也不少，比种庄稼不知要好多少倍。宏伟暗自庆幸自己当年走南闯北做生意，如今快三十的人了，要房有房，要车有车，什么都不愁了。两个姐姐也都迁到了城里，老妈去年走了之后，他就直接把老爸接到了城里享清福，也算尽一点孝道。谁知，老爸不知那根神经搭错了，放着舒坦的城里日子不过，非要三番五次往乡下跑。他想不通，这荒山野岭的土塬上有啥好迷恋的。

到家了。宏伟抱着儿子走下车，推开沉重的木门，眼前的景象让他惊住了：老爸穿着十多年前下地干活的那件土里土气的粗布衣裳，头戴一顶已经褪色的破旧草帽，裤腿袖子挽得老高，在院子里的一片平整好的土地上正播种花生，身后还堆着半袋子土豆种子。

听到脚步声，老爸抬起头，汗水珠子从长长的眉毛上滚落下来。他脸上绽放着孩子般的笑容，对小孙子说，贝贝，爷爷给你种花生和土豆，旁边那片地再种点黄瓜、茄子、西红柿，以后想吃啥就给爷爷说，爷爷给你送去。

爸爸，你这是干啥呀？都什么年代了，谁还种地？宏伟不解老爸咋就这么会折腾。

儿子，你给我听着，咱是庄稼人，庄稼就是咱的命根子，啥时候都不能丢。老爸低下头，在脚下的土壤里撒下一粒种子。

一张贴有照片的旧钞票

接到姐姐的电话时，他正在八百多公里之外的陕北一个县城的货运场，对一辆黄标车车主做思想工作。

这是今年最后一场黄标车淘汰治理攻坚战。他是副中队长，一周之前就带了三名民警开着警车，翻山越岭来到陕北黄土高原上这个小县城。出发之前，大队长下达了硬任务，要求月底之前务必百分之百完成任务，没有任何商量的余地。他是给大队长立了军令状的，不完成任务决不收兵。

就在攻坚战进入关键时刻，他突然接到了姐姐的电话。姐姐在电话里最后一次催他：你今晚再赶不回来，就一辈子别想再看到妈妈了！

他犹豫了片刻，还是无奈地回了电话：姐，我在外地，真的赶不回来了，你再照顾妈一个晚上，明天完成任务后我就回家。说完，他双眼噙满了泪水。

母亲半年前就在县医院被诊断为肝癌晚期，后被转到省人民医院治疗。由于年岁已高，身体虚弱，医院不赞成做手术，经征得他和姐姐的同意，医生采取了保守治疗。他和姐姐、姐夫又雇车把母亲从省人民医院拉回家，每天靠打吊瓶维持生命。父亲去世早，是母亲一手把他和姐姐拉扯大，待他和姐姐都相继成家后，母亲却不幸患上了肝癌。母亲诊断出肝癌时就到了晚期，要不是肝部疼痛难忍，母亲是决不会同意儿女把她送到医院检查治疗的。

母亲被诊断出肝癌晚期后，医生下了判决书，最多能活三个月。可是，母亲却硬是坚持了半年。一个月前，他带领中队民警刚刚完成冬季交通事故预防百日会战任务，好不容易才腾出半天时间回家看望母亲。听姐姐说，那天早上，母亲听说他要回来，就像换了一个人似的，一大早就让姐姐给她梳头、换新衣服，就像迎接贵客一样迎接他。他回到家，看到母亲半坐在床上，满头银发一丝不乱，面容祥和，精神焕发，心里很高兴，心想母亲说不定会战胜病魔，灵光返照。由于回来时走得匆忙，他竟然忘了给母亲买些东西，在身上摸了个遍，才从内衣口袋摸出一张很旧的五十元钞票，塞到母亲手里，说，妈，回来我也没给您买啥东西，这五十块钱您先拿着，想吃啥了就让我姐给你买。母亲推辞着不要，还是在姐姐的劝说下才把钱装进口袋里。

他坐在母亲床前，拉着母亲瘦黄干枯的手，刚想给母亲说几句安慰的话，腰间的手机铃声突然响了。他一看是中队长打来的，电话里中队长通知他晚上参加大队召开的黄标车淘汰治理动员会，自己在外地担负特勤任务回不来。他本想推说母亲病了，自己正在家照顾母亲，谁知近在咫尺的母亲听出了电话里的通话内容，就催他赶紧回去开会，还说自己的病已经好了，不要操心她了。拗不过母亲的催促，他只好依依不舍离开了家。从此就是一个月四处在外奔波，连给家里打电话问候母亲病情的机会都难以抽出来。

终于，有一次姐姐背着母亲偷偷给他打了一次电话。姐姐告诉他，母亲病重，浑身疼痛难忍，硬是靠着注射哌替啶一直支撑着。他心里一震，感到那针头就像扎在自己心上一样。他知道，母亲这一个月来是忍受着癌细胞扩散后的剧烈疼痛在苦等着他回来。可是，现在自己在几百公里之外的他乡，最快也得明天下午才能到家，何况最后这辆黄标车车主对报废自己的黄标车抵触情绪很大，要做通他的思想工作确实很难。

那天夜里，这个偏僻荒凉的黄土高原上的小县城下了入冬以来最大一场雪，气温也降至零下十五摄氏度。天黑时，地面上已经覆盖了一层厚厚的积雪，站在高处望去，一片白雪皑皑，银装素裹。他头脑里不停地浮现着母亲病痛难忍的情景，甚至产生了母亲就要离他而去的预感。他顾不得在暖气房间休息了，咬咬牙，索性和三名民警顶着严寒风雪，从停车场步行来到几里之外的车主家，三更半夜硬是叫醒车主，然后给车主继续讲政策，甚至自作主张答应了车主提出的额外补贴要求。经过通宵鏖战，这最后一个硬骨头终于啃了下来。

第二天，雪停了，可高原上的道路却结了冰，十分光滑。警车行驶在冰面上老是打滑。就这样，他给车主写下补贴保证书，亲眼看着车主把大货车拖到本地回购公司实施了报废后，他才带领三名民警饿着肚子，抵着零下十五摄氏度的低温，从黄土高原上艰难返回。

回到中队时天色已经全黑了。他顾不上给中队长汇报情况，就骑上自己的摩托车匆匆往家赶。还没到家，他就远远看到了家门口挂起了两只白灯笼和一串白纸，姐姐和几个亲戚穿着白色孝服在家门口焦急张望。

他心里一沉，眼泪再一次奔涌而下。

埋葬了母亲，在整理母亲遗物时，姐姐从母亲的上衣口袋里掏出那张很旧的五十元钞票递给他。他打开一看惊呆了，钞票里面竟然贴了一张自己穿警服的一英寸照片。

他已记不起来，这张照片是母亲什么时候装在她口袋里的。

雾中，那卖菜的交警

天麻麻亮，雾气很大。

年近半百、头发有点花白的大林揉了揉眼睛，一把擦掉挂在双眉上的雾水，瞪大牛铃似的双眼，全神贯注地盯着前面的大货，小心翼翼地开着自己新买的奔马牌农用三轮车，缓缓地朝县城方向行驶。

前面是一段陡坡路，路面上结了一层薄薄的冰和雪，光滑如镜。刚刚拿到驾驶证后第一次开三轮车上路就遇到这鬼天气，大林紧张得心里扑通扑通直跳。就在大林心里一阵发紧的时候，大货车忽然在半坡上来了个急刹车，弄得大林手忙脚乱，紧踩一下刹车，车还是侧滑到一边撞到了大车左后角，幸亏人没事，车也只是轻轻撞了一下。大林吓得脸色苍白，浑身发抖。

“喂！开三轮的，你会不会开车呀？跟得这么紧干吗？”浓雾中一名腰间扎着白腰带、头戴白警帽的年轻交警走了过来，朝他大喊，“你的车咋没挂牌子？有驾驶证没有？”

本来就受到惊吓的大林这下头上直冒冷汗。他心里清楚，自己在县交警大队刚拿到驾驶证就贷款买了三轮车，还没顾上挂牌子，眼看就要到春节了，家里几个大棚黄瓜就指望这辆车拉着卖了过年，可要是让交警扣了，啥都完了。

大林慌忙从棉袄口袋摸出半盒窄板猴王烟，抽出一根，递给那位交警，赔着笑脸说：“警察同志，车是我刚买的，牌子还没来得及办哩，等过了年就办。”说着，把自己新考的驾驶证递给年轻交警看。

年轻交警看了一眼驾驶证，再看了看大林，比对了一番，就把驾驶证还给大林，皱着眉头说：“没牌子都敢上路？你一个新手就敢开这么重的车，大雾天地撞了人怎么办？三轮车我们扣了！”年轻交警气势汹汹地吼着。

大林知道自己理屈，吓得浑身打战，只好说：“那……那等我把这车菜卖了再扣车，全家人都指望着我卖了菜过年啊！”

“不行。现在正赶上春运，路上车多人多，你的车没有牌照，也没有保险，万一撞死人，把你卖了都赔不起！这车子我们扣定了，你给我赶快把车开到停车场，车上的菜你自己想办法！”年轻交警一点也不让步。

大林战战兢兢地上了车，由于手脚发抖，怎么也打不着火，再说三轮车车头已经倾斜在一侧，他一时半会儿还真没办法。就在大林急得要哭时，一位领导模样的中年交警来到跟前。他向那位年轻交警问清是怎么回事后，严厉地批评了他几句，然后微笑着对大林说：“这位老乡，你看今天雾很大，路又很滑，你是新手，在这雾天开车很危险的。这样吧，你坐到我们的警车上，我给你开三轮，咋样？”说完，向身旁另外两名执勤交警交代了几句，就一步跨上车，“啪”地一下打着了火，摆正车头，老练地朝前驶去。

第一次坐警车，大林既高兴又紧张。高兴的是没想到车里这么舒服，车里的暖气这么暖和，紧张的是他听村里人说过，除了警察，只有犯人才坐警车。他想：交警是不是变着样子扣他车？想到这儿，大林心里忐忑不安。

路上的雾越来越大，能见度不到两米。车窗玻璃被雾气罩着，只有前面挡风玻璃被雨刷器刷出透明的两片，能隐隐约约看清车前的车辆和人。警车开得很慢，好一会儿才到了城区。坐在车里的大林早已分不清东西南北了，也不知自己现在身在何处。

这时，警车司机的手机响了。司机接完手机后，问大林是哪个乡、哪个村的。大林说了自己乡村名字，心里更紧张了，莫非真要扣车？要不，问我这干吗？看来自己真的只能眼睁睁让他们把自己的新车扣了。车扣了不要紧，可菜卖不掉，挣不到钱，家里老母亲正卧床不起，上高三的儿子又要交下学期的书钱，老婆还要买煤球做饭，全家人就眼巴巴等着我卖菜回去使钱呢！眼下这样子让家里怎么过活呀？想到这，两行热泪不知不觉涌了出来。

警车在一个人声嘈杂的地方停了十多分钟后，又掉过头行驶在了浓浓的迷雾中，一会儿上坡，一会儿下坡，一会儿过桥，一会儿转弯。迷迷糊糊中，警车已上了一条山间土路。大林觉得有点不对劲：交警队扣车的地方怎么这么远，走了大半天还没到？以前听人说扣车所就在县城南边一个停车场，怎么现在出了城，还走在这土山路上？

雾开始渐渐退了，暖暖的太阳也升上了天空，透过白雾照射在山村那还残留积雪的土山上。大林用手擦了擦警车玻璃，再朝外一看：咦，怎么回到了自己村里？

警车终于停住了。大林打开车门，发现那位中年交警开着自己的三轮已停在了村头，眉毛上挂着两条白雾，警帽上也涂了一层冰水。只见他从上衣口袋里掏出一沓钱，递到大林手里说：“老乡，这是我今天给你卖的菜钱，一共一千六百八十五块六毛，你点一点。记住，新车没有挂牌前不要上路，你看今天你多危险，我再不给你把车开回来，怕你会出事啊！对了，别再忘了办牌办证啊！”说完，朝大林招了招手，就上了警车。

“谢谢交警同志！”大林眼眶里噙满了泪水，在模糊的视线里，目送着警车渐渐消失……

商海情深

遥远的记忆随着岁月的流逝而模糊。旧时的同学大都各奔东西，云消雾散，连最相好的“同窗密友”也不知了去向。

一日，初中时的同学、昔日的“铁哥们”山来找我。山是外乡借读生，贫苦农民出身，长得人高马大，傻头傻脑，在校学习成绩总是“尾巴”，为人倒也忠厚。我们关系很好，课余时间经常一起玩。

“老同学，听说这几年你发了，借些钱用用，咋样？”山把我约到一个小饭馆，几杯酒下肚后就直截了当提出了这个请求。

这年头，亲朋好友来我这儿借钱的人不少，可是有借有还的却很少。吃了不少亏，我已灵醒了许多，谁再来借钱一概“往边站”。如今这社会，人走茶凉，情薄如纸。我虽然对借钱者比较反感，但作为山曾经的好友，觉得他能这样直截了当向我借钱，肯定是对我抱有很大的信任。我问：“做啥？得多少？”

“五千。”山回答得很干脆，没有丝毫的犹豫和羞涩，给我的印象是很有把握借到钱。

虽然我生怕“肉包子打狗一去不回”，但不知一种什么力量驱使我一下子“豪爽”起来，二话再没说，便从钱包里抽出刚从银行取出的五十张百元大钞，连数都没数就给了他。这钱本来准备给家里买一台高清大屏幕液晶电视，看来只能下个月我和老婆工资发了再买。

一个月过去了，山没露面。一年过了，山还没来。一日，听一熟人说山在县城做小买卖赔得精光，好久都没见踪影了。我开始后悔那天借钱给他了，心想这次教训可谓惨重。因为，这是我借出去的最大一笔钱。

春节前的一天晚上，山突然来电话：“老同学，请你来一趟，我在县城北大街宏园酒店等你。”

真是闹鬼了，这么晚了还叫人出去！我不知发生了什么事，就来到宏园酒店。见山一人坐在角落里，面前摆了一热一凉两个菜，桌子上还堆着一瓶半斤装伊利老窖。

“老同学，对不起，这么晚了打扰了。一年没见面了，想请你喝几杯，也好好聊聊。”山情绪很激动。

一年不见，山消瘦了一圈，脸上写满了倦意与苦愁。我猜想他会不会再问我借钱，心里提醒自己这次不要再慷慨了。我装作满不在乎的样子，说：“有啥事尽管说，别绕弯子了。不过给你先说清楚，我最近手头上可不很宽裕。”

待我落座后，山端起一杯酒递给我，然后给自己端了一杯，要碰杯。我没有碰杯的欲望，将杯子放在桌子上。山没说什么，从内衣口袋里抽出一沓百元大钞，推到我前面，说：“很感谢这一年你对我的帮助，我欠你的不只是这五千块钱，还有一份友情，这才是最宝贵的……”山眼眶红了，眼睛湿润了。

我感觉脸上一阵火辣辣的发烧，没有接山递过来的钱，而是端起酒杯，站起来主动和山碰杯：“来，为了我们的友情干杯！”

临走时，山是含着泪把那一沓钱硬塞到我手里，然后有力地握了握我的手，默默地离开了。望着山孤独的背影逐渐消失在路灯下，我的眼眶里一片潮湿。后来，我才从另一个同学那里得知：山本来生意做得很火，只因轻信了一个生意上的伙伴，被人家骗了几万元，那五千元和他身上仅剩下的一百元钱就是他变卖所有底摊后所得的全部。

十字街头

三年前，吴刚从警校毕业后通过考公务员和录警，被分配到县交管大队城区中队工作。小伙子一米七八的个头，长得白白净净，笔直挺拔，穿上警服往路面上一站，就像国旗班的仪仗兵，形象之好，见到的人都会伸大拇指的。经过短暂的培训，他就在城区中心十字岗台当上了交通指挥员。

吴刚站在三尺岗台上，身着配有斜挎绶带的藏蓝色警服，头戴白色警帽，腰扎白色腰带，脚蹬黑色高筒皮靴，手戴雪白手套，立正，跨步，转身，伸臂，挥手，那一招一式都充满了青春活力，难怪会有那么多老人、学生包括妙龄少女都会驻足观望。有的老头、老太太闲着没事，干脆端上一个小凳子，在十字口一角一坐就是半晌，陪着吴刚在岗台上指挥三个小时。

一次，吴刚走下岗台正准备骑上摩托车返回中队时，一位长得白白净净的姑娘推着一辆粉红色的女式自行车，羞羞答答走到他跟前，说，你是叫吴刚吧？声音轻得像蚊子叫，脸蛋红得像熟透了的桃子。吴刚点头说是。姑娘从自行车前的篮子里取下一个银白色小包，掏出一个带着花边的信封，递到他手里说，有人让我给你捎来一封信。吴刚接过信，半天也没有想出谁会给自己来信，只说了声谢谢。他正想问是谁的信，一抬头，姑娘已经骑上自行车走了。

晚上回到宿舍，吴刚关好门，拆开信封一看，发现里面正是那个姑娘的艺术照，照片上的她眉清目秀、笑容可掬，简直可与下凡仙女相媲美。照片背面是她的手机号码。

吴刚没想到爱情就这样突然降临到他身上，更没想到三尺岗台竟成了他和她的红娘。他很珍惜这份突如其来的情感，把那张照片像宝贝似的总揣在衣兜里，没人时总要多看几眼。就是上岗执勤时也不忘带上它，有它在身上，他工作就感到有使不完的劲。

十多天之后的一个晚上，姑娘便与他有了第一次约会，时间是晚上八点，地方是县城北郊玫瑰酒店。

那天晚上，正好中队临时开了一个短会，会完时已经八点过一刻。吴刚满头大汗来到约会酒店，推开酒店大门，一眼就发现了姑娘。她坐在酒店一个角落的小桌前，穿着一件白色连衣裙，神情不安地朝门口张望。可是，让吴刚的心里发冷的是，姑娘对面却坐着一个中年男人。那男人背对着自己，一头乌黑光亮的黑发，穿着挺时髦，一看就知道不是大款也是小老板。姑娘正举起一只盛有半杯红酒的高脚玻璃酒杯，向中年男人敬酒，看起来两人很温馨。

吴刚站在酒店门口头脑直发呆，顿时有一种被欺骗、被羞辱的感觉，心情仿佛一下子从七月流火天跌到了数九寒天。再看看中年男子对姑娘的那副亲热劲，他浑身的血液都直往头上冒。他真想冲过去抓住那家伙的衣领，狠狠给他一拳，但他还是克制住，忍住夺眶而出的眼泪，扭头就出了酒店，任身后姑娘一声声叫着他，他也没有回一下头。

离开玫瑰酒店后，吴刚心情很郁闷，一个人静静地沿着酒店所在的北环路漫无目的地走着，默默地品尝着突如其来的爱情苦果。他们交往已经半个月了，他对姑娘是了解的。姑娘叫徐洁，是县城中学新分配来的音乐教师，能歌善舞，人也长得漂亮，整天乐呵呵的。其实，她命很苦，当警察的父亲早在她上小学时就在一次抓捕逃犯的途中因车祸而牺牲了，给母亲撇下她与年幼的弟弟，这十多年来硬是靠当教师的母亲微薄的工资养家糊口。就在她刚走上岗位时，母亲的心脏病却突然加重了。医生说必须立即做心脏搭桥手术，否则随时都会有生命危险。可是，眼下弟弟正在上大学，自己刚刚上班，母亲的退休金还要供日常开支和自己看病买药，十几万元的手术费让她从哪里弄来呀？母亲是世界上最疼爱她的人，她几乎不敢想象失去母亲的痛苦。她心中有苦衷，但是从没有向吴刚求助过。吴刚想帮她，可是也无能为力。

吴刚走了一段，心里仍不死心，他不想就这样结束这段美好的爱情，不知不觉又转回到玫瑰酒店，坐在酒店门前的绿化带边，默默等着徐洁出来，想问清楚她身边的中年男子是怎么回事。他躲在绿荫丛中，远远看着酒店门庭那变幻莫测的霓虹灯在闪烁着五光十色，终于看到徐洁出了酒店。只见徐洁跟在中年男子身后，直接上了一辆黑色奥迪轿车。看着两人的背影消失在黑夜里，吴刚心里突然燃起一股无名之火。

吴刚这下彻底绝望了，他默默离开玫瑰酒店往回走，心里却在伤心流泪。吴刚走的这条街道刚刚拓宽，路上人车稀少，只有前方不远处十字街口南北方向的108国道上不时有大货车过往。

走了一会儿，吴刚就隐隐约约听见前方传来一阵呻吟声。他心里一紧，快步赶上前，在十字路口昏暗的灯光下，看到一辆大货车停在十字中心，旁边一辆黑色小轿车已被撞得面目全非，整个车头被碰得支离破碎，驾驶室也严重变形了，车内传出一阵男人鬼哭狼嚎般的惨叫声。凑近破碎的左前车窗往里看，借着远处的路灯和车内仪表盘淡绿色的荧光，他看到一张熟悉的面孔，一个肥胖的身躯半躺在驾驶座上，双腿被变形的驾驶室死死夹住。副驾驶座上的姑娘头部也被支离破碎的挡风玻璃碰出一个口子，玻璃碎片撒在她脸上、身上，半个脸全被血染红了。

眼前这个男人使吴刚马上想起刚才在玫瑰酒店让他屈辱的一幕。车里面的伤者如果换成别人，出于职责的考虑，他此刻一定会毫不犹豫冲向前去，打开车门对伤者实施抢救。然而眼前的这个伤者却突然让他有点麻木不仁，在他内心深处甚至有一种幸灾乐祸的感觉。站在血淋淋的事故现场，他的脑子竟然一片模糊，他甚至都忘记了在事故发生后的第一时间，应该先拨打120和事故科值班民警报警电话。

吴刚明白，此时此刻对于车里的两个伤者来说，时间就是生命，自己再拖延一秒钟，他们就会少一秒钟被挽救的希望。如果两条生命在自己眼皮子底下消失了，他就是罪人。他脸上一阵发烧，心里恨恨骂了自己一句，就没敢再迟疑，立即拨打了120急救电话和122报警电话，开始动手救援。

几乎是在急救车到来的同时，吴刚已经撬开车门，小心翼翼将她从车里拖出来，背在背上朝急救车走去。一阵冷风吹来，徐洁身子打了个寒战，软软地贴在吴刚的后背上。徐洁头上的血迹顺着脸庞滴下，一滴一滴落在吴刚的肩上和前胸，滴在藏蓝色的警服上，警服上立刻被洇成一朵暗红色的花朵。蓦然，吴刚感觉到自己脖子上一片湿热，这片湿热分明是一滴滴泪水汇成的。

忽然，吴刚的耳旁传来一句微弱的声音，让他心里一震：救救他，他在帮我，准备给妈妈做手术。

规则

阴沉沉的天空飘起了雪花，通往县城的国道上铺上了一层薄薄的白雪，溶化后地面上便积成薄薄的一层泥水。

傍晚，巡查班长宋振杰带领两名年轻民警在国道上执勤，重点查处客车超员违法行为，消除群死群伤交通事故。他们的执勤点设在一段险坡之上，对进城的客车逐一检查载客人数和防滑链安装情况。

这时，一辆客车沿着国道摇摇晃晃向险坡驶来，挡风玻璃上的雨刮器艰难地画着弧线，车顶用绳子捆绑着几个大硬纸箱子。宋振杰立即命令民警做好停车检查准备。两名随行民警大老远就作出停车检查的指挥手势。客车在他们面前刹住车后，宋振杰从车窗玻璃上一眼就看到车内黑压压一片，明显是严重超员。两名民警正要上车检查，只见售票员提前从车上下来，手里拿着一盒好猫香烟给宋振杰和两位民警散烟，然后满脸堆笑说："宋班长，你们辛苦了！刚才路上顺便拾了几个人，你看——"

宋振杰挥手挡过售票员递过来的香烟，说："请把车门打开，我们要上去依法检查。"

售票员凑近他耳边悄悄说了一句："我是你们王队长的外甥，就放过兄弟一把吧！"说着，从口袋里又掏出三盒香烟往宋振杰腰包里塞。

宋振杰这才想起王队长说起过他外甥今年开始经营客车的事情。他绕到车前看了看车牌号，不错，正是王队长提起的那辆车。这时，车上有人在一边给他旁敲侧击说："王队长外甥的车号可要记住啊，不看僧面也要看佛面，只要不违反大的原则，能照顾就照顾，与人方便，自己方便嘛！"他也听到有其他客车司机议论过，说这辆车有"保护伞"，面子大，谁也不敢罚。可是，眼下正是下雪天，坡道上又湿滑，万一出了事故咋办？

就在宋振杰拿不定主意时，售票员已经拨通了王队长的电话。他在电话里左一个舅舅右一个舅舅地叫着，电话那边却好像一直沉默不语，直到他说出宋振杰的名字，电话里才响起王队长的声音："你让他接个电话。"售票员洋洋得意把手机递到宋振杰手里。宋振杰通过电话给王队长说明情况后，王队长有点生气地说："这事还用得着问我？你不懂规则吗？不说了，你看着办吧！"

规则？宋振杰心里很明了这规则是什么，不然怎么能在班长位置上干事？他无奈地摆摆手，就让客车走了，同时还忘不了叮咛了客车驾驶员一句："开车小心点，注意安全！"

然而，令人担心的事情还是发生了：几分钟之后，客车就在半坡上失控了，侧翻到路边的麦田里，多亏麦田土壤松软，只造成几个乘客受伤，驾驶员的双腿却夹在驾驶室内不能动弹，一个劲地在痛苦呻吟。

宋振杰和两名民警站在坡顶亲眼看着客车失控侧翻的，当时他的心都提到了嗓子眼上，脸色突然苍白如纸，带领两名民警立即下了坡，一边给中队长报告，一边抢救伤员。

"宋振杰，你真混蛋！让你按规则办事，扣车卸客，谁让你放行了？"王队长在电话里以平时少有的暴脾气对宋振杰发火。

宋振杰无语了，他真后悔刚才没有弄清楚那个规则是什么意思。

道歉

事故中队中队长张正军正和三名民警在国道上勘查一起交通事故现场，突然一辆深绿色三菱车不顾警戒民警的劝阻，冲过警戒带，从人群的缝隙间闯入事故现场，贴着勘查现场的一位民警身子呼啸而过，将前方路面上摆放的锥形桶撞到一边，引起了围观群众的一片惊呼和两边暂停车辆司机的不满。

“追上他！”张正军扔下手中的皮尺，疾步走向路边的警车，开动警车，鸣着警笛，迅速追去。

五分钟后，张正军的警车终于在国道一处的收费站将那辆闯卡三菱车追上。张正军迅速下了车，给收费站工作人员亮明身份后将三菱车引领到路边，然后，走过去站在驾驶员左侧，敬过礼后说：“同志，请出示驾驶证和行驶证，配合我们检查。”

三菱车司机是个年轻小伙子，坐在驾驶员位子上一动不动，一只手还架着一支香烟，装着没有听见，把头扭向一边。张正军重复了一遍刚才的举止和言语，对方才缓缓摇下车窗玻璃，拖着官腔说：“这是县政府的车，你没看见？领导有急事，你耽误得起吗？”

这是一辆崭新的三菱车，车牌也是新挂的，张正军对这辆车没有一点印象，心想这小子是不是在吓唬自己。如果真是县领导在车上，即使有急事，也不会这样气势汹汹闯过警戒区，最起码应该给民警说一声。他还是想把事情闹个清楚，要是真的是县领导在车上，他也不怕，毕竟自己这是正常执法，也犯不了什么错。他又敬了一个礼，说：“领导的车更应该带头遵守法规，刚才就不应该那样硬闯警戒区。法律面前人人平等，请接受我们检查！”

这时，坐在副驾驶位置上的一位中年妇女怀里抱着一条雪白雪白的小狗，一脸怒气，说：“不就是违个章嘛，用得着这么认真？要罚多少钱就说吧，给你就是了，耽误了我给咪咪看病，你可吃不了兜着走！”

张正军一看车上再没有别的人，心里更来气了：“你不是说领导有急事吗？

给小狗看病就那么急？真要是这样的话，我就要依法办事了，请出示驾驶证，依照交通安全法罚款二百！”

见年轻驾驶员还要与张正军磨蹭下去，一旁的中年妇女不耐烦了，粗声粗气说：“给他，不就是二百元嘛！记下他的警号，看我不脱了他这张老虎皮才怪呢？”

三菱车司机从窗户里撇出二百元，没等张正军检查证件开罚单，就一把夺过证件，启动车子，一溜烟走了。

张正军和民警勘查完事故现场回到中队，就接到大队长的电话。大队长在电话里命令他火速赶到他办公室。张正军惴惴不安进了大队长办公室，还没来得及汇报情况，就遭到了大队长一阵劈头盖脸的训斥：“好你个张正军，连王副县长的车都敢罚，你真是不长眼啊！刚才，王副县长给我来电话了，说他听了老婆电话里一顿发泄后，很是生气，下午就来事故中队处理这件事，还点名道姓要找你张正军的事。我看你今天咋给王县长交代？去，赶快回去写个检查，到时好好给王县长赔礼道歉！”

张正军没想到自己这下把祸闯大了，他心情慌乱地回到中队，一个人在办公室反省和思索这个检查到底该怎样写。

下午上班不久，那辆挂着新牌照的深绿色三菱车在大队长的警车引领下，就开进了事故中队院内。大队长一下车，就命令全中队民警在院子里列队，听候王副县长的重要指示。

张正军很快把队伍整好，然后自己归到队伍里。大队长把王副县长和年轻驾驶员领到队伍前方，恭恭敬敬地敬了个礼，然后转过身，面向民警说：“下面，请王副县长作重要指示，大家欢迎！”

队伍里掌声雷动。王副县长双手示意停止鼓掌。然后，他站在队伍正前方，神情严肃地巡视了一遍队伍，问：“谁是张正军？”

张正军脸色一变，心里“咯噔”一下，手心里都捏着一把汗。他迅速调整好神态，做好了在民警面前挨训的心理准备，向前跨出一个正步，一个敬礼后，说：“报告领导，我就是！”

王副县长的目光落在了张正军身上，一脸严肃地说：“张正军，好样的！

今天，我是来替我的家属向你道歉！她依权压法，目无法规，我已经狠狠批评了她！”然后，面向队伍，语重心长地说：“同志们，张正军今天做得对，大家执法就是要像他这样的，不管是谁，法律面前都要一视同仁！”说完，王副县长把他的驾驶员叫了过来，让他当面给张正军赔礼道歉。

“啪啪啪！”队伍里响起一阵热烈的掌声，其中张正军的掌声最响亮、最持久。

还礼

雷长军回到交警大队，走到办公室门口时，看到一位乡下老汉蹲在门口。老汉七十多岁，一张黝黑而布满皱纹的脸，一双充盈忧愁的眼睛，干裂的嘴唇周围长满了灰白的胡须。在老汉的身旁，放着一只鼓鼓囊囊的用碎布片拼接而成的布袋。

雷长军掏出钥匙，打开办公室门。老汉这才慢慢站起身来，怯生生问了一句："您就是大队长吗？"

雷长军点点头，用询问的目光望了老汉一眼："大爷，你有啥事？"

雷长军把老汉请进办公室，招呼他在软皮沙发上坐下，顺手从热水器里盛了一杯开水递到老汉手中。老汉慌忙站起身，接过水杯后放在茶几上，还未说话，眼泪就流了出来。

老汉哭丧着脸告诉雷长军，前天晚上，他儿子骑摩托车从县城给他买药回来，半路上被一辆从身后驶来的小轿车撞了，倒在路边的雪地里昏迷不醒，那小轿车连停都没停就开走了。后来，听人说是两名夜查交警发现后给122报了警，又把他儿子送到了县医院抢救，他儿子这才脱离了生命危险。他今天来交警大队一是想感谢那两名交警，二是想问问那撞他儿子的小轿车找到了没有。

老汉说的这起事故雷长军很清楚，昨天事故中队长已经给他汇报了案情。听说伤者颅脑损伤，虽说暂时脱离生命危险，可要是后续治疗跟不上，说不定会成为植物人。目前抢救费已经花了一万多，现在医院又在催着交钱，再不交钱就断药了，可肇事嫌疑车辆还没有找到。不过，下午办案民警就得到了一点线索，案情终于有了点进展。上午下班前，他就接到老同学的电话，请他吃便饭。老同学现任县政法委副书记，吃饭期间暗中给他透露出一点案子情况，让他酌情照顾一下肇事方。虽然老同学没有直说肇事方是他的什么亲戚，但从他全力以赴说情的样子来看，一定是很要紧的亲戚。他告诉老同学，只要肇事方尽快投案自首，积极赔付伤者医疗费，也许还能从轻处理。可是，肇事方至今也不肯露面，躲在暗处观望事态发展。他也没少做过老同学的思想工作，可是他不仅不听他劝，还以上级的口吻生气地说了他一句："就这一点小事，你还拿不住？还要我教你怎么做？"

他悻悻而去，回到大队，没想到，一进门就碰到了伤者父亲。看着老汉老泪纵横的可怜相，雷长军的心有点疼起来。要是父亲还在世的话，也该像老汉这样的岁数了。父亲也是当了一辈子农民，整天面朝黄土背朝天，浑身让太阳晒得黑黝黝的，和眼前的这位老汉没啥两样。看着老汉朴实的脸和祈求的目光，他有点不知所措。他默默地在心里衡量着两种选择的轻重。他明白，自己去年能上任大队长，与老同学极力向组织部长推荐有很大关系。可是，人情再重，能重过法律吗？同学情重，能重过老百姓的养育之恩吗？

就在雷长军犹豫之时，老汉慢慢解开了那只土布布袋，从里面捧出一把大红枣，递到雷长军眼前，说："大队长，这是自家院子里的枣树上打下的，也是我们全家的一点心意，这点红枣说啥你都要收下！"

雷长军赶忙挡住老人，老人却很执着。他只好从老人手中抓了几颗红枣放在茶几上，然后把其余的红枣放回布袋，又把布袋递到老人手中，说："大爷，你的心意我领了，你这么大岁数了，就不要再跑了，我们这边有啥消息会到医院找你的，放心吧！"

老人知道这是大队长在撵自己出去，突然"扑通"一声跪在雷长军面前，流着泪说："大队长，我老汉活了一辈子，没给谁下跪过，今天为了儿子我就豁出去了。你是不知道啊，我和老婆都有病，我们就这么一个儿子，儿媳还是残疾，孙子也小，要是我儿子再有个三长两短，让我们一家人咋活呀？"老人说着说着，就泣不成声了。

雷长军赶紧把老汉扶到沙发上，说："大爷，你家的情况我知道，你先好好给儿子看病，欠医院的抢救费我一会儿叫办案民警从事故救助基金里面先垫付一部分。你老就放心吧，我们会尽快破案，还你儿子一个公道的。"

老汉捧着布袋，眼泪再次奔涌而下。他站起身来给雷长军深深鞠了一躬，说："谢谢，谢谢大队长。你就是我们全家的大恩人啊！"

老汉走后，雷长军拨通了事故中队长的电话，把他叫到办公室，当面命令他带领办案民警对肇事嫌疑者立即实施抓捕。

放下电话，他突然看到门口放着的那一布袋红枣。他从口袋里掏出一百元，递到中队长手里，出了办公室，指着还没走远的老汉说："你把这钱给老人送去。"

望着老汉远去的背影，雷长军突然感到自己的心情从来没有这么轻松过。

血染的警服

我终于吃力地睁开了双眼，才发现自己是躺在县医院急诊室的病床上，脑子里还是一片空白。我不知道自己是怎么被送进医院的，又是怎么躺在这一片白色世界的病床上的。

天，渐渐黑了下来。病房里空荡而寂静，只有那输液管里的药水在滴答滴答地往下滴。头部还一阵阵钻心地疼。

我努力在记忆里搜寻着。记得今天是腊月二十七。下午，我骑着那辆从别人手里买的无牌照无行驶证的摩托车，带着购置的年货从县城急急火火往家赶。刚一出城，就发现前边有交警执勤，心里不由得发慌，知道自己这无牌无证车一旦被交警挡住，麻烦就大了。

然而，上次闯关的直觉又马上告诉我：交警是欺软怕硬，你硬冲，他拿你也没办法。于是，我脑子里当即闪出一个念头：冲过去。

我刚启动车子，就被那交警发觉了。他一边向我敬礼，一边示意我停车。我装着没看见，双目注视前方，猛加油门，怀着侥幸的心理从他身边冲过去。当我以胜利者的姿态回头朝他投去嘲笑的目光时，竟忘了减速，连人带车径直撞在前边一辆农用三轮车的车厢后面。随着“嘭”一声巨响，我就什么也不知道了……

“小伙子，醒了？”一位女护士轻轻走进来，用甜甜的声音打断了我的回忆。“你真算幸运，多亏那位交警同志把你及时送来，不然你就没救了。”

“那位交警把你从车上抱下来时，你满脸是血，是他为你垫付了医疗费，又为你输了血。”女护士话音刚落，就见病房门被推开了，父亲、母亲焦急的面孔出现在我眼里，身后站着一位胸前、双臂沾满血污的年轻交警，那英俊面孔是那么熟悉。

我知道，刚才护士说的那个把我送到医院抢救的交警应该就是他了。我真有点不敢相信自己的眼睛。上次他在路上扣我的车时，我不但恶言辱骂了他，还在众人面前推搡了他一下，他却始终未动手；今天他向我敬礼纠违，我却硬是加大油门冲着他闯了过去；当我发生车祸后昏迷不醒时，又是他从血泊中将我抱上车，送进医院……

我的眼眶一热，眼泪泉涌一般流了出来，那血染的警服深深地烙印在我的脑海里。

交警老牛

老牛今年五十九岁了，离退休只有几天时间，在一线执勤交警岗位上已经干了整整二十五个年头了。

老牛中等个头，身材魁梧，脸色黑里透红，一头灰白色短发，总是显得精力充沛，劲头十足。他是从部队转业到交警大队的，据说在部队是副营级职务，到了地方却只是个副股级副中队长，就是这副中队长一干就是二十多年。

老牛有个绰号叫“老认真”，凡事他都丁是丁，卯是卯，一点不含糊。他不善言语，整天都沉着脸，虽然不是中队一把手，却让队里民警不寒而栗。中队领导换了一茬又一茬，唯有他丝毫没有动。不是他无能，也不是他人缘差，而是历任中队长离不开他了。好几次大队领导找他谈话，想提拔他为中队长，说他要素质有素质，要经验有经验，要人缘有人缘，不提拔重用就亏待他了。可是，这个老牛死活就是不愿意，非但不上任中队长，而且老死也不愿挪窝，其他中队和机关科室都不想去，非要待在这远离县城条件艰苦的农村中队。大队领导问他为啥不愿意走，他只说了一句话：习惯了，时间长了就离不开这里了。

从部队回到交警队，老牛的军人本色却没消退，队列训练他带头指挥和参训，重大交通疏导总是奋勇在前，哪里有危险哪里就有他的身影，特别是每年防汛抢险他都是奋战在抗洪一线。面对汹涌而来的洪水，他二话不说，脱掉鞋子，卷起裤管，第一个跳进水中用土袋堵缺口。庆功表彰会上，却从来不见他的身影，只要一听说给他报功评奖，他就眉头一皱，坚决不干，谁要给他做工作，他就会跟谁过不去：那么多的工作靠我一人能干好？谁没在抗洪防汛一线熬夜奋战？你们为啥不想想那些年轻民警？就这样，许多应该归他的立功奖励、表彰都推给了年轻民警。

今年冬天一个飘着雪花的早晨，中队辖区国道的一段险坡上发生一起重大交通事故，死者是一个年仅五岁的小男孩，伤者是男孩的父亲和年近七旬的老奶奶，那满头银丝的老奶奶生命垂危。那天，老牛带着三名年轻民警正在坡顶巡逻，听闻半坡上发生事故后，他带领民警立即赶到事故现场。经现场调查得知，这一家人一大早由父亲开着三轮车去县城给孩子看病。不料，坡上迎面而下的一辆拉煤车因制动失灵，车轮打滑，一下子将三轮车撞翻到路边，大车司机吓得弃车仓皇而逃。

小男孩的尸体摆在三轮车车厢里，半个脑袋被大车剐得血肉模糊，惨不忍睹；孩子的父亲一条腿夹在驾驶座位上不能动弹；孩子的老奶奶瘫坐在车厢里哭得像个泪人，满头的白发在寒风中被吹得散乱一片。看到眼前这揪心的一幕，老牛的心都碎了，泪水在眼眶里打转。他不顾自己身体臃肿，腰腿疼痛，将身上的执勤棉衣脱下来，轻轻盖在小男孩的尸体上，然后亲自把那位老奶奶背上警车，又和民警一起把受伤的三轮车驾驶员救出，搀扶上警车，留下两名民警，自己开着警车，带上一名民警就朝县医院奔去。在县医院急诊室，他从身上掏出五百元给伤者交了医药费，和民警一起抬着担架给驾驶员作检查，直到安顿好两个伤者，才拖着困倦的身子离开。

这天，离老牛退休只剩下三天。

老牛有个牛脾气，甚是惹人不悦。大家说，老牛啥都好，就是爱管闲事，爱训斥人。

在一次整治农用三轮车违法载人行动中，一名执勤民警在路上拦住一辆搭着彩条布棚子的农用三轮车，车上坐着一位病重的老大娘和她的儿媳，开车的是老大娘的儿子。由于驾驶员忘了带驾驶证，执勤民警要强行扣车。车上老大娘支撑着虚弱的身子直发抖。儿媳赶紧苦苦哀求说，可不可以先交点罚款让他们走，随后让人把驾驶证从家里捎来，可执勤民警坚决不行，非扣车不可。这时，上路检查工作的老牛正好赶了过来，问清情况后，他脸色一沉，眉头一皱，牛脾气就犯了，嚷道：“胡闹！让他们先走！你是铁石心肠啊，车上有重病人你看不见？要是老人有个三长两短，你能负责？”那位执勤民警只好放了车，背着老牛委屈得直掉眼泪。

平时，中队有的年轻民警偷偷往垃圾桶倒剩饭剩菜，甚至是扔掉只咬了几口的雪白馒头，老牛只要看见了就会毫不客气，当着面让那些民警把馒头捡起来，洗干净吃了。有的年轻民警头发长了顾不上理，他就毫不客气指出来，说："再让我看到你的长头发，看我不给你剃成光头！"吓得那些年轻民警赶紧去理发店把自己收拾得干干净净，包括稍稍长出的胡须也剃得光溜。也有挨了训斥不服气的，在背后偷偷发泄心中的不满，说："不就是个副中队长嘛，用得着操那份闲心吗？"

一个班长在处理一起简易程序交通事故时，只因一位农村老大爷多要了一千多块医疗费，在中队院子里他竟然指着老人的鼻子大骂："简直是混账，蛮不讲理，你要这么多钱，得是想钱想疯了？"骂声传到老牛耳朵里，他气汹汹走出办公室，就没给这位班长好脸色，说："你咋说话啊？气势汹汹的，是想吃人啊？老人都能给你当爷爷了，你咋就一点不懂尊重老人啊？你在家就是这样给你父母说话的？"三两句话说得班长红了脸，垂下头。

老牛虽然爱管闲事，爱训斥人，却没有人记恨他，时间长了大家都服了他，就连那些年轻气盛的班长都乖顺了许多。下班后，老牛和年轻人在一起时也爱说笑瞎闹，打扑克也爱耍赖，喝酒也投机，常常惹得年轻人合伙整他，不是罚他脸上贴纸条，就是罚他喝敬杯酒。也有大胆的年轻人爱开他的玩笑，有的竟然直接说："老牛哥，我看你也只是窝里横，只敢对我们那么凶，咋不见你对那些司机凶？你是不是欺软怕硬呀？"

老牛笑笑说："他们是老百姓，老百姓是我们的衣食父母，哪有对自己父母凶狠的？"

也有当地老百姓问他："牛队长，你在这天高皇帝远的小地方一混就是几十年，也没捞到个一把手当当，不觉得亏大了？"

老牛哈哈一笑，说："当不当官没啥，只要对得起你们对我的信任，我这辈子就知足了。"

痛苦抉择

初秋的黄昏，秋风瑟瑟，凉气袭人。

事故中队中队长雷刚看着倒在血泊中的年轻妇女，听着身旁五岁小男孩撕心裂肺般的哭声，不由得鼻子一阵发酸，不由得狠狠吐出一句粗话："娘的，哪个缺德鬼大白天撞了人还敢跑！"他一边自言自语地骂着，一边指挥随同出警的两名民警将伤者抬上120急救车，自己则低下头，躬着腰，仔细在现场寻找逃逸者的蛛丝马迹。

忽然，他在路边的草丛中发现一个连着半截钥匙链的玩具小猴。他觉得这只玩具小猴有点眼熟，可就是想不起在哪儿见过。

回到中队后，雷刚立即召开了案件分析会。经现场勘查和走访目击群众，得知肇事嫌疑者是一个20岁左右的男青年，肇事车为一辆绿色无牌125摩托车，肇事后向县城方向逃逸。案子刚分析完毕，就从医院传来消息，那位受伤的年轻妇女经抢救无效死了。对死者的同情和对肇事者的愤怒，使雷刚更加坚定了誓破此案的信心和决心。

晚上，他在办公室正想着案子，上幼儿园的儿子忽然打来电话，说他雷强叔来了，让他回去。

提起雷强，雷刚不由得回想起了自己的身世。雷刚三岁时，父母亲在一次车祸中不幸双亡，是伯父伯母将他辛辛苦苦养大成人，并供他上完警校，直至走上交警工作岗位、成家生子，照顾他照顾得很周到。雷强是伯父伯母中年生的独子，从小就被父母视为掌上明珠。雷强比雷刚小三岁，两人从小一起玩耍，一起上学。后来，雷刚考上了警校，雷强初中毕业后就回家务了农。

对了，雷强过几天就要结婚了，差点给忘了。雷刚走在回家的路上，忽然想起这件事。

雷刚一回到家，雷强就一脸苦相地告诉他：父亲因忙着给他准备结婚，犯了脑梗，中午已被送到县医院。下午他得知后，骑着摩托车匆匆进城来看父亲，不料在路上撞了人……

雷刚忽然看到雷强手中拿着有半截钥匙链的摩托车钥匙，这才想起前几天雷强买了辆新摩托车到交警队办牌时，曾见过雷强的钥匙链上拴过一个玩具小猴。这时，雷刚不由得心头一震：难道今天下午肇事逃逸的就是他！

雷刚真不敢相信，老天对自己出了这样一道难题。眼下，恩人伯父正重病住院，雷强又即将成婚，自己如何下得了决心把亲人送进监狱呢？放过雷强吧，可那年轻妇女倒在血泊中的惨象，那小男孩凄凉的哭声却撕着他的心，责问着他的良心。

经过一番情与法的激烈较量，雷刚终于作出了痛苦的抉择。他走到雷强身边，说：“好兄弟，听哥的话，还是自首吧！只有这样，你才有出路……”

月光下，他领着雷强来到中队值班室，让值班民警给他戴上铐子，展开了讯问，自己则默默地朝县医院走去……

一个良知发现的小偷

深夜，夜查民警王伟等三人驾着警车在国道上巡逻，忽然发现一个昏迷不醒的年轻男子倒在路旁，一辆崭新的无牌照 125 摩托车倒在身旁。男青年头部流了一大摊鲜血，左腿别在摩托车下，裤腿也渗出了血迹。

“赶快救人！”王伟立刻停住车，跳下警车，和两名民警一边紧张救人，一边仔细勘查现场。从现场勘查情况看，肇事车前后均无其他车辆刹车和碰撞痕迹，显然是一起单方事故。

王伟和民警小赵把伤者抬到警车上，留下另一名民警守护现场。两人迅速朝县医院驶去。

在县医院，王伟用自己身上的钱给伤者挂了号，付了医疗费和药费，两人用担架抬着伤者在急诊楼一至三楼上上下下，忙前忙后。由于伤者失血过多，急需输血，不然生命会出现危险，然而，县医院血库暂时没血。王伟一把卷起袖子，伸出一只胳膊，对医生说：“我是 O 型血，输我的血。”经过医生紧急输血抢救，伤者终于脱离了生命危险。

第二天一大早，王伟和民警小赵来到县医院，看到伤者已清醒过来。见两名民警来到床前，伤者眼睛流露出恐惧的神态，对民警的询问始终不开口，甚至连自己的姓名、家庭住址也闭口不答。为了不影响伤者治病，两名民警只好暂离开了病房。

晚上，王伟接到县医院急诊室值班医生打来的电话。医生告诉他，伤者突然失踪了。

王伟立即驱车来到县医院。急诊楼的 305 病房里，伤者的病号服被留在床上，原来的衣物不在了。王伟在整理病床上的被褥时，在枕头下发现了一封短信。

交警同志：

今早你们走后，县医院的刘大夫告诉我，是你们救了我，还给我垫钱看病，非常感谢你们救了我的性命。实话告诉你们，我是一名小偷，那辆摩托车是我刚偷的。昨晚骑到半路上就看见警车从后面追来，我就慌忙加大油门，不想被路边一块石头绊倒了，然后我就什么也不知道了。当我从昏迷中清醒过来后，发现自己已躺在医院的病床上，心里十分不安，害怕被警察抓住。当我知道是两位交警同志给了我第二次生命时，我既感动，又惭愧。经过反复思考，我决定立即向公安机关自首。

一个良知发现的小偷

第二天，曾在全县轰动一时的一个摩托车盗窃团伙案被破获，而那个团伙的头目竟是那个良知发现的小偷。

春之忧

如果没认错的话，这应该就是她的家。虽然好几年没来她家了，但都是一个村子里的，从小和她就青梅竹马，她家在哪条巷子、第几家，我还是记得清楚的。不同的是，她家以前的破瓦房、矮门楼如今已变成白亮亮、高晃晃的二层小洋楼，在整条巷子里都很扎眼，难怪我不敢确认。

犹豫了片刻，我还是推开那扇虚掩的朱红铁门。

进了农家小院，映入眼帘的是一排贴着白瓷片的一层平房，平房的设计完全仿照城里人三室一厅小单元，客厅的玻璃门半开着。我走了进去，客厅里空无一人，环视一周，里面装修一新，各种现代化家电家具一应俱全，城里人有的这里基本都有了，特别是那台60寸的平板液晶电视比我家的还大，让我不由得啧啧赞叹。

“你来了，快请屋里坐！”她不知从哪里出来，站在我身后说。我扭过头，眼前的她满脸皱纹，头发灰白，臃肿的肚子和大腿，勾勒出枣核形身材，完全褪去了当年婀娜多姿的美丽。她的声音也有点粗，就像几个人合唱的声音，也没有了当年清脆响亮。

我放下双手中的两盒糕点和两盒水果，轻轻坐在柔软的沙发里。记得当年这里还是一个小草房，里面仅有一张木板床和一张四四方方的小方桌，桌子旁边是两把槐木凳子。我和她就围着方桌一人一边，兴致勃勃地聊高考、聊人生、聊所谓的朦朦胧胧的爱情。记得那时她一说话脸上就泛起红晕，低下头不再看我，美丽的长长的睫毛弯成两个小月牙。她的羞涩让我心软，让我着迷。后来，我考上高中，又考上了大学，她初中毕业没几年就嫁了人。虽然有情人最终没成眷属，但小时候那份清纯、那份欢乐还是时常勾起我美好的回忆。现在，我坐的是雪白而柔软的沙发，却感受不到心中那份柔软与美好。

“这些年变化不小啊，日子不错吧！”我环视着装修一新的小屋子说。

她显得并不兴奋，脸上挂着一丝忧愁，在身边的脸盆里洗净沾满面粉和韭菜的双手，说："乡下人家，能好到哪里去？哪里能比得上你们城里人日子舒坦。"然后，手忙脚乱给我泡茶，从旁边一个屋子里端来瓜子、水果、油炸馓子和牛奶糖。这些是农村人过年招待客人的常备礼物，我并没有动手拿着吃。忙完这一切，她返回院子东侧的一间灶房，端来一个小方桌，在客厅里一边包着韭菜饺子，一边说："正好，今天我包饺子，咱们一块吃吧！"

她的镇静出乎我的意料，算起来至少有十年没见面了，当年的青梅竹马加八年同窗，如今见了面，就像见了巷子里人一样。我突然觉得和她没有什么话可说，但这样沉默着也不是回事。我还是另起话头打破尴尬，说："孩子都大了吧？都成家了吧？"

没想到，这一问让她脸上的忧愁更加凝重起来，手中正包着的饺子也停住了。她扔下手中的活，叹了口气说："哎，不提孩子还好，提起孩子我就发愁。"

"记得你是两个孩子，大的是女儿，应该出嫁了吧？儿子也该成家了吧？"

"女儿已将嫁出去五年了，也没个孩子，真是急死人了。儿子的婚事也愁死人了。要是当年听你的话，计划生育只要一个多好，省得为这个儿子累得半死。"

"儿子可是你坚决要生的，当年不是还自愿交了五千元的罚款吗？那时生下儿子你多高兴呀，现在咋就发愁呢？你现在是儿女双全，多好的事！"

"哎，别提了。"她又叹了口气，说，"这些年你在城里，是不知道咱乡下人给儿子娶个媳妇有多难。眼看都过了二十五岁的小伙子了，光见面的女娃娃都不下二十个，见一个不成一个，往后一个比前一个要价高，前几年彩礼还是五六万，才过去两三年就翻倍了，要是今年再不订婚，说不准明年还要涨到二十万。你说，我们农家人就靠那几亩地庄稼，挣点钱也不容易，前年刚刚花了十多万盖了楼房，现在又要拿出十几万说媳妇，这么多钱从哪里来呀？你是不知道，现在咱村子里打光棍的都有十几个。"

老家人的生活状况我还是熟悉的，一般人家一口人就只分有一亩多地，这些年年轻人都进城打工了，干地里活的都是中老年人，忙活一年只要能够吃够花就不错了，要不是干点别的生意或者去外地打工，哪里能攒下十几万元？现在给儿子说媳妇的钱没着落，她发愁还是可以理解的。对于老家农村人给儿子娶媳妇的彩礼和费用急剧上涨的情况，我也听说过，没想到会这么严重。

大过年的，看到她这般忧愁，我心里也不是滋味，还是想开导开导她，说："你也别太发愁了，看你家的房子盖得这么漂亮，还愁儿子娶不到媳妇？对了，你儿子呢？他现在干啥啊？"

"我娃在家里说不下媳妇，就跑出去打工了，想在打工的地方谈一个外地的媳妇。听说节日里加班工资高，这不，今年过年就没回来。"

"还是先让儿子自己谈女朋友吧，要是彩礼钱不够，我可以借你救救急，钱不够你就说一声。"我揣摩了一番，还是壮着胆子说出了这句话。她头摇得像个拨浪鼓，说："不用不用，我已经想好了一个不是办法的办法。"

"啥办法？"我问。她不好意思摇摇头，憋在心里没有说出口。这时，一个头卷发、瓜子脸、大红呢子裙子、黑色紧身裤的少妇进了大门。她瞥了一眼我，然后好像无视我的存在一样，把一个红本本递到她手里，说："妈，我们的事情办好了。"

我一时半会儿还不清楚他们说啥，却在她藏起那个红本本的一瞬间，我看清了红本本上的三个字：离婚证。

"这就是我女儿，也不怕你笑话，前些日子正跟女婿闹离婚。离婚证还没办到手，年前就有几家大人偷偷上门提亲，也不嫌弃女儿是二婚，说只要能跟他家小伙子成个家就行。"

我隐隐约约明白了她那个不是办法的办法，就打算告辞了。她忙挽留我，说："饺子马上好了，吃了再走吧！"

我没有回头，也没有说声告辞，就毅然走出了她家大门。

后记

2016年3月，在完成了自己的第一部长篇小说《沙苑人家》的书稿后，静下心想想下一步的创作之路怎么走，不禁让我头疼起来。

这时，接到鲁院公安作家班一位同学的电话，他在赞誉了我的长篇小说成功之后，关心地问我是不是创作长篇小说期间用力过猛了，现在感到筋疲力尽了？写长篇很累人，你最好歇一歇再考虑写下一部长篇小说。这位同学是一位长者，看来他是蛮有这方面经验的，其实也说到我的痛处了。确实，写完这部长篇小说我已经筋疲力尽了，有点不想动笔的惰性。可是，一想到自己和公安部文联的签约期还有一年，按照签约时的创作计划，任务还只是完成了一半。于是，不敢懈怠了，决定还是要继续写。

如果2015年是我的创作大年，那么就把2016年定位在创作的小年吧！考虑再三，还是决定按原来的创作计划，继续写中短篇小说，争取在年底完成20万字的小说集，2017年再出版一本小说集，作为第二年的签约任务吧。

自2016年4月份开始，自己又开始埋头写作，用了两个月时间创作了中篇小说《无缝交接》，之后，又先后创作了短篇小说《生活平静如水》《丑女》《这是一片神奇的热土》，国庆节后，开始尝试一种新的写法，创作了中篇小说《错位人生》。这期间，好在自己参与了县公安局《同州警韵》微信平台的编辑与创作，每周都要写一篇小说、散文、诗歌等文学作品，这样就积少成多，陆陆续续积攒了十几篇小小说。觉得这些小小说虽然篇幅短，但其中一些作品的文学性和艺术性一点也不亚于中短篇小说，于是就萌生了把这些小小说也收集到要出版的小说集里面，算是小说大杂烩，让读者根据自己的喜好选择看吧。

要特别说明一点的是，在这些小说作品中，唯有一篇与众不同，就是短篇小说《这是一片神奇的热土》。2016年8月，根据陕西省公安厅文联的安排，我和另外三位公安作家奔赴陕北的榆林、延安和陕南商洛，完成公安部文联布置的一项"长征路上的坚守"主题创作任务，期间自己创作了三个作品，其中两篇纪实文学，一篇散文。后来觉得自己创作的这三个作品都跟小说很贴近，就尝试着在原创作品的基础上，采取非虚构小说的写法，把这三个作品改写成一篇非虚构短篇小说，突出了纪念红军长征八十周年、弘扬伟大长征精神的主旋律，希望能得到读者的认可和喜欢。另外，还有几个作品是近年来创作的，也捡起来收到这部书里，尽量让读者读到不同口味的作品。

算下来这已经是我出版的第三本小说作品了。随着小说创作的不断深入，自感对小说的认识在不断提高，写法上也在不断创新，总的趋势是在进步。自己曾写过一篇小说创作的体会文章，题目是《小说与一棵树》，在这篇文章里我曾谈到：如果说诗歌是飘在空中的彩虹和云朵，有无限的想象空间和自由度，散文是一幅色彩斑斓的山水花草或者人物素描画，那么，小说则是生长在大漠荒原的一棵树，树干是故事框架，树枝是情节，树叶是语言，花朵和果实是人物，花的芳香和果实的味道则是小说的主题思想，而人性和人物的内心世界则是深埋在地下的根系。如果说教师是人类灵魂的工程师，那么，小说家就是人类灵魂的解剖师，他要以手中的笔作为手术刀，对人的灵魂进行解剖，让灵魂暴露在无影灯下，找到具体病灶，再对症下药、治病救人。小说是虚构的艺术，小说的写作对象主要是人，准确地说应该是人性。

在这些中短篇和小小说创作中，自己十分重视构思好故事的框架，这些故事力求出奇、新颖、起伏、多变但要接地气；在小说的语言上讲究生活化、口语化，富有生活气息，土里土气，力求简洁、凝练、鲜活。小说的主要任务应该是塑造人，挖掘人物的内心世界。人物要突出鲜明的个性，要重点写人性。在创作中短篇小说时，自己着重于写人的灵魂挣扎和对生活的感受。同时，力求表达自己独特的生活感受，表达新思想、新观念、新感受。艺术来源于生活，但要高于生活。写小说不是照猫画虎一样临摹生活，应敢于对生活素材进行改造，发挥想象力，采用魔幻、虚拟、拟人、夸张、梦幻以及穿越的手段，大胆虚构引人入胜的情节。小说要重写人性，人的思想是变幻无穷的，所以自己要力求写出人性的复杂性、多面性和多变性。在小说创作中还要尽量凸显自己的风格，我主要在意象、留白与含蓄方面力求使小说写得有味道，让读者有更宽裕的思考余地。

在这部小说集创作期间，自己还认真学习了习近平总书记在第十次文代会、第九次作代会上的重要讲话，特别是习总书记提到的“文运与国运相牵，文脉与国脉相连”，把文化提升到了国家发展的高度看待，令人鼓舞。同时，牢记习总书记对文艺工作者提出的四点希望，坚定文化自信，坚持服务人民，勇于创新创造，坚守艺术理想，要求自己深入公安生活，贴近一线民警，反映群众心声，弘扬社会正能量，努力追求文学性、艺术性、思想性的高度统一，力争为广大读者献上一份精致的精神食粮。

在这部小说集创作期间，得到了公安部文联领导、鲁院同学、当地几位老作家以及自己的亲朋好友的鼓励、指导和帮助，特别是中国言实出版社的编辑对我的每一篇作品进行严格把关，认真斧正润色，在此，我向他们表示真挚的感谢和崇高的敬意！由于自己水平有限，时间仓促，这本小说集难免会出现一些差错和缺陷，有的作品文学性、艺术性还不高，有的作品思想性还挖掘不深，特请各位谅解，批评指正，以帮助我以后创作出更好的作品。

邢根民

2016 年 12 月